PAUL   FÉVAL   Fils

L'HOMME DE PAILLE

(LES MYSTÈRES DE LA C. G. T.)

Roman d'à-côté Social

AUX ÉDITIONS RADOT
5, RUE EUGÈNE-MANUEL, 5
PARIS (XVIe)

L'Homme de Paille

(Les Mystères de la C. G. T.)

OEUVRES DE PAUL FEVAL Fils

Cœur-d'Amour.   Vol.

I. — *Les Mignons du Roi* 1
II. — *La Trinité diabolique* . . . 1
III. — *L'Homme au visage volé* . 1
IV. — *L'Éborgnée* 1

Le Fils de d'Artagnan . . . 1
II. — *La vieillesse d'Athos* . . . 1
Les Buveurs de sang 1
Mariage d'agence 1

Le Bossu (Livre 2e).
III. — *Les Chevauchées de Lagardère* 1
IV. — *Mariquita* 1
V. — *Cocardasse, Passepoil* . . 1

Le Fils de Lagardère
I. — *Le Sergent Belle-Épée* . . . 1
II. — *Le Duc de Nevers* 1

Les Jumeaux de Nevers.
I. — *Le Parc-aux-Cerfs* 1
II. — *La Reine Cotillon* 1

ÉDITIONS BAUDINIÈRE

D'Artagnan contre Cyrano de Bergerac.
I. — *Le Chevalier Mystère* . . . 1
II. — *Martyre de Reine* 1
III. — *Le Secret de la Bastille* . 1
IV. — *L'Héritage de Buckingham* . . . .

CHEZ DIVERS ÉDITEURS

Le Calvaire de Mignon 1
Le Collier sanglant 2
Secret Mortel 1
La Fillette volée 3
Les Amours de Rio-Santo 1
Les Bandits de Londres 3

La Montée des femmes 1
Démonia 1
Mam'zelle Flamberge 1
Le Poison du Monde 1
Les Fiancés de l'an 2000 1
Le Réveil d'Atlantide 1
Le Monde des Damnés 1
L'Humanité enchaînée 1
Le Faiseur de folles 1
Le Testament à surprises 1
Un Notaire oublié 1
Mimi 1
La Fabrique de crimes 1
Le Dernier Lord 1
Le Crime du Juge 1
Outragée 1
La Vendéenne 1
La Trombe de fer 1
La Fille des Chass'-d'Af 1
L'Amour Fatal 1
Galilée et Samarie 1
El Cods (La Sainte) 1
Des Villes mortes à la Mer . . 1
La Justicière 1
Les Amours de Caïn 1
La Hache sanglante 1
Le Livre jaune 1
Madame Bovaret 1
Folle des Sports 1
Le Loup-Rouge 1
Fille d'Officier 1
Maria-Laura 1
Les Amours du Docteur 1
L'Enfant de la Noire 1
Le Dieu borgne 1
L'Amour farouche 1
La Fiancée du Corsaire 1
Le Curé-Colonel 1
L'Invention maudite 1
Le Lunatic-Club 1
Les Séductrices 1
Les Nuits tragiques 1
Le Faux Frère 1
La Dette de l'Orpheline 1
Le Christ en Orient (poème) . . . 1
Mélodie des Siècles (poème) . . . 1

Paraîtront prochainement :

La Bête Mystérieuse . . . . 1 vol.
Mirtakris, amie d'enfance de Jésus . . . . 1 —

L'HOMME DE PAILLE

(LES MYSTÈRES DE LA C.G.T.)

Roman d'à côté Social

AUX ÉDITIONS RADOT
5, RUE EUGÈNE-MANUEL, 5
===== PARIS XVI°) =====

L'Homme de Paille

PREMIÈRE PARTIE
La C. G. T. (Lacrousette et Cie)

I

PETIT MÉNAGE PARISIEN

— Voyons, Laurette, que peux-tu chercher encore au fond de cette malle?

— Un titre de rente, Onési.

C'était dans une toute, toute petite chambre, située sous les combles de l'arrière-bâtiment dont l'avant-corps s'ouvre au 26 de la rue Clauzel, presque à l'angle de la place Henri-Monnier.

Cette pièce, lamentablement mansardée, ne possédait pour tout mobilier qu'un étroit lit de sangle, deux chaises dépaillées, autant que boiteuses, et une antique commode, aux tiroirs en becs de lièvres, qui devait servir tout à la fois d'armoire et de table de toilette. En effet, sur son dessus de marbre gris qui s'émiettait en jeu de patience, se rencontraient, en un chaotique désordre, des flacons veufs de leur fermoir, une casquette de cycliste, une bottine Louis XV, une cuvette ébréchée, des chichis en cheveux roux et un faux-col d'homme.

Le jour venait de se lever, un jour terne, un jour gris d'octobre. Devant l'unique fenêtre qui donnait sur *la forêt* (ainsi Laurette désignait-elle la plantation de cheminées dégringolant vers l'Opéra), un grand jeune homme, bretelles pendantes et manches de chemise retroussées au-dessus des coudes, s'escrimait à se faire la barbe avec un rasoir au fil en dents de scie, n'ayant pour suivre l'opération qu'un morceau de verre étoilé, qui avait bien pu autrefois porter le nom de miroir.

Onésiphore, notre habile *peluquero*, — car il fallait vraiment l'être, habile, pour arriver à un résultat quelconque avec de semblables outils, — était un garçon de vingt-cinq ans, ni beau ni laid, ni gros ni mince, ni blond ni brun, médiocre et incolore en tout, sauf sous le rapport de l'intelligence qu'il avait étroite, et de la taille qui s'élevait trop haute, presque cassée par le poids d'une incommensurable fatuité, hélas! sans fondement.

S'il avait confiance en soi-même, « s'il s'en croyait » toujours, malgré sa constante déveine jusque-là, le sol qui l'avait vu naître était en partie cause de cette méridionale *galéjade*.

Nâtif de la Haute-Garonne, Onésiphore n'avait jamais connu sa mère, dont il ignorait même le nom.

Sa jeunesse s'était écoulée dans un mas humide enfoui au milieu de la forêt de Bouconne, et appartenant au vieux baron d'Escouloubrac, misan-

thrope original et grand chasseur devant l'éternel.
Celui-ci avait en quelque sorte adopté Onésiphore
pour servir de compagnon à ses chiens, un peu
aussi à son fils Olivier.

Elevé à la diable, l'instruction d'Onésiphore
avait été parfaitement négligée. Le peu qu'il savait,
il l'avait appris au régiment.

Le bouleversement de sa vie végétative datait de
cette époque. Le vieux nemrod d'Escouloubrac
s'était envoyé dans l'abdomen toute la charge de
son fusil, en franchissant un fossé. Il était mort sans
tester, et, par conséquent, sans rien laisser à Onésiphore qui, à tort ou à raison, passait dans le pays
pour être son fils naturel.

L'héritier légitime, le jeune baron Olivier, ne
pouvant s'accoutumer à vivre en solitaire dans le
mas abandonné, avait vendu la maison paternelle
et s'était embarqué, pour aller chercher fortune au
Transvaal, non sans avoir envoyé une partie du
prix de vente au soldat Onésiphore, « son frère ».

En quittant le service, ce dernier, ébloui par sa
propre richesse, avait fait un déplorable emploi de
cet argent, et, finalement, après avoir disséminé ses
faveurs parmi le bataillon des artistes chorégraphes
de certains music-halls, le cœur vide et la bourse
plate, il était venu échouer dans cette mansarde,
où nous le trouvons, et n'avait pas tardé à y tomber
malade.

Par bonheur pour Onésiphore, la mansarde voisine de la sienne était occupée par une gentille pari-
risienne de dix-neuf à vingt ans. Celle-ci répondait

au nom harmonieux de Laurette Lory et exerçait
le métier de sténo-dactylographe, dans une importante maison du Marais.

Laurette, mignon moineau franc, comme il s'en
trouve encore quelques-uns dans les ateliers de la
capitale, n'ayant ni parents, ni amis, avait fait elle-
même son petit bonhomme de chemin et vivait, dans
une insouciance heureuse, grâce aux 500 francs
mensuels que lui rapportait son emploi.

A la suite de déboires sérieux, elle se tenait sur
une prudente réserve avec tous les hommes et, pour
garder sa liberté ne se laissait même pas entraîner
par des compagnes, en d'innocentes parties de plaisir, le dimanche.

— Ces amusements commencent toujours bien,
avait-elle coutume de leur dire, pour expliquer son
refus, mais il n'en va pas toujours de même de la
façon dont ils se terminent.

Malheureusement, cette prévoyante petite personne avait un cœur d'or, — fissure de sa cuirasse
de prudence! — Il devait lui jouer le tour de rendre
inutile sa longue réserve.

Un soir, en revenant de son travail, elle entendit
une sorte de respiration sifflante et douloureuse qui
provenait de la chambre contiguë à la sienne.

Laurette ne tenait son voisin « Le noceur »
qu'en médiocre estime. Souvent elle avait dû repousser les avances audacieuses, et même impertinentes, du personnage. Mais, à cette heure où il
était malade, abandonné et sans argent, — elle
tenait ces renseignements de la concierge, — pou-

vait-elle, passant un compromis avec sa conscience, prendre prétexte de l'ancienne goujaterie du malheureux et s'interdire de lui venir en aide?

Non! La petite sténographe, faisant taire sa raison, n'écouta que la compassion dont débordait son cœur et, trouvant la clé sur la porte, elle pénétra résolument dans la chambre d'Onésiphore.

Le pauvre garçon tremblait la fièvre, sur un lit sans couverture, au milieu de la mansarde vide de tout autre mobilier, car, avant de tomber, faisant feu de ses dernières cartouches, il avait offert au brocanteur tout ce que celui-ci avait bien voulu lui prendre.

Effrayée de ce dénuement, Laurette Lory s'était empressée d'aller prendre chez elle ses propres couvertures pour revenir en envelopper le fiévreux.

Puis, toujours courant, elle avait été chercher, boulevard de Clichy, un médecin qu'elle connaissait.

Ce médecin, surpris de n'avoir pas été appelé plus tôt, s'empressa néanmoins de prescrire des remèdes et Laurette Lory, se les étant procurés, passa la nuit au chevet du malade.

La concierge, payée par elle, consentit à la remplacer durant le jour. Le soir suivant, Laurette reprit son rôle d'infirmière.

Un mois durant, Onésiphore hésita entre la vie et la mort; il ne dut son retour à la santé qu'à la constance charitable de la courageuse enfant...

Mais toutes les économies de Laurette y passèrent.

Le Méridional devait une fière chandelle de reconnaissance à ce sublime dévouement... Allait-il la faire brûler?

Oui, mais pas comme on le pense!

Ce serait mal connaître notre homme que de le croire capable de concevoir un aussi louable sentiment.

Laurette Lory, ayant vendu le peu qu'elle possédait pour subvenir aux frais occasionnés par la maladie de son voisin, poussa la mansuétude au point de se priver de sa chambre afin de pouvoir solder le loyer d'Onésiphore.

Elle dut donc continuer, — son obligé étant redevenu robuste — à habiter chez lui.

Sa petite âme de sœur de charité restait sereine et ne pouvait prévoir, de la part du méridional, une atteinte à sa liberté.

Hélas! ce qui devait arriver, arriva! La mentalité d'Onésiphore ne pouvait s'arrêter à d'aussi subtiles distinctions d'honneur...

Laurette Lory pleura.

Il était bien tard! Devant le fait accompli la vaillante enfant accepta toutes les conséquences de sa déchéance et voulut, tout au moins, pousser au travail l'inconscient qui s'était emparé, par la ruse, du peu d'elle-même qu'elle ne lui avait pas donné de bon cœur.

Grâce à son instante recommandation, Onésiphore entra, en qualité de vendeur, dans la maison Barbaroux, maison dans laquelle travaillait déjà Laurette.

Nul, dans la maison Barbaroux, ne soupçonna jamais la liaison des deux jeunes gens. Mais la vie de Laurette n'était point tissée de roses. Seuls les 500 francs d'appointements de la jeune femme servaient à faire vivre le petit ménage. Quant à l'argent gagné, — oh, si peu gagné! — par Onésiphore, il passait en vaines superfluités de coquetterie ou même, — hélas! — en dépenses somptuaires que Laurette se gardait bien d'approfondir.

Ce fut vers cette époque qu'une lettre, portant le timbre anglais de Cap Town, parvint à Onésiphore, après avoir longuement voyagé dans les divers domiciles précédemment occupés par lui.

Cette missive portait une signature inconnue du destinataire. Elle émanait d'un broyeur de sable de la Rhodésia.

Le chercheur de diamants, sans autre préambules, informait Onésiphore qu'il expédiait, à son nom, des papiers laissés pour lui par le baron d'Escouloubrac, mort sous un éboulement au fond d'un puits.

C'était tout.

Peu de jours après, une malle arrivait. Elle fut inventoriée plutôt dix fois qu'une, mais comme l'avait annoncé la lettre, elle ne contenait que les titres mobiliaires des Escouloubrac, des pièces d'identité du jeune baron défunt et des papiers de famille : les uns et les autres sans aucune valeur marchande, c'est-à-dire absolument inutiles au frère consanguin du dernier baron.

Ce matin d'octobre où commence notre récit, le vendeur de la maison Barbaroux, tout en se rasant devant son apparence de miroir, s'était énervé de voir la jeune sténo-dactylo, en jupon court et en chemise, plonger pour la cinquantième fois ses bras nus au fond de la caisse pleine de papiers poudreux, qu'un prospecteur de terrains diamantifères leur avait expédiée du Cap.

— Voyons, Laurette, que peux-tu chercher encore au fond de cette malle? lui avait-il demandé.

— Un titre de rente, Onési.

Le grand garçon haussa les épaules.

Mais il manqua de se balafrer la joue, tant il eut un sursaut de surprise en entendant Laurette crier :

— Eh! mais, Onési, en voilà de l'or!

La jeune femme venait de se redresser d'un bond et vidait, avec bruit, sur le marbre de la commode, un petit sachet de peau d'antilope, sachet duquel tombèrent successivement une bague armoriée et une breloque de chaîne en forme de cachet.

Ces deux objets portaient un dessin, tout semblable, gravé en creux dans leur partie plane.

— Qu'est-ce que cela? demanda Laurette, en montrant deux initiales surmontées d'un cercle au chapelet de perles.

Onésiphore s'était penché.

— Eh parbleu! ce sont, sous le tortil de baron, les initiales de mon frère : O. E., Olivier d'Escouloubrac.

Il passa la bague à son doigt et glissa le cachet
dans sa poche en ajoutant :

— Le pauvre garçon!... C'est un souvenir sans
conséquence, mais enfin c'est un souvenir... J'aurais
préféré quelques billets bleus de l'autre Olivier,
l'Olivier Merson, car on est salement dans la
dèche!... et le turbin, vois-tu, ça n'est pas fait pour
ceux qui ont, comme moi, du sang de grand seigneur dans les veines!... Non, le sort est injuste
envers moi... J'étais né pour vivre sans rien faire,
et je dois travailler... Quelle abjection! Vive la
sociale!... Comment entre-t-on dans la Confédération Générale du Travail?

— La C. G. T., ou confédération de la grève
tri-horaire! coupa Laurette en riant. Veux-tu bien te
taire, malheureux! et te dépêcher; nous allons être
en retard!... Dis-moi? Est-ce que tu ne passais pas
pour un Escouloubrac, près de Toulouse?

— Si! bougonna Onésiphore en achevant de
s'habiller. Pourquoi me demandes-tu cela? .

Laurette Lory assujettissait un petit chapeau sur
ses cheveux roux.

— Pour rien, répondit-elle évasivement.

Mais, en son for intérieur, elle songeait :

— O. E., Onésiphore d'Escouloubrac! Pourquoi cela ne pourrait-il pas être? Cela ne ferait de
tort à personne.

Dehors, ils remontèrent ensemble la rue Henri-
Monnier, puis la rue Frochot. Place Pigalle, avant
de s'engouffrer dans le métro qui devait les déposer

non loin de la maison Barbaroux, ils burent une tasse de lait chaud à une crémerie en plein vent.

— Et du tabac? dit alors le grand garçon qui avait laissé payer sa compagne. Je n'ai plus rien à fumer et mes toiles se touchent.

— Attends-moi là, Onési.

Laurette, bonne fille, pénétra chez un débitant et se fit servir 50 centimes de tabac dans un cornet de papier.

Comme elle allait sortir du bureau, son regard s'étant, par hasard, porté sur le cornet de papier imprimé qu'elle tenait à la main, elle eut un haut-le-corps de stupeur et revint en arrière.

— Voudriez-vous me donner un autre cornet de papier, Madame? demanda-t-elle à la buraliste. Je viens de crever celui que vous aviez si gentiment plié.

— Cela ne fait rien, Mademoiselle, voici pour le remplacer.

Laurette remercia, transvasa rapidement le tabac du premier sac dans le second, puis, au lieu de jeter à terre le papier inutile et soi-disant déchiré, elle le glissa dans son corsage.

— Comme tu as été longue? remarqua Onésiphore en empochant le cornet qu'elle lui tendait.

Laurette Lory détourna les yeux et répondit, en l'entraînant vers la descente du métro.

— On n'en finissait pas de me servir.

Elle ne parla pas du premier cornet de papier, si bien dissimulé par elle. Que pouvait-il donc y avoir d'intéressant sur cet imprimé, mis au rebut?

II

BARBAROUX PÈRE ET FILS

La maison Barbaroux et fils est située boulevard Magenta et occupe, aux numéros 31 *bis* et 31 *ter*, deux immeubles jumelés, dont la façade, tout à la fois monumentale et gracieusement décorée, donne vite une haute idée de la puissance industrielle et commerciale de cette raison sociale.

Pourtant, si la maison Barbaroux et fils, qui possède douze succursales, vingt dépôts et quatre usines ou filatures, est cotée sur la place comme d'une solidité à toute épreuve, si son crédit est toujours inébranlé et pourrait, sans éveiller le soupçon, solliciter l'escompte de son papier pour trois millions et même pour quatre, au fond, le grand patron n'est pas satisfait.

Depuis que le jeune M. Abel est devenu l'associé de son père, ce dernier n'a plus la même assurance, son coup d'œil est moins juste; le gouvernail échappe à sa main. En capitaine expérimenté, il devine plutôt qu'il ne voit la marche plus lente et comme alourdie de son navire. Pourtant les superstructures sont toujours en bon état, la fissure doit donc venir des œuvres vives.

Elle vient de M. Abel Barbaroux, l'associé, le chef du personnel, garçon de vingt-huit ans —

l'âge de raison ou jamais! — M. Abel est joueur!
Il joue à la Bourse! Il joue aux courses! Il joue
au cercle!

Triple gouffre déjà funeste, mais qui s'aggrave
encore de cette circonstance, qu'à la Bourse, aux
courses et au cercle, M. Abel, mise toujours en
double : moitié, à son compte, moitié au compte de
Mlle Caroline Barbaroux, sa sœur.

Huit heures et demie venaient de sonner. Sur le
boulevard Magenta, la circulation matinale était
active, bruyante, intense... Cependant, ces bruits
extérieurs n'incommodaient pas Claude Barbaroux.
Il avait en tête d'autres soucis. Il venait de parcourir les bureaux et de constater que les employés
de la caisse et de la comptabilité étaient tous à
leur place, que le hall réservé aux trente dactylographes de la correspondance avait sa garniture
complète de frais minois. Par exemple, il s'était
arrêté, en haussant les épaules, devant le cabinet
vide de son fils, le chef du personnel.

Dans cette pièce, placée entre les deux fenêtres,
et tournant le dos au somptueux bureau américain
de M. Abel, se trouvait la table de Laurette Lory,
la sténo-dactylographe préférée du plus jeune des
deux patrons, et, sur cette table, un bijou de machine à écrire.

Comme le bureau de M. Abel, la table de Laurette était inoccupée.

— Une maison ne peut marcher dans ces conditions, grommela Claude Barbaroux. Si le chef
intéressé donne le mauvais exemple, que peut-on

reprocher aux sous-ordres?... Ah! la conduite d'Abel est encore plus nuisible à nos intérêts que leur grêle de syndicats!

Il se disposait à traverser le hall, lorsqu'il s'arrêta en voyant arriver Laurette Lory, essoufflée et rouge d'avoir couru.

— Eh bien! Mademoiselle, commença sévèrement Barbaroux en croisant ses bras; dix minutes de retard!... j'espère que vous en prenez tout à fait à votre aise.

— Tiens, tu es là, père?... Et de méchante humeur, dès l'aurore.

M. Abel, le monocle rivé sous son arcade sourcilière gauche, s'avança vers Claude et lui secoua la main d'un vigoureux *shake-hand*. Puis, se débarrassant de son paletot et désignant Laurette, qui se faisait toute petite :

— N'étais-tu pas sur le point d'adresser certaines observations à Mademoiselle?

— D'après le règlement, elle est passible d'une amende...

— Pour être arrivée en retard, sans doute?

— C'est cela même!

— Alors, père, tu peux tout de suite rengainer tes foudres, dit très impertinemment le jeune M. Abel. Mademoiselle Lory était en course sur mon ordre.

— Mais tu arrives!

— La commission fut donnée hier au soir!

A l'audition de ce mensonge, Laurette détourna la tête en rougissant.

Elle remarquait bien, depuis quelques jours, que le jeune homme la regardait d'une certaine façon, et avec une insistance vraiment gênante; mais de là à croire possible cette complicité mensongère, non !

Heureusement pour elle, M. Abel, après avoir mis son père en fuite, ne fit aucune allusion à son intervention et laissa même la jeune femme reprendre son assurance, en la quittant pour passer dans ce qu'il appelait plaisamment son harem — le hall réservé aux trente dactylographes de la correspondance.

Dirons-nous que, pour la « façade », c'est-à-dire pour ne pas donner prise à de malveillants rapports — Claude Barbaroux étant d'un rigorisme intransigeant sur la morale — Laurette Lory et Onésiphore avaient pris l'habitude de ne jamais se montrer ensemble aux environs des bureaux et magasins sur lesquels régnait le clan Barbaroux...

Au sortir du métro, station de Lancry, non par galanterie, mais pour fumer une cigarette, Onésiphore avait permis à sa compagne de rentrer avant lui.

Déjà en retard, il perdit encore quelques minutes, et le malheur voulut qu'à son arrivée au magasin, il tomba juste sur le « grand patron » — Barbaroux *senior*, — ainsi appelé parce qu'il était gros et court, tandis que M. Abel Barbaroux, *junior*, étant d'une taille bien au-dessus de la moyenne, portait le vocable de « petit patron ».

Claude Barbaroux sortait justement du bureau de son fils. Il ne savait sur qui faire retomber sa

colère d'avoir dû subir, devant une jeune employée,
les impertinentes répliques de M. Abel.

Le vendeur méridional arrivait à pic; il allait
pouvoir épancher sa bile.

Il se campa, les jambes écartées, sur le passage
du grand jeune homme interdit et l'arrêta par ces
mots :

— Un instant, Monsieur « on ne s'y frotte »
— lorsqu'il devenait méchant, Barbaroux pratiquait
le jeu de mot facile avec une mordante ironie. Je
vois que vous n'êtes pas encore bien éveillé... Sans
doute, votre nuit n'a-t-elle pas été entièrement consacrée au repos...

— Monsieur...

— Ne vous défendez pas! vos yeux cernés seraient d'éloquents témoins à charge, si votre attitude infléchie et votre inconcevable retard n'étaient
une démonstration suffisante de votre scandaleuse
conduite.

D'ordinaire, la présence du patron doublait
l'activité de tous les commis; cette fois, elle fut
cause de l'arrêt total du travail dans le magasin.

A cette accusation plaisante, lancée sur un ton
de bataille, toutes les têtes se levèrent; puis, pour
mieux voir, on se hissa sur les piles de toile
d'amiante, de verre filé ou de caoutchouc. Soudain,
Barbaroux avisant la bague d'Olivier d'Escouloubrac, — bague qu'Onésiphore avait imprudemment
passée à son doigt, — se pencha, disant :

— Eh mais! voilà du nouveau...

— Permettez-moi de vous expliquer, Monsieur...

— Plus un mot... je comprends trop.

Alors, croisant ses bras et rejetant son buste en arrière, l'implacable vieillard émit cette énormité :

— Ah çà, Monsieur Onésiphore, feriez-vous payer vos faveurs ?

Pour le coup, ce fut une explosion de fou rire autour d'eux.

Intimidé par la majesté patronale, — le capital duquel dépandait sa maigre pitance, — l'ami de Laurette était resté sans voix, tout d'abord, mais, devant cette insinuation trop forte, il releva le front et osa riposter.

— Je crois, Monsieur, que vous dépassez la mesure. Je ne vous dois aucun compte de ce que je fais ou ne fais pas hors de chez vous.

— Vous oubliez à qui vous parlez ! hurla le vieillard congestionné.

— Nullement ! Je suis votre employé et vous êtes mon patron. Or, puisqu'il vous plaît de franchir la distance qui nous sépare, en cherchant à me couvrir de ridicule devant...

— Assez ! coupa Barbaroux n'en pouvant croire ses oreilles. Je ne veux rien retenir de votre réponse subversive, digne en tout d'un révolutionnaire syndiqué. Cependant, comme votre conduite privée me paraît être de nature à jeter le discrédit sur l'honorabilité de ma maison, je vous donne vos quinze jours, monsieur. D'aujourd'hui en quinze, vous ne ferez plus partie de mon personnel, et pourrez, pour la dernière fois, passer à ma caisse.

Les mains dans les poches, il pivota sur ses talons et s'en fut, tournant le dos au grand garçon,
consterné du résultat de sa révolte.

Le travail avait repris dans le magasin, transmué
en ruche laborieuse, car chacun s'était prudemment
éclipsé vers une occupation réelle ou supposée, dès
que la réponse assez logique du vendeur aurait pu
faire croire à Barbaroux que les rieurs n'étaient
plus de son côté.

. . . .

Dans le cabinet de M. Abel, après avoir bien
constaté qu'elle était enfin seule, Laurette avait été
s'installer à sa petite table et dépliait lentement un
papier froissé, — le premier cornet à tabac du
bureau de la place Pigalle, — feuille arrachée à
un vieux numéro des *Petites Affiches.*

Lorsque la feuille fut entièrement ouverte, la
jeune femme la fit passer deux ou trois fois sur son
genou, à la façon d'un ruban que l'on étire, puis
se mit à la parcourir des yeux, avidement.

Elle cherchait à retrouver un entrefilet à peine
entrevu, mais auquel il lui avait semblé devoir
attacher quelque importance, puisqu'elle avait demandé un second cornet pour y transvaser le tabac
d'Onésiphore et avait précieusement dissimulé le
premier sac de papier.

Son regard fut enfin attiré et comme aimanté
par l'avis suivant :

    L'HOMME DE PAILLE

N° 17.513 Héritage ! !
(septième et dernier avis)

La C. G. T., — Lacrousette, 3ⁱᵉ rue Taitbout, fait savoir au baron O. D'Escouloubrac, héritier unique du feu baron décédé en 1906 au mäs d'Escouloubrac, dans la forêt de Bouconne, (Haute-Caronne), qu'il y va de son intérêt de venir le trouver, de toute urgence, en son cabinet. (Très sérieux !)
Téléphone : Central 99-27

La jeune femme, comme frappée de stupeur, ne pouvait détacher ses yeux de cet avis qu'elle savait par cœur, maintenant.

Elle semblait réfléchir profondément, tandis qu'un violent combat se livrait en son for intérieur.

— Voilà qui est étrange ! pensa-t-elle. Depuis quelques jours, depuis la lettre arrivée du Cap, depuis la venue de la caisse de titres, depuis surtout la trouvaille de la bague et du cachet armoriés, je pense toujours qu'Onésiphore est le dernier descendant du sang d'Escouloubrac. Après tout, il ne ferait de tort à personne, en prenant ce nom.

Elle resta un instant absorbée, silencieuse.

Enfin elle se leva résolument et alla sonner au téléphone portatif posé sur le bureau de M. Abel.

La sonnerie ayant tinté, Laurette décrocha le récepteur.

— Allo ! Allo ! Mademoiselle, veuillez me donner le Central 99-27.

Certes, Laurette n'avait guère à se louer d'Onésiphore, car si elle avait tout sacrifié, sa santé, son temps et ses économies, dans le seul but de l'arracher à la mort; il avait reconnu ce sublime dévouement, lui, de la façon la plus noire, en s'emparant de sa bienfaitrice.

A l'heure présente, placé par son intermédiaire, il dissimulait ses propres appointements et continuait à vivre sur ceux de sa compagne.

La jeune femme ne se le dissimulait pas, c'était là le fait d'une riche ingratitude et d'une absence totale de sentiment.

Mais elle traitait ce grand garçon gangrené, avec cette sorte de sollicitude spéciale qu'ont les mères pour l'enfant estropié. Elle espérait, à défaut d'esprit, lui rendre un peu de cœur, et travaillait à son bonheur.

— Qu'est-ce?

Un employé pénétrait dans le cabinet :

— Mademoiselle, M. Barbaroux vous prie d'aviser Mme la marquise d'Aiguevives d'Agave, que sa commande lui sera expédiée au Castel-les-Tours.

— Bien! Laissez-moi.

Laurette remis à son oreille le récepteur et, changeant brusquement sa voix qui prit une intonation semi-masculine, elle commença à converser dans le pavillon du téléphone.

— Allo!... M. Lacrousette?... Ah! c'est vous, Monsieur?... c'est au sujet de l'avis inséré par vous aux *Petites Affiches*, sous le N° 17.513... Parfaitement, il s'agit d'héritage...

La porte communiquant avec le hall de la correspondance s'ouvrit doucement; la moustache
blonde et bien frisée de M. Abel se montra dans
l'entre-bâillement.

Le jeune clubman parut surpris d'entendre une
voix mâle parler haut dans son cabinet.

— Quelle est la brute qui ose se permettre...
commença-t-il avançant sa tête au-dessus des ca-
siers du bureau?

Mais il s'interrompit brusquement et regagna, à
pas de loup, l'abri de la porte capitonnée derrière
laquelle il s'installa commodément, ne voulant rien
perdre de la conversation téléphonique.

— Voilà qui est impayable! murmura-t-il; ma
sténo qui imite la voix d'un homme!... Elle vaut
son pesant d'or cette petite, et ferait une bien agréable aventure!... Elle reprend... Ecoutons!...

Penchée sur le téléphone qui crépitait juste au
moment où son jeune patron était entré et avait
parlé, Laurette, d'ailleurs trop absorbée par la
scène à jouer et les renseignements à obtenir,
n'avait absolument rien entendu.

Elle poursuivit :

— Allo!... Ne parlez pas si fort, je n'entends
rien... Oui, oui, le baron d'Escouloubrac est vivant... Hein?... Si je suis moi-même le baron?...
Non! je suis un de ses amis.

— Qu'est-ce que c'est que cette calembredaine?
songeait M. Abel qui n'y comprenait rien; un baron d'Escouloubrac serait l'ami de Laurette?...
Cela ne me chanterait pas du tout!...

— Allo!... Si le baron a ses papiers de famille?... mais, certainement!... Il en a une caisse!... Dites-moi quelques mots de l'affaire, je vous prie?... Ah! c'est une affaire litigieuse!... Vraiment!... L'héritage à réclamer est depuis longtemps entre les mains d'un tiers. Diable!... Alors?... Alors, il faudra plaider!... Mais les frais?. Cela coûtera gros?... Vous dites?... C'est juste, cela regarde le baron... Dites-moi encore?... Ne savez-vous rien sur un certain Onésiphore qui se disait frère naturel du baron?...

M. Abel ne perdait pas un mot et pensait :

— Tiens, tiens, nous entrons en pays de connaissance! cet Onésiphore ne peut être que l'huluberlu de la vente... Ce nom stupide ne peut avoir deux titulaires... Hello! n'est-ce pas la petite qui l'a fait entrer ici?... Elle est rouée, la finaude! Que manigance-t-elle?

— Non! continuait Laurette toujours de sa voix contrefaite; vous n'avez jamais entendu parler de ce garçon?... Allo!... Ce qu'il faisait?... Qui?... Ah! le frère naturel?... dame, je crois qu'il s'est expatrié au Transvaal...

— Boum! gémit M. Abel, Onésiphore voyage!... cela se corse!

— Allo!... hein? S'il a eu les fièvres?... Il n'est pas revenu pour le dire... Comment?... Vous voulez voir le baron d'Escouloubrac?... C'est que... Dois-je tout dire?... Oui!... Eh bien, il n'est pas dans une situation très brillante, il travaille dans la journée et ne peut recevoir chez lui... Voulez-vous qu'il aille à votre agence?... Vous dites?... Pas encore... Alors écrivez-lui chez une jeune dame à laquelle il s'intéresse. . Prenez l'adresse : Laurette Lory, 26, rue Clauzel... Oui, oui, je vais faire part de vos bonnes intentions à M. le baron d'Escouloubrac... Non! Ne croyez pas cela! Il est d'une nature reconnaissante et désintéressée... Au revoir, Monsieur...

— Mais, mais, ronchonna M. Abel, tandis que la jeune femme regagnait sa place habituelle, ce baron d'Esbrouffe au sac, commence à devenir un bien encombrant personnage; d'autant plus encombrant qu'il m'a tout l'air d'accaparer Laurette...

« Au fait, quel jeu peut-elle bien jouer, cette petite comédienne? J'aurais voulu connaître le nom du bonhomme auquel elle montait ce joli bateau, à l'instant, car, pour moi, son satané baron... »

Le jeune M. Abel étouffait dans le tambour. Il franchit donc le seuil de son cabinet en concluant, l'esprit illuminé soudain :

— Parbleu, oui, son satané baron, sans le sou et qui travaille, doit faire double emploi avec son protégé, l'Onésiphore qu'elle vient d'expédier, par téléphone, au Transvaal... Bast! je suivrai cette histoire pour me distraire et y gagner, s'il y a lieu... D'abord, il me faut voir clair dans le jeu de la madrée petite femelle qui me paraît être de force autant qu'elle est jolie.

Et, s'asseyant devant son bureau, le beau garçon décocha une œillade incendiaire à sa sténo. Celle-ci, confuse et gênée, ne put que baisser ses pau-

pières pour n'avoir pas à répondre à cette impertinence.

III

STRUGGLE FOR LIFE

3 *ter*, rue Taitbout, au fond de la cour, après
avoir longé un couloir obscur, dont le zig zag semble s'étirer au travers de deux immeubles, on arrive
au pied d'un escalier de haut style. La belle rampe
en fer forgé, épave provenant des démolitions du
château de Saint-Cloud, a été en partie martelée,
du moins le croit-on, par Louis XVI, le malheureux roi serrurier.

Si l'on gravit cet escalier aux larges marches de
pierre, on arrive au premier étage, devant une double porte haute et large, sur le cartel de laquelle
se détache cette énigmatique inscription :

C. G. T.

(Lacrousette & C°)

On « entre sans frapper », pour obéir à un
second avis *frappé* sous le bouton, et l'on se trouve
dans une antichambre sévère, dans laquelle se tient
un groom attablé, à droite, entre les deux fenêtres.

Dans le pan de mur qui fait face à l'entrée, se
dessinent deux portes et une seule dans celui de
gauche. Sur les panneaux de cette dernière, des
lettres dorées figurent cette indication : « Salle du

Conseil » ; les deux autres portes s'adornent respectivement, l'une des lettres cabalistiques : C. G. T., et l'autre des mots : *Affaires Privées*.

Le long des lambris, entre chacune des ouvertures, des sièges se rangent, car cette antichambre semble avoir pour destination de servir de salon d'attente.

Ce même jour, vers dix heures du matin, six personnes étaient réunies autour de la grande table qui tenait le milieu de la « Salle du Conseil ». C'était, par rang de préséance :

1° Maître Gabrielle Tibault, avocat; présidente;

2° Yanus Sujaré, leader écouté de l'extrême opinion, député de Saint-Martin-de-Ré, et directeur du grand quotidien « *La Voix Brutale* »;

3° Vergès Thauve, ex-professeur d'histoire au Lycée Condorcet, directeur du journal intermittent « l'*Anti-Patrie* »;

4° Le citoyen Dautap, délégué représentant des syndicats confédérés;

5° Thémunos, poète-chansonnier sans valeur, mais habile à se faire passer pour le Rouget de Lisle des chambardeurs révolutionnaires;

6° Enfin, Lacrousette, petit être remuant, âgé de quarante ans, homme sans aucun scrupule et savant dénicheur d'affaires troubles, le rouage le plus indispensable de cette association.

Au fait, qu'était cette association? A quel but tendait-elle?

Grâce à la notoriété de certains de ses membres,

et sous le couvert des trois lettres qui précédaient son étiquette sociale, on croyait, un peu partout, que c'était là une branche directrice et puissante de la Confédération Générale du Travail.

En réalité, C. G. T. signifiait simplement *Consultation Gabrielle Tibault*, mais nos aigrefins, profitant de la confusion, avaient laissé s'accréditer cette légende, ayant à faire de nombreux appels de fonds aux généreux anonymes qui alimentaient la « Caisse secrète des Grèves ».

L'argent ainsi récolté, partagé au prorata des besoins de nos six loups cerviers, commanditant les feuilles moins lues que braillardes de Yanus Sujaré et de Vergès Thauve; chauffant l'enthousiasme des auditeurs de Thémunos; permettant au citoyen Dautap de décréter la cessation du travail sur tel ou tel chantier, grâce à l'appui de sa garde prétorienne, abondamment pourvue d'alcool; entretenant le luxe de Gabrielle Tibault qui menait une vie en partie double et méditait de se faire épouser par le fils d'un gros industriel; permettant enfin au sieur Lacrousette de satisfaire cette honteuse passion que Molière a si bien fustigée en créant Harpagon.

Cependant, si productive que fût la source, elle n'était pas encore suffisante à satisfaire la soif du sextuor.

C'est justement ce qui faisait l'objet de la discussion, au moment où nous pénétrons dans la salle du conseil.

Oh! n'allez pas croire que nos associés discutassent sagement et bien dignement, rangés autour d'un tapis vert supportant des mains de papier et les divers ustensiles à mine de plomb ou à encre, qui s'emploient, d'ordinaire, à salir ce papier.

Non! chacun s'était mis à son aise et selon son goût.

Sur la table du conseil, des flacons de toutes nuances voisinaient avec des verres, d'où montaient de violents relents d'alcool.

Cela ressemblait beaucoup plus à une salle d'estaminet qu'à une honnête réunion d'actionnaires.

— Mes amis, dit la présidente, tout en faisant tomber la cendre d'une cigarette levantine qu'elle tenait aux doigts, j'ai le regret de vous annoncer que les généreux donateurs se font rares... Pour l'instant, la caisse des grèves est vide... Devant le mauvais résultat de vos différentes entreprises, je serais même d'avis de rompre notre association si...

— Par exemple! interrompit Sujaré.

— Voilà qui serait plaisant!

— Nous serions propres!

— Eh bien! Et ma manille?

Cette dernière exclamation venait de Dautap, le roi des syndicats, le forcené promoteur de tous les arrêts du travail, le maître de la lumière : le moderne Lucifer!

— Si, répéta lentement Gabrielle Tibault, notre collaborateur et ami, M. Lacrousette, n'avait, avec la persévérance qui le distingue, suivi une piste d'un rendement problématique et, finalement, mis la main sur la grosse affaire...

— Une grosse affaire?

— Elle peut nous enrichir tous!

— L'association tient donc toujours?

— Sans doute! Pour mener à bien cette entreprise qui peut, qui doit même faire un bruit considérable, dans un département du Midi, et aura son dénouement devant les tribunaux, nous devons rester unis, chacun dans sa sphère, travaillant à la victoire commune... Vous, Messieurs Sujaré et Vergès, vous serez particulièrement utiles. Il faut canaliser l'opinion de la presse et empêcher la Chambre de se mêler aux débats.

— La Chambre! sursauta le député de Saint-Martin-de-Ré. Un de mes collègues serait donc mêlé à cette « affaire »?

— Eh! Qu'importe, grommela Dautap.

— Il importe plus que vous ne croyez, mon cher. L'honorable assemblée...

— Des Vingt-sept mille...

— Des Vingt-sept mille, mais oui! ne laisse pas facilement marcher sur le pied de l'un de ses membres. Aussi demanderai-je à notre présidente et délicieuse amie, qui porterait, sans désavantage, le titre de Belle Gabrielle, si l'aventure projetée contre un...

— Vingt-sept mille!...

— Eh! Laissez-moi donc parler!... Si l'aventure projetée contre un Honorable peut être mise en train, au cours de la session, avec quelque chance d'aboutir, sans être arrêtée par ce *veto :* l'immunité parlementaire?

— Certainement, répondit en riant la « Belle

Gabrielle », en jetant sa cigarette pour s'accouder sur les coussins. D'autant mieux que notre intérêt n'est pas de marcher sur son pied, mais sur sa bourse...

— Prenez garde!

— A quoi?

— Vous voulez le faire chanter?

— Eh! mon cher Sujaré, me croyez-vous donc si maladroite?

— Enfin votre intention est de lui faire ouvrir sa caisse?

— Non pas! De le prier poliment de nous offrir cette caisse.

— Et cet homme est riche?

— A millions! ·

Il y eut un frémissement parmi l'auditoire; une « sensation prolongée », pour parler comme l'*Officiel*... Vergès Thauve en dut éponger sa manche sur laquelle, dans son enthousiasme irréfléchi, le roi des syndicats, maître en balistique humide, avait envoyé un jet de salive.

— Malpropre! ne put s'empêcher de maugréer l'ex-universitaire.

— De quoi! Mossieu est dégoûté de l'overier?

Lacrousette s'interposa, car Dautap, habitué des réunions tumultueuses, devait sa haute notoriété à de singuliers mouvements oratoires de ses gros poings : il jouait de la langue française moins bien que de la boxe *dito!*

Un instant après, chacun avait repris sa place : le calme était rétabli.

— Chère Madame, reprit le sanglier du corps
législatif, vous en avez trop dit pour hésiter, désormais, à vous expliquer entièrement. Le département du Midi, dont un représentant est visé par
vous, est la Haute-Garonne, n'est-ce pas?

La présidente acquisca d'un joli mouvement de
tête où, parmi les ondulations chatoyantes de sa
chevelure, sinuait la douce lueur d'un ruban mauve.

— Alors, permettez-moi de le nommer?

— Faites!

— Ce doit être M. le comte Roland de Bois-
Briolle, député de la Save?

— On ne peut rien vous cacher, minauda
l'exquise femme.

— En l'espèce, poursuivit le directeur de la
Voix Brutale, le but à atteindre étant presque semblable à celui que se proposent les ingénieurs qui
veulent capter une source, il faut, tout d'abord, pro-
céder à l'édification des travaux d'art destinés à
contenir et acheminer les eaux.

— M. Lacrousette a déjà commencé la construction de ces travaux; ils sont même fort avancés,
dit encore la présidente, d'ailleurs il va vous expliquer la simplicité de l'opération.

Lacrousette se leva, salua et fit ce cours de droit
successoral :

— Il y a vingt-cinq ans, M. X., original châtelain, vivant en ours dans une belle propriété située,
mettons, non loin de la patrie de Campistron et du
chanteur Capoul, décédait intestat... A qui allait
revenir sa fortune? Faute d'héritiers connus, le

Trésor allait s'en emparer, lorsqu'un avoué, au nom de Y., son client, réclama la succession. Y. n'avait jamais connu X., dont il ne se savait même pas le parent. Cependant, pièces en mains, l'officier ministériel ayant fait la preuve que son client était un collatéral du défunt, un collatéral au septième degré! Y. fut envoyé en possession, par le tribunal compétent. Après une année d'attente, aucun compétiteur plus sérieux ne s'étant présenté...

— Tout cela est bien ancien comme histoire, dit Vergès.

— Si nous arrivions au déluge? lança Thémunos, coutumier du mot pour rire...

— Nous avons plus près encore! Je viens de mettre la main, moi, Lacrousette, sur un plus proche héritier de X. Z, notre homme, est són collatéral au cinquième degré...

— Par exemple! Comment ne s'est-il pas présenté, à l'époque?

Cette question venait d'être posée par Sujaré, la forte tête de l'association.

— Il n'avait alors que quatre ans, répondit Lacrousette.

— Mais son père?... Son père?... Il s'est bien trouvé une poule pour pondre l'œuf dont devait sortir ce poussin?

— Incontestablement! Mais voici où l'aventure devient presque invraisemblable, quoique vraie. Quelques lieues de pays séparaient la propriété X. de la maison habitée par le père de Z. Pourtant,

ce dernier, sauvage à l'excès, fuyant l'approche de
ses semblables, et ne vivant que de chasse ou de
pêche, ne devait jamais apprendre, au fond de ses
bois, quelle perte allait causer à son fils et à lui-
même sa misanthropie prononcée...

Midi venait de sonner. La rue s'emplissait d'un
bourdonnement de ruche : midinettes et commis
sortaient des ateliers et des magasins, des bureaux
et des maisons de commerce, pour se rejoindre dans
les restaurants d'alentour, prendre d'assaut les crè-
meries, les *grill-rooms*, les express-bar, les pâtisse-
ries ou même, hélas! les boulangeries, car, à l'heure
du déjeuner, c'est par centaines que l'on voit les
mignonnes abeilles de Paris s'abattre dans les squa-
res pour y grignoter un petit pain, avec une ron-
delle de chocolat.

Yanus Sujaré eût fort souffert d'être à ce régime. Son gros ventre n'étant pas un de ses ennemis
politiques, il le traitait avec amour et lui fournissait,
trois ou quatre fois par jour — plutôt quatre que
trois — son plein, d'une nourriture alambiquée et
choisie.

— Chère Madame, dit-il en se levant, — tous
imitèrent son mouvement, — voici l'heure de faire
les concessions d'usage à nos besoins matériels... Je
le vois, notre ami Lacrousette possède bien son
affaire. S'il prend les intérêts de son Z, le nommé
Y, — pour garder l'anonymat de mon collègue, —
en verra peut-être de cruelles... Mais ne pensez-vous
pas?...

— Moi, interrompit Dautap, s'essayant à marcher droit, sans pouvoir y parvenir, je r...e que le quidam est blindé comme bibi...

— Comment cela?

Le roi des syndicats eut un hoquet d'ivrogne et expliqua.

— Voilà! j'ai pris trois purées, pas vrai? Donc je suis blindé contre les criarderies de ma bourgeoise!... Le quidam au quibus, lui, tient sa galette depuis vingt ou vingt-cinq berges, donc il est...

— A l'abri d'une revendication? coupa Gabrielle Tibault. Soyez sans inquiétude... En cette matière, il n'y a prescription qu'après trente ans!

Reconduits par la présidente et par Lacrousette, son associé, les membres de cette singulière corporation d'aigrefins traversaient l'antichambre où le groom ne se trouvait plus.

— Il faut convoquer notre héritier, dit Vergès Thauve en ouvrant la porte.

Tous descendaient.

Sujaré, resté le dernier, demanda :

— Dites? Par quel diable de combinaison pensez-vous pouvoir faire suer, à cet olibrius, l'argent qu'il tiendra de mon collègue?

— Pour des raisons difficiles à vous expliquer, mon cher député, nous sommes assurés que ce jeune homme consentira à nous laisser la gérance de la presque totalité de sa fortune...

— Bizarre!...

— Logique!...

— C'est donc un maboul?

Lacrousette se pencha à son oreille pour expliquer :

— C'est un homme de paille!

Le représentant de Saint-Martin-de-Ré poussa un admiratif gloussement et se cramponna à la rampe pour conserver sa verticale, puis il commença à descendre en soutenant son abdomen que ballottaient les sursauts d'un rire spasmodique.

IV

CE QUE VOULAIT LAURETTE

A la maison Barbaroux et Fils, les employés des deux sexes déjeunaient de midi à une heure, en dehors de l'établissement; mais les comptoirs ni la caisse ne pouvant être fermés, à cause de la clientèle, à onze heures, le sous-caissier et une moitié des vendeurs sortaient prendre leur repas.

Dès son entrée à la vente, Onésiphore avait insisté pour être compris dans la seconde fournée, celle qui prenait sa volée en même temps que les dactylographes.

De cette façon, il pouvait se rencontrer avec Laurette Lory, chez un petit marchand de vin traiteur de la rue des Vinaigriers. Là, ils étaient comme chez eux; jamais un camarade n'était venu les y troubler.

D'ailleurs, le galant Onésiphore avait de multiples raisons de ne pas se soustraire à la rencontre

simili-conjugale en ce restaurant éloigné. La première et la plus importante, c'est qu'il y trouvait
la pitance à « l'œil », le traitant ayant pris l'habitude de compter avec Laurette, qui n'avait jamais
un mot de reproche pour l'indélicatesse de son ami.

En second lieu, le grand garçon aimait assez
être tenu au courant des potins de la boîte, or, il
ne pouvait être mieux servi que par la sténo de
M. Abel, laquelle avait, dans son bureau, sans
compter le va-et-vient des trente dactylos, la pri-
meur de ce que pouvaient dire les patrons.

Comme ils en avaient pris l'habitude, Onésiphore et Laurette se retrouvèrent donc dans l'ar-
rière-boutique du marchand de vin traiteur de la
rue des Vinaigriers, à l'heure même où, dans un
autre quartier, la bande des flibustiers, présidée par
Gabrielle Tibault, avocat en jupons et bien acha-
landée par le sieur Lacrousette, limier de l'association, habile homme à tout faire, se séparaient sur
l'espérance d'une prochaine et fructueuse opération.

Tous deux ayant à se faire des confidences inat-
tendues, on doit penser si le vendeur et la sténo-
dactylo avaient mis peu de temps à gagner leur
ordinaire rendez-vous.

Laurette, d'un esprit bien supérieur à celui de
son ami, n'eut pas de peine à discerner un souci
sur son front; aussi, dès que le plat du jour eût été
posé entre eux, tout en le servant, lui demanda-t-elle
avec intérêt s'il était souffrant.

Une femme ordinaire, dans un cas semblable,
l'esprit tout rempli de la singulière suite de gros

espoirs qui bouillonnaient dans son cerveau depuis le matin, n'eût pas même attaché une importance moyenne à l'attitude embarrassée du jeune homme, et se fût empressée de vider son sac en exposant, d'abondance, et sans le laisser parler, l'extraordinaire découverte faite par elle sur un bout d'imprimé mis au rebut.

Mais Laurette Lory n'était pas quelconque; femme de grand cœur, elle ne pouvait avoir une tête de linotte.

Or, comme elle s'était résolue à faire de son ami, et coûte que coûte, un heureux, un gros héritier, un noble, — avec ou sans complicité, — il lui semblait bon de déblayer la route de toute question accessoire avant d'entreprendre le récit de ses propres exploits et, conséquemment, de lancer son ami sur la voie où elle le voulait diriger.

Onésiphore n'avait pas de ces subtilités — Ah! Dieu, non! — A la question de Laurette, il répondit tout bêtement :

— Dans quinze jours, je serai sur le pavé.

— Sur le pavé? s'écria la jeune femme surprise.

— Eh oui! Je me suis disputé avec le singe. Il n'était pas à prendre avec des pincettes, ce matin...

— M. Claude Barbaroux?

— Probable!... Il n'a jamais été bien aimable avec moi. Cette fois, il s'est montré agressif, en s'occupant de ce qui ne le regardait en rien : ma vie privée...

Laurette sursauta :

— Il saurait?

— Nos relations? Non! Il barbottait, cet homme... Croirais-tu qu'il m'a accusé de mener une vie dépravée. La bague de mon frère, celle que je porte au doigt, lui a même fourni l'occasion de me demander si mes faveurs étaient tarifées, si je me faisais entretenir par les « petites ».

Ce disant, Onésiphore haussa les épaules et, durant quelques minutes, on n'entendit plus que le bruit des mâchoires du petit ménage parisien.

Enfin, lorsque le garçon eut servi le café, — pure chicorée — qui fait les délices de la classe laborieuse, Onésiphore, dont la bile montait, déclara, en frappant la table du poing :

— On m'a proposé d'être d'un syndicat; j'hésitais, imbécile que j'étais! Je n'hésite plus. Pour faire bien marcher les patrons il n'y a encore que les affiliés de la C. G. T.

Laurette reposa son verre dans lequel fumait la décoction noire.

— C. G. T... répéta-t-elle.

Et le rappel de ces trois lettres cabalistiques, lui remontrant brusquement l'avis des *Petites Affiches*, elle se décida.

— Ecoute, Onési, commença-t-elle, en posant ses coudes sur le marbre de la table, as-tu confiance en moi?

— Confiance en toi? Quelle blague! fit en riant le grand garçon. Pourquoi voudrais-tu que je « manque » de confiance en toi? Tu ne vas pas chercher à m'emprunter, peut-être? Et d'ailleurs ce serait une opération sans résultat possible, car mes doublures se touchent!

« Quant à me tromper, ajouta-t-il plus bas avec un révoltant cynisme, dame, ma petite, tu le peux!... Nous ne sommes pas mariés... Ça ferait peut-être venir la veine. »

Heureusement pour elle, Laurette, cœur sensible et aimant n'avait pas entendu cette dernière phrase, elle en eût éprouvé une sérieuse souffrance.

Ce n'est pas que cette intelligente jeune femme se pût faire de grandes illusions sur le moral de son protégé; non, elle le voyait à peu près sous son angle réel, mais sa supériorité même la rendait indulgente aux faiblesses du presque déclassé.

Elle l'aimait à la façon dont une mère aime l'enfant contrefait. Elle l'aimait pour sa faiblesse de caractère, pour son hypocrisie, sa lâcheté, sa bêtise et son orgueil vantard; — car l'honnête commis avait toutes ces tares, non physiques, et bien d'autres! — Elle l'aimait enfin, sentiment irréfléchi du cœur féminin! parce qu'il s'était laissé guérir par elle! Elle lui en conservait de la reconnaissance!

Ah! la pauvre Laurette, combien mal elle avait placé sa tendresse!

— Pas de bêtise, dit-elle, répondant à la première phrase du vendeur de la maison Barbaroux, si tu veux bien te laisser guider par moi et suivre mes conseils, je t'affirme que tu n'auras pas à t'en repentir.

— Que veux-tu dire?

— Promets-moi d'abord d'exécuter à la lettre
ce que je vais te conseiller de faire?

— Toi, je te vois venir, ma petite, sourit le fat.
Tu vas me demander quelque chose d'énorme... de
t'épouser par exemple?

Dans son inconsciente fatuité, le malheureux se
figurait qu'un pareil mariage eût été désavantageux
pour lui. Il n'avait pas la notion de sa déchéance
intellectuelle, de sa misère, de sa végétale inutilité!

Sans donner à cette supposition le sens impertinent qu'elle comportait, Laurette riposta du tac
au tac, plaçant son premier jalon.

— Non, Onési, la pauvre Laurette Lory ne
saurait prétendre à un pareil honneur; elle ne peut
devenir la femme du riche baron d'Escouloubrac.

Onésiphore fit un bond.

— Deviens-tu folle?

— Je t'ai demandé si tu t'engageais à exécuter
à la lettre ce que je vais te conseiller de faire?

— De quoi s'agit-il?

— Promets-tu?

— Dis toujours?

— Pas avant d'avoir ta parole, ... ta parole sérieuse!

— Eh bien! je te la donne.

Alors Laurette Lory raconta à son ami stupéfait
qu'en voyant, ce matin-là, les initiales d'Olivier
d'Escouloubrac, la pensée avait soudain germé en
son cerveau, qu'Onésiphore, enfant sans nom, puisque non reconnu par son père, le défunt baron,
disciple de Saint-Hubert, ne ferait de tort à per-

sonne en se donnant un état civil moins succint,
plus respectable selon les conventions.

— Quel état civil?

— Celui de ton frère.

— En voilà une idée!

— Ce n'est pas lui qui viendra réclamer... il
est trop loin!

— Mon nom d'Onésiphore?

— On le suprime! Il disparaît!... Sans aucun
danger d'être remis au jour, car le baron Olivier
d'Escouloubrac ne fréquenterait pas dans le même
monde que le nommé Onésiphore, envolé, suicidé
peut-être à la suite de son renvoi de la maison Barbaroux et fils.

Le grand garçon admirait la chaleur déployée
par la jeune femme à développer son plan de substitution.

— C'est fou, archifou! murmura-t-il! mais ad-
mettons un instant que, sans anicroche, je puisse
ressusciter mon frère en ma personne... A quoi cela
me mènera-t-il?... Etant baron, et fils légitime, en
serais-je moins gueux?

— Oui! Depuis la trouvaille de la bague et du
cachet, d'autres événements sont survenus... Hasard? Providence? Je ne sais! Toujours est-il que
cela va vite, que cela se précipite, en s'enchaînant,
comme dans un roman.

Longuement, la jeune femme énuméra ce qu'elle
avait fait durant la matinée de ce jour, si fertile en
incidents inattendus.

En premier lieu, le choc qu'elle avait ressenti au

cœur en lisant le nom d'Escouloubrac — ce nom devenu obsédant, depuis son réveil — sur le cornet de papier, plein de tabac, qui lui avait été servi au bureau de la place Pigalle.

Onésiphore roulait justement une cigarette. D'un air effaré il chercha à découvrir le nom indiqué en tournant et retournant le cornet qu'il tenait à la main, mais ce sac, fabriqué avec un rez-de-chaussée du *Radical*, ne montrait d'une part que les derniers cours de la Bourse et, de l'autre, le titre du feuilleton : « Mamzelle Flamberge ».

— Ce n'est pas ce papier-là, dit Laurette.

— Pas celui-là? Tu as donc pris deux cornets de tabac?

— Attends... Tu t'impatientais au dehors du bureau. Tu me fis même observer, à ma sortie, que j'avais été longue, et je te répondis, je crois : « On n'en finissait pas de me servir »...

— Eh bien?

— Eh bien, c'était pour ne pas t'avouer ce qui venait de m'arriver, et te cacher mon trouble... J'avais été servie de suite... On m'avait remis un cornet, fait d'un feuillet détaché d'un journal d'annonces, et c'est sur ce feuillet que j'avais vu le nom.

« Alors, désireuse de conserver pour moi seule ce papier, s'il apportait la nouvelle d'un désagrément, je me fis donner un second sac pour transvaser le tabac et pouvoir te dissimuler l'imprimé dont j'ignorais encore le contenu.

« Il était dans mon corsage, lorsque nous prîmes le métro.

« J'avais hâte, tu dois le penser, de me trouver seule dans le cabinet de M. Abel pour prendre connaissance de l'article, mais je me heurtai au grand patron. Lui se disposait à me faire une scène, lorsque M. Abel intervint en ma faveur et fit filer son père...

— Vers le magasin, où je devais recevoir le contre-coup de ton algarade et payer pour deux, interrompit Onésiphore.

« Ah! ajouta-t-il fiéleusement, tu as de la chance d'avoir donné dans l'œil du petit patron...

La jeune femme devint cramoisie et protesta :

— Oh! Onési, ne va pas croire surtout...

— Ce que je crois, ma petite, c'est que M. Abel te gobe et, si j'étais à ta place, moi...

Malgré son audace, intimidé par le regard angélique et loyal de son amie, le grand garçon hésita à donner le fond de sa pensée. Il fit bien, car, sous certains rapports, il affichait une largeur d'idées que l'on ne rencontre guère, en dehors d'un monde spécial où le mâle se fait entretenir par adoration ou par crainte.

— Bast! ajouta-t-il en appelant le garçon pour se faire servir un verre de fine, laissons ces questions de sentiment et dis-moi ce que racontait ton papier?

— Rien de mauvais!... au contraire!... L'avis d'un homme d'affaires invitant le baron O. d'Escouloubrac, fils du défunt, gentilhomme chasseur de la forêt de P---conne, à se présenter à son cabinet...

— Il pourra l'attendre longtemps, celui-là !

— Je lui ai annoncé que M. d'Escouloubrac se tiendrait à sa disposition.

— Malheureuse ! sursauta Onésiphore. Tu veux me faire prendre la place de mon frère ?

— Celle que son absence lui fait perdre, oui !

— Et si j'allais être reconnu ?

— Pas de danger ! Le chemin parcouru par le pauvre Onésiphore ne peut traverser la route suivie par l'opulent baron gascon. D'ailleurs M. Lacrousette n'a jamais ouï parler de cet Onésiphore...

— M. Lacrousette ?

— C'est l'homme d'affaires qui a fait insérer l'avis...

— Si c'était un piège ?

— C'est pour un héritage !

— Sapristi ! s'écria le grand garçon interloqué de tant d'assurance, tu es donc sortie de la boîte ce matin ?

— Moi ? Pas du tout !

— Alors où as-tu pu voir ce Lacrousette ?

— Je ne l'ai pas vu.

— Voyons Laurette, tu me fais poser où je n'y comprends goutte... Comment as-tu pu tirer des renseignements de cet homme ?... t'expliquer avec lui ?

— D'une façon bien simple : par téléphone !

— De ton bureau ?

— Certainement.

— Quelle imprudence ! si le petit patron t'avait surprise ?

— Il était dans le hall de la correspondance.

— Dans son harem? ricana le vendeur. Oh!
alors tu pouvais téléphoner en toute sécurité; ce pacha avait sans doute assez d'occupation, au milieu de
ses trente odalisques!

— Méchante langue! fit en riant la jeune
femme. Je ne crois pas M. Abel capable de se pré-
valoir de sa haute situation pour se mal comporter
avec de pauvres femmes. A part cela, il est certain
qu'il ne pouvait se douter de rien; le bruit
combiné de trente machines à écrire en pleine activité devait suffire à couvrir ma voix.

Pour notre part, nous ne l'ignorons pas, le petit
ménage nageait en pleine erreur, M. Abel ayant
intercepté, en son entier, la communication de Laurette.

Il soupçonnait déjà sa sténographe d'être de connivence avec le commis à la vente, dans une affaire
dont il ne pouvait deviner, c'est vrai, l'exceptionnelle gravité.

Onésiphore ayant par hasard jeté les yeux du
côté de l'œil de bœuf, se leva précipitamment en
pensant tout haut :

— Déjà deux heures! Ah! je suis frais!... A ce
soir petite, je me sauve... Ce que le grand patron
va en faire une musique.

Comme lui, Laurette s'était levée.

— Reste un instant encore, dit-elle, en le retenant par la manche; je dois t'apprendre ce qui a
été décidé... D'ailleurs, puisque tu es congédié, tu
as légalement le droit de prendre, chaque jour, un
certain temps afin d'aller à la recherche d'une autre

place... Pour ce qui est de moi, j'espère que M. Abel voudra bien...

— ...Excuser ton nouveau retard? Parbleu! le digne clubman a sur toi des intentions particulières, il ne saurait t'éloigner de sa personne.

— Veux-tu bien te taire! A t'entendre, on croirait des choses, qui certainement ne sont pas... Revenons à notre affaire : M. Lacrousette ayant insisté pour te voir, je lui ai fait comprendre que, pour des raisons de gêne momentanée, M. le baron d'Escouloubrac ne tenant pas à divulguer son adresse, il faudrait lui fixer rendez-vous en écrivant chez une de ses amies...

— Une amie! s'effara stupidement le fat. Laquelle?

Laurette ressentit comme une piqûre du côté du cœur, mais la pauvre fille avait ce qu'il faut d'aveuglement amoureux pour savoir tout supporter sans se plaindre; aussi ne releva-t-elle pas ce qu'il y avait de blessant dans cette question et répondit-elle simplement :

— Moi!

— A la bonne heure! pouffa le commis, très amusé de voir si bien passer sa maladresse et, s'enferrant de plus en plus... Je me disais aussi...

— Maintenant tu peux partir... Je vais solder l'addition...

— J'allais t'en prier.

— ... Et je ne rentrerai boulevard Magenta que quelques instants après toi.

. . . .

Les deux mains dans ses poches, fébrile, l'œil mauvais, sa couronne de cheveux blancs hérissés et marchant avec une agitation qui faisait danser, sur sa grosse bedaine de sexagénaire, les anneaux d'or d'une lourde chaîne de montre, Claude Barbaroux allait et venait dans ses magasins, inspirant une crainte sérieuse à son nombreux personnel qui ne l'avait jamais vu si « à cran ».

L'entrée bruyante d'Onésiphore porta à son paroxysme l'exaspération du grand patron.

— D'où sortez-vous, Mossieu? demanda-t-il en allant à lui.

— Je ne sors pas, je rentre, avoua innocemment le commis.

A cette riposte qui, de la part de tout autre, eût pu être spirituelle, mais qui, venant d'Onésiphore, était simplement naïve, des rires fusèrent derrière tous les comptoirs.

Le grand patron foudroya les rieurs des éclairs d'un regard olympien et lança, d'une voix formidable, ce seul mot, prononcé à la façon des huissiers audienciers londonniens :

— « Saelence! »

Toutes les têtes plongèrent derrière les piles d'étoffes, comme en autant de terriers.

Heureusement pour Onésiphore deux dames pénétraient en cet instant dans le magasin.

— Veuillez voir! commanda simplement Claude Barbaroux en désignant les arrivantes.

Avec une grâce de lourdaud, Onésiphore se précipita à leur rencontre.

Les deux dames étaient vêtues avec cette extrême recherche et cette riche simplicité que le bon goût seul peut indiquer. A n'en pas douter c'était là la mère et la fille, bien que la plus grande des deux dames parût être la sœur aînée de la plus petite; cette dernière, délicieuse adolescente aux yeux de pervenche, aux cheveux d'un blond d'épis murs.

A l'aspect de cette jeune fille, Onésiphore sembla comme frappé de vertige et resta béant d'admiration.

— Monsieur, demanda la mère, pourriez-vous nous montrer des étoffes caoutchoutées pour vêtements d'automobile, étoffes dans le genre de celles qui ont été vendues à Mme la marquise d'Aiguevives-d'Agave?

Le commis ne discerna qu'un bourdonnement : il était en extase !

Ce que voyant, le grand patron s'empressa de venir le remplacer et de se mettre à la disposition de ses clientes.

Durant tout le temps qu'elles restèrent dans le magasin, l'hébêtement d'Onésiphore ne fit que croître et ce fut une sorte de plaisir paradisiaque qu'il ressentit lorsqu'il put entendre la mère appeler sa fille du doux nom de Yolande.

Les fumées de l'opium ne procurent pas plus d'enchantements aux aspirateurs du poison, que ce seul nom n'en apporta au faible cerveau du protégé de Laurette.

Enfin, les deux dames sortirent du magasin, passèrent à la caisse et donnèrent cette adresse :

« Mme LA COMTESSE DE BOIS-BRIOLLE,
AU CHATEAU DE PIBRAC
(*Haute-Garonne*) »

Le grand patron, courbé en deux, accompagna
jusqu'à leur voiture l'épouse et la fille du comte
Roland de Bois-Briolle, député de la Save.

Des clientes de cette importance donnent du
lustre à une maison.

Onésiphore n'avait rien entendu. Il vivait dans
un rêve fait de ce nom magique : « Yolande » !

V

PROJETS D'AVENIR

Le lendemain, dans l'après-midi, Onésiphore,
fraîchement rasé, et la moustache relevée en brous-
sailles, conquérantes, se dirigeait vers la rue Taitbout. Il était porteur d'une serviette gonflée de
paperasses et de titres; il était aussi abondamment
lesté de conseils de prudence, fournis par son mentor en jupons.

A cette heure, régulièrement, il eût dû se trouver derrière son comptoir à la maison Barbaroux
et fils, mais il n'en était plus à une absence près.
Selon son expression, il s'était « dessalé » d'un
coup, et, à défaut de la baronnie et de la richesse,

à la conquête desquelles il marchait, il avait déjà
envoyé son adhésion au syndicat, afin de faire « bisquer le singe ».

Toutefois, ceci n'était qu'une provision de flèches
de parthe, destinée à amuser sa rancune d'employé
remercié, car, depuis sa vision du jour précédent, il
n'avait plus qu'une idée : faire peau neuve, devenir
riche, retrouver Yolande et l'épouser !

Que deviendrait Laurette dans tout cela ?

Il s'en souciait peu, Onésiphore.

Ah ! ne croyez pas qu'il y eût, chez lui, une mé-
chanceté préconçue.

Cependant, comme la reconnaissance n'était pas
dans son tempérament, et comme il lui fallait aller
de l'avant, en écartant de sa route les rencontres
accidentelles, — Laurette en était une, à son estime,
puisqu'il allait monter, — il n'éprouvait aucune
fausse honte à se servir du cœur de la pauvre femme
comme d'un tremplin, pour franchir, d'un saut fée-
rique, le Rubicon séparateur de sa vie passée d'avec
son existence future.

Par la suite, Laurette Lory ne serait plus que
l'image des mauvais jours, un souvenir désagréable
qu'il faudrait chasser...

Parvenu à ce point d'abjection, le grand garçon
côtoyait l'abîme d'infamie.

Pauvre, pauvre Laurette !...

. . . .

La veille au soir, la concierge du 26 de la rue
Clauzel avait remis à sa locataire une carte cornée,
à découvert, et ainsi libellée :

3 **ter**, rue Taitbout
Téléph. : *Central* 99-27

La C. G. T.

LACROUSETTE ET C**ie** présentent leurs hommages à M**lle** Laurette Lory et la prient de bien vouloir prévenir M. le baron d'Escouloubrac qu'ils seront heureux de le recevoir, à leur bureau, demain, dans l'après-midi (*affaire succession*).

Une fois dans la mansarde et la lampe **allumée**, les deux jeunes gens s'étaient empressés de prendre connaissance de cet écrit.

— Mince! s'était écrié Onésiphore en reculant, si la pipelette s'est offert la lecture de ce poulet, — et le contraire serait incroyable! — toute la maison va savoir demain que tu donnes dans la noblesse... Alors pour quelle espèce de pierrot passerai-je, moi?

— C'est vrai, avait dû répondre Laurette; cet homme d'affaires ne pouvait agir plus maladroitement... Au fait, à quoi bon récriminer. Sa bêtise ne fera que hâter la mise au point d'une résolution qui, tôt ou tard, n'aurait pu manquer de devenir obligatoire, dans la nouvelle situation que tu es appelé à tenir.

— Que vas-tu me proposer encore?

— Une séparation nécessaire, mon pauvre Onési...

— Toujours des bêtises?

— Non, ta sécurité future exige que nul ne puisse soupçonner, pas plus ici qu'ailleurs, la vie antérieure du baron Olivier d'Escouloubrac, — car c'est sous ce nom-là que tu dois te faire connaître de Lacrousette et de ses associés; il n'y a plus à reculer : les papiers de ton frère *sont* les tiens! Donc, pour quelques jours encore, si tu dois rester, au su des Barbaroux, le commis banal dont on n'entendra plus parler après son départ, par contre, je te demande de consentir à ne plus reparaître rue Clauzel..

— Elle est bonne, celle-là! Et où coucherai-je alors?

— Dans une chambre, ou plutôt dans un petit logement. Je le chercherai du côté de la rue Lafayette, pendant ta visite à ces Messieurs.

— Et l'argent?

La jeune femme eut un sourire contraint. Un instant elle avait espéré, — oh! bien vaguement! — que son Onési aurait une révolte, se défendrait de pouvoir s'éloigner d'elle... Non! son seul souci avait été de s'enquérir où l'on prendrait l'argent nécessaire à sa nouvelle installation.

Depuis bien des jours l'amoureuse Laurette avait vu s'écrouler peu à peu l'échafaudage de ses chimériques espoirs. Hélas, comme elle s'était résolue à se sacrifier tout entière au profit de son inconscient bourreau, elle baissa la tête, semblant saluer, au passage, l'envol de cette nouvelle illusion et répondit avec assurance :

— L'argent se trouvera sans trop courir après.
Dans les paroles de ce M. Lacrousette, dans son
intonation surtout, j'ai cru discerner qu'il doit se
promettre de tirer un beau bénéfice de l'affaire où
tu vas prendre rang, comme personnage principal.

« Si je ne me suis pas abusée, après avoir traité
avec lui le fond de la question d'héritage et établi
tes titres incontestables, tu lui feras part, sur un ton
dégagé, de tes embarras passagers et tu lui deman-
deras de te consentir une avance...

— Hem! s'il allait refuser?

— S'il refusait, entends-moi bien, il faudrait te
montrer beau joueur en risquant le tout pour le tout.

— Comment cela?

— Tu pourrais lui dire, par exemple : « Puisque vous semblez douter de mon bon droit ou ne
croyez pas au gain de ma cause, je crois préférable,
pour moi, de ne pas pousser plus loin dans la voie
où vous vouliez m'engager... »

— Il se fâchera! Il me balancera!

— J'en doute! Ton départ le laisserait le bec
dans l'eau... Or, ce n'est pas ce qu'il cherche, puisqu'il a fait des annonces répétées, une publicité coû-
teuse...

« Je crois, pour ma part, qu'il te laissera faire
une fausse sortie et te rappellera pour transiger...

« Au fait, s'il voulait t'écrire, donne-lui donc
cette adresse : 9, rue Cadet. Je te trouverai certainement ce qu'il te faut dans cet ancien couvent...

. . . .

Ainsi, bien lesté de conseils, d'espérances, de

fausses pièces d'identité; l'esprit parfaitement à l'aise, dans son inconscience, et le cœur divinement libéré de tous soucis, grâce à son monstrueux égoïsme, Onésiphore se rendit à l'adresse indiquée et gravit l'escalier monumental dont la rampe était un chef-d'œuvre de ferronnnerie d'art. Au premier étage, il sonna à la porte, derrière laquelle campaient les augures de son destin...

Mais, avant de mettre le protégé de Laurette Lory en contact avec nos hommes d'affaires, jetons d'abord un coup d'œil derrière la porte marquée des trois lettres que vous connaissez.

Cette porte mystérieuse une fois franchie, on se trouvait dans une grande pièce chaudement capitonnée d'étoffes chatoyantes. Les murs en étaient tendus de brocart de soie du plus pur Louis XV. Dans un épais tapis de la Savonnerie s'enfonçait l'élégance frêle des pieds d'un petit bureau de Boule, autour duquel bureau, dans un désordre artistique, chevauchaient, sur les dessins du tapis, des sièges, des écrans, une vitrine chargée de bibelots de prix, des poufs, un vis-à-vis, une bergère... le tout datant de différentes époques, mais admirablement conservé, et portant le cachet d'une authenticité incontestable.

Sur la cheminée, une garniture de Sèvres : *La Ferme de Trianon*.

Le long de la boiserie de droite, un large sopha, au-dessus duquel, appendu, ou pour mieux dire, plaqué au mur, un portrait en buste de Marie-Antoinette, dans un ovale de bois doré

C'était là le cabinet de Gabrielle Tibault, avocat, la charmante personne que nous vîmes, présidant, avec désinvolture, la réunion composée de Lacrousette, Sujaré, Vergès-Tauve, Thémunos et Dautap...

Ce cabinet, fémininement meublé, pouvait également tenir lieu de boudoir, mais, en réalité, il lui était pareillement loisible, grâce au sopha, de servir de chambre de repos et aussi, le cas échéant, de cabinet de toilette.

En effet, dissimulé en pan coupé dans un coin, faisant tache au milieu des belles antiquailles, se voyait un moderne lavabo en bois de rose, surmonté d'une glace.

A l'heure où nous nous introduisons dans ce cabinet-boudoir-toilette, un homme s'y trouvait seul. L'air parfaitement ennuyé, il allait du petit bureau au sopha et revenait du sopha au bureau.

Tout en marchant ainsi, à la façon d'un fauve en cage, il aspirait mollement une cigarette turque qu'il avait dû cueillir dans un drageoir posé sur la cheminée.

A quoi bon faire du mystère? Cet impatient promeneur solitaire n'avait rien d'un cambrioleur et, chez Gabrielle Tibault, se trouvait presque chez lui; c'était le petit patron de la maison Barbaroux et fils, le M. Abel de Laurette et du harem des dactylographes, le bel Abel, enfin, comme disait plaisamment la superbe Gabrielle dont il était le favori en exercice.

Selon sa constante habitude, le commerçant

clubman avait joué gros jeu, la veille au soir, à son cercle. Complètement décavé, il avait eu la malheureuse idée de confier sa pénurie au vieux Claude.

Comme tous ceux qui ont fait fortune en partant de bas et qui, selon une admirable expression « sont leurs propres ancêtres », le bonhomme avait en horreur les prodigues. Il avait donc reçu M. son fils assez fraîchement, le menaçant même de rompre leur acte de société, si le joueur ne consentait à mettre les pouces.

M. Abel avait promis, espérant attendrir le vieillard. Hélas! inutilement : Barbaroux défendait sa caisse déjà par trop visitée.

Force avait donc été au dissipateur de s'adresser à sa sœur. Mlle Caroline se fût fait un vrai plaisir de lui venir en aide si ses dernières économies n'avaient pris déjà le chemin de l'exil, entre les mains d'un remisier.

Dans cette extrémité, M. Abel s'était carrément décidé à venir « taper » sa Gaby, chez laquelle il possédait ses grandes et petites entrées.

Il y avait une heure qu'il posait et il commençait à s'impatienter.

Pourquoi Gabrielle était-elle sortie à cette heure?... Certes, il n'avait assigné aucun rendez-vous à la brillante Mme Tibault, cependant, dans son égoïsme, il pensait qu'elle eût dû pressentir sa visite et ne point s'éloigner.

Leur liaison comptait déjà dix-huit mois. Ils s'étaient rencontrés et appréciés à une réception du

ministère du Travail. Dans l'ancien palais archi-
épiscopal, le titulaire du portefeuille, marchant sur
les brisées de son prédécesseur, les avait unis — librement.

Y avait-il eu de l'amour entre eux ? Peut-être !
Quoi qu'il en soit, ce sentiment passager avait cédé
la place à une meilleure interprétation de leurs besoins réciproques.

Voici dans quelles conditions ils s'entendaient :

De deux ans plus âgée que M. Abel, Mme Tibault s'était mis dans l'esprit que, tôt ou tard, elle
épouserait la solide fortune de la maison Barbaroux, en la personne du jeune associé.

A distance cela pouvait passer pour une para-
doxale hypothèse, surtout étant admise la papillon-
ne originalité de l'amoureux, qui butinait, avec un
égal plaisir, le calice de toutes les fleurs rencon-
trées et jetait l'argent à pleines mains.

Eh bien! c'était avec la complicité de ce dernier
défaut que notre habile femme d'affaires avait résolu de mener à bien son entreprise. Pour ce faire,
la première fois que le bel Abel s'était trouvé à la
tête d'une dette d'honneur, difficile à régler, dans
les délais d'usage, elle s'était gentiment offerte à
lui « avancer » cette somme insignifiante, — il
s'agissait de cinq cents louis — contre une reconnaissance... « oh! pour la forme! »

Et le joueur, trop heureux d'en être quitte à si
bon compte, s'était empressé de lui abandonner sa
signature, qu'elle avait jetée, avec insouciance, au
fond d'un tiroir, négligemment refermé à clé.

Cette signature n'était pas longtemps restée seule. Les emprunts s'étant multipliés, on lui avait donné de la compagnie.

Depuis quelques jours, cependant, Gabrielle Tibault se montrait moins disposée à financer. — Elle avait fait le recensement des reconnaissances « pour la forme » et savait tenir maintenant le clubman qui lui devait une somme fantastique :

Plus d'un demi-million !

Comment la femme d'affaires avait-elle pu lui avancer pareille somme ?

A dire vrai, elle ne lui en avait compté que la dixième partie. Comme le dissipateur était toujours excessivement pressé, c'était en blanc qu'il signait ses reçus, laissant à son obligeante prêteuse la charge de les remplir. Or celle-ci s'était acquittée de ce soin sans récriminer, mais en ajoutant, pour ses honoraires, un zéro au total de chaque somme versée.

Cependant M. Abel s'impatientait, ayant hâte de liquider l'affaire qui l'amenait ici et de retourner à son cabinet du boulevard Magenta. Depuis deux jours il rêvait de Laurette Lory, de cette jolie fille aux cheveux d'or, qui travaillait sous ses ordres, comme secrétaire, et qu'il n'avait pas encore remarquée jusque-là.

Et c'est en partie pour satisfaire ce caprice qu'il venait taper la « chère maîtresse » — Gabrielle Tibault était avocat, ne l'oublions pas, — après avoir échoué auprès de son père et de sa sœur.

Le procédé n'était pas d'une délicatesse exquise ;

mais, bast! le bel Abel planait au-dessus des pré-
jugés du commun.

Après avoir fumé la dernière cigarette du drageoir, ne sachant plus que faire, il s'étendit sur le
sopha où il ne tarda pas à tomber dans une demi-
somnolence.

Avant de perdre entièrement connaissance, il lui
sembla entendre introduire un client dans le cabinet voisin, — celui de Lacrousette, — puis, comme
un bourdonnement de voix connues... Mais, ce devait être un rêve.

VI

LA MAISON TRUQUÉE.

Onésiphore avait sonné.

A la question posée par le groom : « Qui de-
vrais-je annoncer? » il tendit délibéremment une
carte de visite trouvée parmi les papiers, au fond
de la malle de son frère.

Un instant après il franchissait le seuil de la porte derrière laquelle se discutaient les « affaires privées » et se trouvait en présence de Lacrousette.

Nous n'avons pas encore suffisamment présenté
cet important personnage.

Lacrousette était un petit homme d'une quaran-
taine d'années, bedonnant, avenant, remuant.
Avare, nous l'avons dit, il ne possédait pas l'in-

quiète tristesse d'Harpagon et masquait son vice
sous des dehors de je m'enfichiste moderne. Il ne
fallait pas trop s'y fier; à l'occasion, ce pouvait être
un fameux pince-sans-rire..... Natif des environs de
Belbèze, dans la Haute-Garonne, il avait fait ses
études à Toulouse et avait même été clerc chez
maître Cramayol, avoué, dont l'étude était située
rue Matabiau.

Quelque vingt ans plus tôt, à l'époque du décès
de M. de Chantelle, surnommé l'ours de Pibrac,
Lacrousette, accusé d'avoir détourné une pièce du
dossier de la succession, avait dû quitter Toulouse
et venir se réfugier à Paris.

Son cabinet était meublé avec la confortable sé-
vérité de tous les cabinets de ce genre, sérieusement
achalandés.

Ce qui se remarquait le plus, dans l'ensemble,
parce que se mariant mal avec le reste, était une
glace ovale, placée à mi-hauteur sur le mur de gauche et, du même côté, au fond, une sorte de grande
cave à liqueurs en bois des îles.

La glace, passe encore, bien que notre belbezien
n'eût rien d'un homme coquet; mais, pour ce qui est
de la cave à liqueurs, elle devait servir à un tout
autre usage qu'à celui auquel elle paraissait vouée,
par destination. Pourquoi cela? Parce que, à parler franc, l'associé de Mme Tibault, comme tout
pingre consciencieux, était d'une scrupuleuse sobrié-
té.

En voyant entrer Onésiphore, Lacrousette se leva, fit quelques pas vers lui et lui présenta une

main velue, en prononçant sur un ton de joyeuse
bonhomie :

— Enchanté de faire votre connaissance, monsieur le baron et cher compatriote; car nous avons
vu le jour tous deux près de Toulouse...

— Bah! fit le commis de la maison Barbaroux.

— Sans doute. N'êtes-vous pas des bois de
Bouconne?

— Si fait!

— Et moi de Belbèze, té vé!... On a têté tous
les deux les eaux de la Garonne, vous en aval,
moi en amont, à quarante kilomètres de distance,
à vol d'oiseau!

Il fit partir, en fusée, un rire sonore, tout en secouant la main de son nouveau client qui lui rendit
son étreinte, en riant jaune. Dans sa douteuse situation, on le comprendra sans peine, il éprouvait
une juste appréhension de voir un « pays » le saluer à l'entrée du sentier dangereux sur lequel il
s'apprêtait à s'aventurer.

Cette impression, par bonheur, fut de courte
durée, Lacrousette ayant été reprendre place derrière son bureau, comme l'araignée au milieu de
sa toile, et l'invitant à venir occuper un fauteuil
auprès de lui.

A ce moment précis, derrière le dos de l'homme
d'affaires en face duquel Onésiphore s'était assis,
il se fit un petit bruit de store qu'on relève, du
côté de la glace dont le miroir sembla se teinter
d'une transparence plus claire.

Onésiphore, trop absorbé, n'avait rien entendu, ni rien vu.

Lacrousette, lui, possédait d'excellentes oreilles et n'avait pas besoin de se retourner pour savoir d'où provenait ce bruit particulier, car il haussa imperceptiblement les épaules en pensant :

— Est-elle bête de chercher à m'espionner !

— Monsieur d'Escouloubrac, reprit-il plus haut, puisque vous avez bien voulu vous rendre à notre invitation, je dois penser que cette personne, avec laquelle nous avons eu hier, par téléphone, une conversation préliminaire, vous a mis au courant ?...

... Dans le cabinet de Gabrielle Tibault, M. Abel, réveillé en sursaut par les bruyants éclats de rire de Lacrousette, faisant accueil à son compatriote qui, lui, n'avait pu moins faire que de l'accompagner en faux bourdon. M. Abel s'était redressé sur ses pieds en se disant :

— Je ne rêvais pas ! on parle quelque part... mais où ?

Sondant tous les murs, il avait fait inutilement le tour du cabinet-boudoir-toilette, lorsque, revenu à son point de départ, il lui avait semblé — c'était de la fantasmagorie ! — que les paroles entendues sortaient de la bouche même de la Marie-Antoinette, peinte sur toile et encadrée de dorure.

M. Abel, étant de son siècle, n'eut pas un seul instant l'idée qu'il pouvait se trouver en face d'une manifestation des esprits ; — le spiritisme, d'ailleurs, lui paraissait être une pure blague ! — aussi, essentiellement positif, estima-t-il qu'une reine, même une reine décapitée sur la place de la Révolution, outrepassait ses droits en venant le déranger, plus de cent ans après son tragique décès.

Pour la ramener à une plus saine compréhension de ses devoirs d'ombre, il sauta tout debout sur le sopha, décidé à clore, du plat de sa main, la gracieuse bouche peinte sur toile.

Mais, ayant mal calculé son élan, son pied glissa sur le satin du meuble. Pour éviter une chute, au risque de faire accourir le groom à son coup de sonnette, il se retint instinctivement au cordon appendu auprès du tableau.

Ce qui en résultat le laissa un instant stupide de surprise.

A la secousse imprimée par sa main au cordon, aucune sonnerie n'avait répondu, seulement, l'ovale du visage de la reine s'enroulant sur lui-même, à partir du menton, avec ce bruit de store déjà mentionné par nous, s'était évanoui sous les cheveux.

Le cordon actionnait un secret!

Marie-Antoinette, — étrange destinée de cette grande victime, — venait, pour la seconde fois, de perdre sa tête. A la place de celle-ci, apparaissait un verre poussiéreux, mais transparent, au travers duquel M. Abel pouvait voir dans la pièce voisine.

Disons-le tout de suite, ce verre constituait la portion centrale du miroir accroché derrière le bureau de Lacrousette.

C'était « l'œil » de Gabrielle Tibault. L'honnête harpagon en connaissait parfaitement le fonctionnement : il savait que s'il ne pouvait rien deviner de ce qui se passait de l'autre côté du miroir, dont le poli lui renvoyait sa propre image, par contre, du cabinet voisin, rien de ce qui se passait chez lui ne pouvait échapper au « voyeur » posté contre le tain mercuriel, chimiquement aminci.

Ce que vit M. Abel, en se penchant, le fit d'abord se reculer, par crainte d'être aperçu.

Il avait sous les yeux et lui faisant face, un personnage qu'il connaissait bien pour l'avoir remarqué dans les magasins de la maison Barbaroux.

— Onésiphore, murmura-t-il. Que peut faire là cet imbécile?

Onésiphore répondait justement :

— Oui, oui, monsieur, Laurette m'a tout dit... du moins tout ce que vous-même avez bien voulu lui communiquer... Cependant, avant de poursuivre, me permettez-vous une question?

— Tout à vos ordres.

— Sur votre porte, comme sur votre carte, il y a trois lettres qui m'ont fait plaisir... C'est bien ici le bureau de la Confédération, n'est-ce pas?...

— De la Confédération Générale du Travail? sourit Lacrousette. Nous ne sommes que les banquiers et les conseils de cette association des laborieux dressés, conscients et organisés, en force, contre les exploiteurs... A quel propos me demandez-vous cela, mon cher monsieur Olivier?

— Onésiphore jeta tout autour de lui un coup d'œil effaré cherchant à qui pouvait bien s'adresser cette question.

— Olivier? Ah! oui, c'est moi! fit-il en se re-
saisissant... Je vous demandais ce renseignement
parce que je suis résolu à envoyer mon adhésion à
la C. G. T.

— Vous?... A quel titre?

— Au titre d'employé de la maison Barbaroux
et fils.

Lacrousette venait d'attirer à lui un lourd cahier
de fiches de renseignements et le compulsait.

— Baron Olivier d'Escouloubrac? murmura-t-il
enfin. Je ne trouve pas. Pourtant il me sauterait
aux yeux, ce nom-là... Il sonne, il éclate! Un nom
comme celui-là, c'est un vrai gascon!

L'autre avoua, rougissant :

— Aussi, ne l'ai-je pas donné.

— C'est juste! approuva Lacrousette en branlant la tête d'un air entendu, vous avez pris un so-
briquet, voulant éviter à vos ancêtres la vision de
votre abaissement...

— Ça, un baron, un d'Escouloubrac! se disait
le bel Abel; est-ce possible?... Ah! c'est cet olibrius pour lequel se compromet la délicieuse petite
Laurette? Eh bien, mon garçon, nous y mettrons
bon ordre!

— Avant d'entrer chez les Barbaroux, vous re-
veniez du Transvaal?

— Oui... c'est-à-dire... Enfin mes papiers l'éta-
blissent!

— Vos papiers... au fait? C'est justement pour
me donner communication des pièces établissant

votre identité que je vous avais fait prier de passer
ici.

Onésiphore ouvrit sa serviette et lui tendit une
chemise pleine de documents, soigneusement choisis
et rassemblés par Laurette.

— Bien, bien, dit le dénicheur d'affaires, après
avoir rapidement feuilleté le tout. Ah! voici l'acte
de naissance de madame votre mère... une Chantelle, n'est-ce pas?

— Oui, peut-être!... Je crois me rappeler pourtant qu'on la nommait Mme d'Escouloubrac.

— Parbleu! Une femme mariée perd son nom
de jeune fille, au cours ordinaire de la vie, mais,
dans les actes légaux, ce nom se retrouve toujours,
joint à celui de l'époux.

Il tira d'un étui de maroquin une feuille de par-
chemin jaunie qui, dépliée, laissa voir le dessin
inhabilement tracé d'un arbre aux nombreuse ra-
mures. Le tronc et les maîtresses branches se de-
vinaient à peine, tant l'encre employée semblait
s'être effacée sous l'action du temps, par exemple,
plus l'arbre montait, plus ses pousses devenaient
distinctes; les dernières ressortaient même en noir
vigoureux. De toute évidence, plusieurs artistes
avaient dû collaborer — successivement et à différentes époques — à la confection de cette figure.

— Voici l'arbre généalogique des Chantelle!...
Approchez, monsieur Olivier...

De son observatoire, M. Abel ne perdait rien de
cette scène.

— Mais, mais, fit-il par deux fois, quelle singu-

lière manigance l'associé de Gaby monte-t-il là?...
Ce ridicule olibrius n'est pas plus baron qu'il n'est
Olivier... Que va-t-on lui proposer?... Ecoutons! Il
y aura sans doute intérêt majeur à savoir le fin
mot de ceci.

Lacrousette n'avait paru prêter aucune attention
à la surprenante distraction de son client.

— Approchez! redit-il avec une sorte d'impatience, et voyez ici, sur le côté, cette jolie petite
branche?

— Je la vois... eh bien?

— Eh bien, c'est vous!...

Onésiphore s'effara :

— Moi, une jeune branche?

— La dernière vivante, mon cher compatriote!...
Et si vous n'êtes pas à votre aise...

— Je vais être à bout de ressources!

— ... Alors, la branche de salut!... A la condition, cela va de soi, que vous vous laissiez entièrement guider par nous et vous engagiez à ne pas
déranger, par des réclamations prématurées, la requête que nous avons déjà formulée en votre nom...

Si fantastique que cela puisse paraître, c'était
vrai!...

Bien résolu à trouver coûte que coûte, et à diriger, au mieux des intérêts de l'association, le fils
réel ou supposé des époux d'Escouloubrac et Chantelle, Lacrousette avait eu l'audace énorme de faire
déposer au tribunal de première instance de Toulouse une demande en pétition d'hérédité, *au nom*

du client qu'il ne connaissait pas encore et dont l'existence ne lui était même pas démontrée.

Que lui importait, en cas d'urgence, il se savait de force à en créer un de toutes pièces.

A la communication téléphonée par Laurette, il avait eu des doutes sur la légitimité du baron ainsi proposé. Par exemple, à la vue du personnage, ses doutes s'étaient envolés pour faire place à la certitude absolue qu'il se trouvait en présence d'un imposteur.

Au fond, ce n'était pas pour lui déplaire : il pourrait agir plus facilement.

Ce qui, au demeurant, le surprenait le plus en cette aventure, c'était d'avoir fait germer, au moyen d'une annonce, non pas un audacieux faussaire armé de papiers bien imités, comme il s'en fabrique à la grosse, mais un bénêt poussé par une volonté autre que la sienne et chargé d'autant d'actes authentiques qu'on en pouvait désirer.

Où avait-il pu se procurer cela?

Qui était-il?

Bast! Là n'était point la question! L'important était de le flatter, comme on flatte un coursier ombrageux, de lui passer le mors et de le tenir bien en main.

Répondant à la dernière phrase de Lacrousette, le grand garçon, de plus en plus surpris, répéta :

— Une requête?... En mon nom?...

— Oui! une demande en pétition d'hérédité et, consécutivement, en restitution d'héritage.

Onésiphore poussa un profond soupir et demanda :

— Il y a gros?

L'autre s'était levé, le poussait vers son fauteuil
de bureau.

— Asseyez-vous donc, mon cher compatriote.
Avant d'entrer dans les détails je voudrais vous
demander quelques signatures?

Il lui montrait des feuilles timbrées : pouvoirs,
délégations, reconnaissances.

Le commis de la maison Barbaroux avait trop
hâte de connaître le chiffre de l'héritage pour perdre son temps à lire ces documents. Il prit donc un
stylographe et traça, délibérément, un O majuscule
au bas de la première feuille... Puis il s'arrêta, hésitant, perplexe.

— Parfait, fit Lacrousette en se penchant, c'est
la première lettre de votre petit nom... Maintenant,
votre nom de famille?

Onésiphore prononça intérieurement quelque
chose qui devait correspondre à l'*alea jacta est!*
de César et signa du nom par lequel il allait désormais être connu : « O. d'Escouloubrac! »

— Maintenant, dites-moi le chiffre?

— Ne vous frappez pas, conseilla Lacrousette
en étudiant une carte sur laquelle des traits en
rouge s'entrecroisaient, et reconnaissez notre Toulouse, mon cher compatriote...

— Ça, Toulouse?... Ah! où est la mer?

— La mer?

— Toulouse n'est donc pas un port de mer?

Lacrousette en fut estomaqué.

— Et ça? demanda son client en désignant les lignes tracées en rouge.

— C'est Pibrac!

— Pourquoi ces lignes?

— Pour déterminer la limite de vos propriétés, car, si nous ne nous sommes pas trompés, et nous sommes certains du contraire, Pibrac est à vous!

— A moi?... Pribrac ! lança le client suffoqué.

— Depuis vingt ans!

— Pas possible?

— Avec bien d'autres propriétés et des titres qui donnent, ensemble, un rapport annuel de cent quatre-vingt mille francs.

— Ce qui fait trois millions six cent mille francs! supputa l'héritier.

— Comment cela? Le capital est de huit millions.

— Je ne parle pas du capital, le capital se retrouvera; mais je parle de la somme énorme qui m'a été frustrée, pendant vingt ans, par le détenteur actuel de ma fortune!

Il tremblait, il écumait de colère. Il entrait si parfaitement dans la peau de son rôle que Lacrousette, ébahi par l'explosion de cette âpreté rétrospective, se prenait à avoir des doutes sur la docilité future de sa marionnette.

Un autre auditeur avait été abasourdi par la chute annoncée de cet énorme capital sur les épaules du commis remercié par son père. Et, instinctivement, il s'était dit :

— Voilà un garçon qui n'a rien inventé, oh!
non!... et qui pourra cependant me servir... Il est
bon à fréquenter, pour l'argent, pour Laurette, et
peut-être aussi pour Caroline... dame, un époux de
huit millions!...

VII

DES DEUX CÔTÉS D'UNE CLOISON

Après un instant de silence, destiné à calmer
l'irritation stupéfiante du singulier héritier, l'associé
de Gabrielle Tibault reprit d'une voix mordante :

— Vous paraissez, Monsieur le baron, ne pas
vous rendre un compte bien exact de nos situations
respectives. Si vous parvenez à toucher quoi que
ce soit, du gros lot que je viens de faire miroiter à
vos yeux, vous le devrez, croyez-moi, moins à la
reconnaissance de votre *vague parenté*, — il appuya
sur ces deux mots, — avec le défunt marquis de
Chantelle, qu'à nos bons soins passés, présents et
futurs...

— Vous admettrez, cependant, qu'il est révoltant...

— Permettez-moi d'achever?... Dans ces conditions, étant admis que vous ignorez tout de la
jurisprudence spéciale qui régie les cas d'hérédité,
souffrez que je conserve l'entière direction de cette

affaire. En ne me suivant pas, vous pourriez peut-être, par des paroles ou des actions inconsidérées, en compromettre le résultat, et risquer de tout perdre en exigeant trop...

Confus, mais surtout vexé, comprenant qu'il ne pouvait se passer de cet homme et se rappelant soudain les dernières recommandations de Laurette, Onésiphore balbutia quelques mots.

— Oh! pas d'excuses, mon cher compatriote, coupa rondement Lacrousette; vous et moi, nous sommes faits pour nous entendre, ce n'est pas douteux! Pour répondre à votre objection de tout à l'heure, objection assez juste en soi, bien que formulée d'une façon un peu vive, je vous dirai que nous ne sommes pas, hélas! sous le régime de la loi anglaise qui accueillerait, elle, votre réclamation concernant les revenus passés et vous accorderait le remboursement de trois, quatre ou même cinq annuités.

Le commis des Barbaroux se contenta de marquer par un profond soupir l'amer regret qu'il éprouvait de ne pas être anglais.

— En France, le possesseur est présumé de bonne foi. Il n'est tenu de restituer que les biens qui faisaient l'importance de la succession au jour de son ouverture, avec les frais et revenus courus ou perçus postérieurement à la demande en pétition d'hérédité!

— Et vous avez déjà formulé cette demande, m'avez-vous dit?

— Il y a dix-huit mois!

— Dix-huit mois?

— Oh! c'était simplement pour prendre date, car, faute des papiers, que vous m'apportez aujourd'hui, nous ne pouvions que marquer le pas en usant de tous les moyens possibles de tergiversation. Maintenant, ça va marcher rondement. L'adversaire, qui ne s'attend à rien, va recevoir coup sur coup toute votre mitraille.

— Comment se nomme-t-il, mon adversaire?

— Vous l'apprendrez en temps utile... qu'il vous suffise de savoir que, grâce à ma *ficelle*, si vous êtes envoyé en possession, vous aurez droit à la restitution, outre le capital, de près de deux années de revenus.

Tant d'argent en expectative, c'était pour Onésiphore un supplice comparable à celui de Tantale.

Il remarqua presque humblement :

— Si ça tarde, je ne verrai jamais cet heureux jour!... Renvoyé de ma place, sans volonté pour en retrouver une... A quelle extrémité vais-je être réduit?...

Puis, remarquant que son interlocuteur l'écoutait avec distraction, il changea de ton pour ajouter :

— A un client de mon importance, vous ne refuserez pas d'avancer quelques billets de mille, je veux croire?

Lacrousette sursauta :

— Quelques billets de mille?... Comme vous y allez!

— Quoi, vous hésiteriez à faire ce modeste prêt

au baron d'Escouloubrac, possesseur de cent quatre-vingt mille francs de rente?

La peste soit de ce maladroit fanfaron, pensa l'homme d'affaires.

Il ajouta tout haut, après un gloussement significatif :

— Vous ne les avez pas encore!

— Alors! tonna le grand garçon, oubliant encore une fois les conseils de son mentor en jupons, les gens comme vous ne sont pas rares sur la place; je vais m'adresser à une autre agence... Rendez-moi mes papiers?

Lacrousette, au lieu d'obtempérer, fit prestement disparaître la liasse dans un tiroir resté tout ouvert, le ferma, donna deux tours de clé et mit celle-ci dans sa poche.

— Plus souvent! dit-il en se levant. Je suis trop votre ami, mon cher compatriote, pour vous permettre de faire un usage inconsidéré d'une arme dont vous ne connaissez pas le maniement et avec laquelle vous risqueriez de vous blesser.

— Voilà qui est fort!... risqua l'imbécile. Pourtant, ces papiers sont les miens!

— Heu! heu! fit dubitativement Lacrousette, qui reprit sur un ton conciliant. Voyons, baron, mon jeune ami, la détresse dont vous vous plaignez me navre et je serais assez disposé à vous venir personnellement en aide...

Il s'interrompit et donna un coup d'œil de biais à la glace en pensant :

— Si tu m'espionnes, ma belle, tu vas t'amuser.

Dans son idée, il se croyait surveillé par Gabrielle Tibault en observation derrière la glace truquée, dont il avait appris à constater l'utilisation, par le plus ou moins de réfléchissement du miroir. Nous savons qu'il ne se trompait qu'en partie, car l'observateur était M. Abel.

— Oui, assez disposé à vous venir personnellement en aide, reprit-il. Si j'hésite, c'est par crainte de vous voir mal employer mon argent.

— Par exemple!

— Dites-moi?... Que fait, dans votre vie, cette Mme Lory?

— Laurette?

— Ah! vous la désignez par son seul petit nom... c'est une indication...

Dès qu'il fut question de sa petite sténo-dactylographe, M. Abel se prit à écouter avec un redoublement d'attention.

Onésiphore ripostait :

— Une indication?... Qu'entendez-vous dire?

— Ecoutez, baron, un conseil... Un gentilhomme de votre essence ne doit pas s'attacher à une Laurette Lory. Dans l'existence nouvelle qui va s'ouvrir devant vous, il ne faut pas mener à votre suite un pareil boulet, et, pour ma part, je ne puis vous faire aucune avance tant que vous aurez des accointances avec cette fille...

Elle vous a tout mangé, n'est-ce pas?

— A peu près! osa dire le cynique obligé de la douce créature.

— Je m'en doutais.

« Je m'en doutais, répéta l'homme d'affaires.
Il faut biffer cette sotte aventure de votre existence.
Un avenir prochain vous réserve d'autres conquêtes
plus nobles et moins tarifées... Suivrez-vous ce
conseil?

— Oui, consentit Onésiphore, sans une hésitation.

— Alors, mon cher baron, asseyez-vous là, à
mon bureau et écrivez : je dicte.

Il dicta en effet :

« Je reconnais avoir reçu, en espèces, de M. La-
« crousette, la somme de dix mille francs... »

— Ah! vous êtes un ami généreux!

— C'est assez mon opinion, avoua modestement
l'avare. Achevez : « Dix mille francs que je m'en-
« gage à lui restituer dès mon envoi en possession
« de la succession de mon cousin, le défunt mar-
« quis de Chantelle... » Maintenant, datez et
signez.

— Sauf le point d'orgue, se dit M. Abel, c'est
la teneur de mes obligations à Gaby... Tiens, mais
au fait, quel intérêt peut-elle avoir à les collection-
ner?

Après avoir lu et serré le précieux papier, l'original banquier tendit au grand garçon quatre billets
de cinq cents francs.

Ce dernier, interdit, demanda :

— Et... le complément?

— Ingrat! gémit le généreux prêteur. Dévouez-
vous donc! Le complément, osez-vous demander?...
Mais, petit inconséquent que vous êtes, ce complé-

ment est absorbé et au delà par l'intérêt, les frais de transcription et... l'aléa...

Cette fois, M. Abel ne put maîtriser un homérique éclat de rire.

— Non, non! murmura-t-il en suffoquant presque, Gaby n'est pas de cette force.

Il fit une cabriole et glissa si brusquement en dehors du sopha qu'il se trouva à genoux, aux pieds de Gabrielle Tibault qui arrivait.

D'ailleurs il n'y avait plus rien à observer ni à entendre par l'œil-pavillon, dont le visage de reine Marie-Antoinette avait pour mission de dissimuler le secret.

Lacrousette venait de congédier son ami et client après avoir pris sa nouvelle adresse sur un livre marqué : C. G. T.

Désormais Onésiphore croyait appartenir à la Confédération qui fait trembler tous les patrons; il allait être immensément riche, il était accepté pour noble.

Son rêve d'amour, rêve qui, la veille encore, semblait être utopique à outrance, devenait, par la succession des événements et celle de son pseudo cousin, d'une réalisation presque facile. Il ne s'agissait, après tout, que de retrouver Yolande, cette jolie jeune fille entrevue à la maison Barbaroux, et de pousser sa pointe.

Oui, mais il fallait aussi et tout d'abord faire comprendre à Laurette qu'*il avait assez fait pour elle!*... Qu'il la tenait quitte de tout!

Cette façon de liquider ses dettes de cœur et d'argent lui paraissait toute naturelle.

C'était le type absolu de l'arriviste du présent siècle :

Le parfait goujat.

. . . .

Nous n'avons fait qu'apercevoir M° Gabrielle Tibault, avocat, qui tenait le siège de la présidence au conseil des *Forbans Parisiens.*

L'associée de Lacrousette, l'instigatrice de cette commandite d'audacieux rapaces, était une belle et altière créature de trente ans. Sa tête superbe et sa taille majestueuse semblaient appartenir à quelque souveraine. Son front, couronné d'ébène, était large et dominateur ; son nez, gracieusement busqué, avait quelque parenté avec le rostre de l'aigle, ce géant ailé qui monte vers le soleil pour le regarder en face ; ses yeux possédaient l'éclat de deux diamants noirs et, au-dessus d'un menton volontaire, on s'étonnait de voir les lèvres petites, à peine estampées, de la plus délicieuse bouche qui se pût rêver.

Cette olympienne personne jouissait en outre d'une intelligence remarquable.

Pour avoir domestiqué Lacrousette et s'être assurée son entière collaboration, il fallait en effet une respectable dose d'habileté. Elle en avait à revendre et savait mener de front un nombre respectable d'affaires louches, mais toutes productives, ceci à la grande admiration de Yanus Sujaré l'orateur aux coups de boutoirs, le sanglier du Corps législatif.

Toute mécanique, si parfaite soit-elle, a toujours une partie faible.

Celle de Gabrielle était son cœur.

Très supérieure, sous tous les rapports, au fils de Claude Barbaroux, elle avait fait la rencontre du jeune clubman au Ministère du Travail et s'était laissée prendre à l'hypocrite caresse de ses yeux efféminés ainsi qu'à la triomphante expression de deux belles moustaches relevées à la diable.

Cependant, Gabrielle Tibault connut les tortures de la jalousie et la honte de voir le viveur lui préférer d'autres personnes de son sexe, hélas! infiniment inférieures.

Elle se jura de ne plus aimer et se promit de faire payer cher à l'impertinent sa trop rapide lassitude.

En voyant M. Abel tomber à ses pieds, après avoir fait une cabriole de clown, la directrice du cabinet eut un mouvement de recul.

— Enfin! Gaby! je vous attendais avec une impatience...

— Bah! sourit l'avocate; votre impatience n'a pas été soumise à une trop rude épreuve.

Elle ajouta, montrant le vide qui remplaçait le visage de Marie-Antoinette et semblait en faire un portrait passe-partout :

— Vous avez eu des compensations, sans doute?

— Moi? pas le moins du monde... mais permettez-moi de vous baiser la main, chère?

D'un geste régence, il saisit la main qui ne lui était pas offerte et effleura de la pointe de ses moustaches la peau du poignet entre le bas de manche et le haut du gant.

A ce contact la jeune femme eut un court frisson.

— Hem! pensa-t-elle, tenons-nous bien! c'est à mon porte-monnaie qu'il va s'adresser.

— Et votre santé, ma chère Gaby?

— Excellente!... Arrivons au but de votre visite, voulez-vous?

— Comment donc! vous comblez mes vœux, d'autant mieux que je suis attendu pour régler une dette d'honneur...

— Encore!

— J'excuse la rigueur de cette exclamation, parce que vous allez vous la faire pardonner en m'avançant la somme nécessaire à...

— Désolée, mon cher Abel. Pas cette fois...

Le commerçant clubman sursauta, stupéfait.

— Vous dites? demanda-t-il.

Gabrielle Tibault, assise sur le sopha, venait de croiser ses mains dégantées sur son genou droit, haut levé et, dans cette position à l'écuyère, elle se balançait d'avant en arrière.

— Je dis qu'il est temps d'enrayer, mon ami; premièrement parce que les affaires de ma Maison se ressentent des soustractions faites par moi au fond de roulement, pour vous obliger; secondement parce que la collection de vos reçus forme un carnet d'une valeur respectable...

— Qu'appelez-vous respectable?

— Cent mille francs, peut-être...

— Non?

— Peut-être deux cents...

— Quelle blague!... Voyons, Gaby, vous ne parlez pas sérieusement. Les quelques billets qui me font défaut vous seront remis, avec le reste, après notre inventaire de fin d'année. Dieu merci, la Maison Barbaroux pourrait subir de plus fortes saignées sans s'en apercevoir...

— Moi, mes ressources sont plus limitées.

— C'est sérieux, Gaby, vous me refusez?

— Cas de force majeur!

— Eh bien! je vais être forcé de m'adresser à votre associé!...

Gabrielle Tibault éclata de rire.

— Idée plaisante, bel Abel. Je ne vois pas bien Lacrousette avançant de l'argent...

— Alors, vous le connaissez mal!... Moi, je viens d'assister, par cet œil dont le secret n'est pas sérieusement garanti, vous le voyez, — tout en parlant M. Abel montrait du doigt le tableau et le cordon de tirage, — je viens d'assister à une avance d'argent, faite par votre Lacrousette, à un certain d'Escouloubrac...

D'un bond, Gabrielle sauta tout debout sur le sopha et mit son visage dans le vide du tableau.

— Rien, murmura-t-elle en se reculant, ils ne sont plus là.

Elle reprit sa place et invita le bel Abel à s'asseoir auprès d'elle. Une brusque réflexion venait de lui faire comprendre qu'elle ne devait pas encore effaroucher le fils Barbaroux. Elle lui donna quelques billets bleus et le congédia, voulant réfléchir.

De son côté M. Abel n'était pas fâché de pouvoir aller retrouver Caroline, sa sœur. Il désirait la consulter sur le parti qu'il y aurait à tirer, pour elle, de la nouvelle situation du commis remercié par leur père.

Le digne viveur songeait aussi que, le cas échéant, il aurait quadruple avantage à profiter du secret dont le hasard, joint à sa curiosité, venait de le rendre maître. En effet, si, d'une part il pouvait se faire le *famulus* du nouveau millionnaire, pour le présenter dans son monde, l'aider à ronger le gâteau et se faire patronner par lui auprès de Laurette Lory; de l'autre, en admettant que l'affaire n'offrît qu'un rendement inférieur aux espérances de Laurette, lui, Abel Barbaroux, serait toujours à même de « jouer du secret » auprès de l'association G. Tibault, Lacrousette et Cie et de faire, à *fortiori*, escompter son silence.

Dès que ce joli petit monsieur, fils à papa moderne style, eut pris congé de l'avocate, femme de tête au cœur tendre, dans le cabinet contigu à celui de la belle olympienne, il se fit un bruit imperceptible et particulier.

On n'a pas oublié qu'une sorte de grande cave à liqueurs décorait un des angles du cabinet de Lacrousette.

Ce meuble bizarre n'avait pas du tout la destination à laquelle il semblait voué. Second truquage de cet appartement, secrètement guicheté de partout, la pseudo cave à liqueurs était intérieure-

ment occupée par un cornet accoustique et par un
étrange appareil d'optique, espèce de périscope dont
le miroir extérieur était formé par la glace même de
la toilette, garnissant l'autre côté de la cloison, dans
le cabinet de Gabrielle Tibault.

Celle-ci avait eu grandement tort, lorsqu'elle
avait regardé par le visage de Marie-Antoinette,
de ne pas pousser plus avant son inspection, car elle
eût pu voir le dos de Lacrousette dont la tête dis-
paraissait entre les portes et la soi-disant cave à
liqueurs.

L'homme d'affaires était en effet aux écoutes et
aux aguets.

Grâce à son système de vigie sous-marine, appro-
prié à cet intérieur parisien, il n'avait rien perdu
de ce qui s'était dit chez Mme Thibault; comme
le bel Abel, par le tableau truqué, n'avait rien
laissé échapper de ce qui s'était dit ou fa t chez lui.

Les deux associés professaient l'un pour l'autre
une estime réciproque. Cette façon de se surveiller
en était comme le corollaire.

VIII

ONÉSIPHORE FAIT PEAU NEUVE

En sortant de la rue Taitbout, lesté de ses quatre
billets de banque, le nouveau baron d'Escouloubrac
s'empressa d'aller se faire habiller, de couleurs

voyantes, dans un magasin de confections, fit une véritable rafle de bijoux en simili et de diamants en « véritable imitation » dans une boutique électriquement éclairée en plein jour, puis, ainsi transformé, beau comme un astre, il s'en fut visiter le petit appartement que Laurette avait dû retenir à son intention, rue Cadet.

La concierge de la maison s'attendait bien à voir venir un locataire d'essence supérieure; mais la réalité surpassait de beaucoup l'opinion qu'elle avait pu se former, à l'avance, du baron.

— Monsieur le Baron, dit la pipelette en esquissant un simulacre de révérence qui donnait le taux de son admiration; monsieur le Baron veut-il visiter son pied-à-terre?

— Certainement, madame, montrez-moi le chemin?

Ils montèrent et visitèrent.

— Cette demoiselle... reprit la concierge.

— Quelle demoiselle?

— Celle qui est venue retenir... Mlle Lory... la servante de monsieur le Baron, sans doute?

Onésiphore fit la moue.

— Ma servante, cette petite?... Non! Je veux avoir mieux pour me servir... Vous me chercherez un groom, ma bonne femme.

— A vos ordres, monsieur le Baron... Enfin, cette demoiselle a dû aller commander des meubles... Faudra-t-il les faire monter?

— Vous les installerez vous-même, dit noblement le Haut-Garonnais déguisé en rasta; je vous délègue cette mission de confiance, ma brave femme. Et, ajouta-t-il en jouant négligeamment avec sa chaîne en doublé, vous réglerez les factures... Nous compterons après...

La concierge s'inclina, n'osant protester.

Onésiphore ayant ainsi mis à profit la valeur de sa nouvelle particule, redescendit sur les boulevards, entra à la Taverne Mazarin, se fit servir à dîner et commença une petite débauche en tête-à-tête avec une sérieuse série de flacons.

Vers dix heures, après avoir soldé une addition assez coquette, un peu éméché, il sortit de la taverne et s'aventura sur les boulevards, lorgnant effrontément les femmes et jetant le désarroi dans les groupes de promeneurs, par d'imprudents moulinets de sa canne à bec de corbin.

Comment parvint-il à regagner son nouveau logement de la rue Cadet? C'est un problème dont le dieu des ivrognes pourrait seul donner la solution. Toujours est-il que, sans remords aucuns, sans accorder même un souvenir à sa petite amie, il s'endormit, comme une brute, sur le lit payé par la docile et trop confiante concierge, tandis qu'au loin, dans la modeste mansarde de la rue Clauzel, Laurette Lory, la sacrifiée volontaire, pleurait l'absence du lourdeau sans cœur et ne pouvait fermer les yeux.

. . . .

Le lendemain, il allait être midi, lorsque M. le baron d'Escouloubrac s'éveilla dans sa garçonnière. Il avait considérablement mal aux cheveux et regardait, avec une stupéfaction véritable, le lit dans lequel il se prélassait et tout le mobilier.

— Monsieur le Baron, cria une voix à sa porte; monsieur le Baron consent-il à recevoir le groom demandé par lui?

Toute son aventure de la veille revint instantanément à l'esprit de l'héritier présomptif du feu marquis de Chantelle.

Il se haussa sur l'oreiller pour prendre une pose de circonstance, une pose d'audience de « petit lever », et consentit royalement :

— Entrez, brave femme! entrez, vous et lui!... je reçois!

La concierge pénétra dans la chambre en faisant forces révérences et en poussant devant elle un petit nègre qui roulait des yeux effarés.

L'instant d'après, la gardienne de l'immeuble s'étant retirée, Onésiphore se faisait habiller par le jeune bois d'ébène qu'il avait arrêté, à l'essai, et à qui il avait donné l'ordre de répondre au nom de *Blak-Mid* (demi-noir).

Vers deux heures de l'après-midi, suivi à distance respectueuse par Black-Mid, vêtu d'un costume écarlate et doré sur tranche, qui lui donnait l'aspect d'un jeune potentat congolais en tournée, Onésiphore opérait une entrée sensationnelle dans les magasins de Barbaroux et fils, et mettait en émoi tout le personnel mâle et féminin de l'établissement.

A la vue de son commis si exotiquement accoutré, à l'aspect de sa compagnie rutilante, le vieux Claude manqua étouffer de colère.

— Quelle est cette mascarade, monsieur ? hurla-t-il d'une voix tonnante. Prenez-vous ma maison pour une succursale de Charenton ?

Aux éclats de cet organe bien connu de tous, de la caisse des bureaux, de la manutention et du hall de la correspondance tous les ouvriers ou employés se précipitèrent vers les magasins et un rire général, un rire homérique secoua tous les abdomens, agita tous les corsages, fit pleurer tous les yeux.

Imperturbable, l'auteur de cette réjouissance, sans précédent, assura sous son arcade sourcilière son monocle margellé de roses et demanda, plein d'une fière impudence, tout en rejetant en arrière les revers moirés de sa redingote à carreaux, pour planter un pouce vainqueur dans l'entournure de son gilet :

— Savez-vous bien à qui vous parlez, brave homme ?

Confondu par tant d'audace, le grand patron devint violet, de cramoisi qu'il était, et dut arracher le bouton de son col.

— Sortez, monsieur ! rugit-il. Oui, je crois deviner à quel infect métier vous devez d'avoir pu vous parer de cette ridicule pelure de honte !... Comme il n'y a ici que des travailleurs honnêtes dont votre haleine souille l'air respirable, cessez de les intoxiquer... sortez !

— Voici des paroles inconsidérées, des accusations qui vous mèneront loin !... Veuillez donc noter que j'appartiens à la C. G. T...

— Sortez, nom d'un tonnerre !

— ... Et qu'avec la grande association du travail, la noblesse et la finance marcheront pour moi contre vous, s'il le faut, car je suis le baron O. d'Escouloubrac, maître d'une fortune de huit millions !...

Il y eut un long murmure d'admirative stupeur.

Mais le vieux Claude n'était pas homme à s'en laisser conter. Il ne désarmait pas, lui. Il se disposait même à saisir le perturbateur au collet, lorsqu'il en fut empêché par son fils qui accourait, avec sa secrétaire Laurette Lory.

Cette dernière poussa un soupir de soulagement en apercevant le parvenu, de bas étage, cavalièrement campé dans son vêtement carnavalesque, que cinquante paires d'yeux commençaient à ne plus trouver si grotesque.

Certes, à cette fille, qui avait le sens du bon goût, le costume outrageusement voyant de son protégé devait paraître stupide; cependant elle fut heureuse de le lui voir, car il était la preuve d'une étape franchie sur la route ascendante de la fortune, qu'elle-même avait indiquée.

Sous la conduite des contremaîtres, des chefs de rayons et des surveillants, le travail avait repris, — tout au moins pouvait-on le croire, — tandis que le lion de la journée, l'extraordinaire commis remercié, profitant de ce que les deux Barbaroux étaient en grande conférence, distribuait de petits coups de tête protecteurs à ses anciens camarades, et s'enhardissait jusqu'à pincer le menton des plus jolis spécimens du bureau de la correspondance. Les moins jeunes se consolaient d'être négligées par

lui, en bourrant les poches de Blak-Mid de tous
les morceaux de sucre économisés sur leur café.

Cependant, M. Abel disait à son père :

— Eh bien, papa, je suis arrivé à temps pour
t'empêcher de faire une gaffe d'importance.

— Une gaffe! mettre à la porte ce puant crétin?

— Un noble dont le nom est dans l'armorial!...

— Bah! laisse-moi rire!

— ... Et dont les revenus assurés ne seront pas
inférieurs à cent quatre-vingt mille francs!...

— Nous gagnons deux fois cette somme, en six
mois!

— Nous gagnions, veux-tu dire?... Aujourd'hui
nos articles sont en baisse... Faute de fonds, la
fabrication décline...

— Par ta faute, malheureux!... Ta passion
du jeu nous ruine!

— Ne récriminons mie, papa. D'ailleurs Caroline, elle aussi...

— Ta sœur?

— Eh! oui, ma sœur, joue sans discontinuer et
sans plus de bonheur que moi-même...

Le grand patron se prit aux cheveux, gémissant :

— La culbute est au bout de ce fossé!... C'est
à se casser la tête!... De qui tiennent donc ces enfants dilapidateurs?... Moi, je ne savais que gagner
l'argent...

— Justement, coupa M. Abel, nous, nous ne
savons que le dépenser, c'est la logique du contre-
poids!... Pourtant, ne te fais pas de mauvais sang.

Si Caroline a puissamment aidé à vider notre caisse,
par elle, nous pourrons la remplir d'un coup!

— Phraseur, va!... Et le moyen?

— Simple comme bonjour! La donner en mariage au baron d'Escouloubrac.

— Notre ancien commis?... Il y a donc quelque
chose de vrai dans cette fantastique histoire?

— Paraît que oui.

— Mais il est bête à faire pleurer, cet animal?

— Autre raison pour le choisir... Caroline saura
prendre le dessus et fera, de son argent, ce que nous
voudrons... D'ailleurs, moi, je serais assez satisfait
d'avoir pour beau-frère ce genre d'abruti.

Le vieux Claude leva les yeux au ciel.

— Quelles idées! Quelles mœurs! murmura-t-il.
Je ne voudrais pas appartenir à la jeunesse d'aujourd'hui.

— Ce n'est pas une réponse... Et puis Caroline
doit avoir voix au chapitre...

« Avant tout, mon cher paternel, il s'agit de ne
pas esbrouffer le futur mari de ta fille; — le gendre
au sac, le beau-frère rêvé! — Voyons, tu ne voudrais pas faire le malheur de tes enfants?...

« Alors, *daddy*, rengaîne ta fureur d'autocrate
bafoué, de patron menacé; et, comme il faudra, de
toute nécessité, inviter le baron d'Escouloubrac à
notre table, donne-moi carte blanche. Je lui présenterai tes excuses et lui ferai changer d'opinion à
ton égard? »

— Fais ce que tu voudras! gronda le vieux

Claude en pivotant sur ses talons. Ta sœur et toi
vous me ferez tourner en bourrique!

Durant ce colloque du père et du fils, Onésiphore, satisfait d'avoir produit un effet sensationnel
dans la maison de son ancien patron, s'était décidé
à se retirer.

Ce départ n'était pas pour embarrasser M. Abel.
A son estime, un phénomène de cet acabit, — surtout traînant dans son sillage un négrillot cardi-
nalisé, — ne pouvait passer inaperçu.

Le principal était de savoir si, en quittant la
maison Barbaroux, il avait pris à gauche ou à
droite, descendant le boulevard Magenta ou le re-
montant.

Finement, il posa la question à Laurette Lory.

La jolie rousse l'avait vu tourner vers la place
de la République.

Dix minutes plus tard, le jeune viveur devait
s'arrêter boulevard Saint-Martin, à cause d'un at-
troupement qui s'était formé près du café Balthazar,
à la terrasse duquel, ayant devant lui Black-Mid,
perché sur un tabouret de bar, Onésiphore prenait
son apéritif.

M. Abel avait la décision prompte; il fendit la
foule résolument et, chapeau bas, la main tendue,
s'avança vers le spectacle vivant.

— Eh! mais, je ne me trompe pas; c'est ce
cher d'Escouloubrac!... Comment va, baron?

Un peu interdit en reconnaissant le petit patron,
Onésiphore n'osa retirer sa main qui fut rudement
secouée.

— Monsieur, balbutia-t-il, vous savez donc?

D'autorité, M. Abel s'était assis à la même table.

— Eh! parbleu oui, c'est-à-dire, mon cher baron, qu'avec mon œil américain et mon flair, j'ai toujours reconnu en vous un homme d'essence supérieure...

— Vraiment?...

— N'en doutez pas!... Alors que vous étiez notre commis, je me disais chaque jour, en vous voyant : « C'est singulier comme ce beau garçon, malgré la modestie de son emploi, vous a des airs de prince! »

— Oh! monsieur!

— Si fait! C'était mon opinion... La noblesse de votre attitude, jointe à l'extraordinaire rayon d'intelligence de votre regard, ne pouvaient échapper à ma clairvoyance. Entre vos camarades, vous ressembliez à un roi au milieu de son peuple... au phare électrique entouré de chandelles...

Onésiphore croyait tout cela. Aussi, se trémoussait-il d'aise en « buvant du lait », selon l'expression populaire.

— De grâce, minauda-t-il, vous allez me faire rougir, monsieur...

— Pour abréger, appelez-moi donc mon cher Abel, ce sera plus court et mieux en rapport avec la cordiale amitié qui doit nous lier l'un à l'autre...

— Cependant... monsieur Barbaroux?

— Mon père?.. Ah! mon très cher baron; mais c'est lui-même qui m'envoie vous prier d'agréer ses excuses... Si vous saviez combien il regrette son

inepte sortie de tout à l'heure... D'autant plus que
la belle Caroline est venue lui faire une scène dé-
chirante...

— Caroline?... Qui ça, Caroline?

— Ma sœur... Si vous ne la connaissez pas, je
puis vous assurer qu'elle vous connaît bien, elle...
Ah! il fallait l'entendre crier au père Claude en
se tordant les bras : « — Papa, c'est monstrueux
ce que tu viens de faire!... Tu veux donc me voir
mourir? » « — Toi, ma petite Caro, mourir? Et
pourquoi?... » « — Parce que je ne le reverrai
plus, hélas! » « — Qui cela? » « — Ce beau
jeune homme, papa!... Ce délicieux gentilhomme!...
Avec lui, c'est ma vie qui s'en va... c'est mon
cœur qui s'arrête, car... » « — Car, malheureuse
enfant? » « — Car je l'aime, papa! »

Onésiphore s'était dressé, frémissant.

— Mademoiselle Barbaroux a dit cela?

— D'un accent que je ne puis traduire, oui,
mon cher ami. Et la douce enfant, vaincue par la
première grande émotion de son cœur de vierge,
s'est évanouie, entre les bras du père barbare, en
exhalant cette plainte : « — Oh! comme je
l'aime! » Et le père barbare, désespéré, vient vous
supplier, par ma bouche, d'oublier tout ce qui s'est
passé et de venir dîner à la maison?

— Dîner chez mes anciens patrons, moi?

— Ne refusez pas, mon cher baron. Un véritable gentilhomme ne doit pas se souvenir des in-
sultes adressées au vilain qu'il pensait être... D'ailleurs, après avoir été consoler la dame qui porte

vos couleurs, généreux chevalier, vous viendrez avec
moi, je vous présenterai à mon cercle... Les salons
mondains vont se disputer votre présence.

M. Abel ayant obtenu la promesse qu'il était
venu chercher s'empressa de regagner le boulevard
Magenta et de mettre sa sœur au courant de la
scène qu'elle aurait à jouer le soir.

Resté seul, en tête-à-tête avec Black-Mid, Onésiphore, repassant dans sa tête, les récents événements, n'avait pas le plus léger souvenir de l'affaire
d'honneur qu'il s'était attiré la veille au soir et ou-
bliait volontairement Laurette. Déjà deux autres
femmes masquaient la vision de sa petite âme dévouée : Caroline, l'énigme!... Yolande, la passion!...

Brochant sur le tout, il cherchait à se représenter
un salon mondain et l'image entrevue le lui montrait
très animé, pas guindé, libre-échangiste, enfin en
tout semblable au Moulin Rouge, au Moulin de
la Galette, à l'Elysée Montmartre ou au Tabarin,
les seuls bals qu'il lui avait été donné de fréquenter.

IX

UNE VIEILLE AMITIÉ

Ce soir-là, il y avait eu dîner, suivi de réception,
dans le magnifique appartement qu'occupaient boulevard Haussmann, le comte Roland de Bois-
Briolle et sa famille.

Le comte Roland, député de la Save, pouvait
être âgé de quarante ans. C'était un homme de
taille moyenne, de tempérament nerveux et d'aspect
donnant l'impression d'une force. Son visage énergique se mitigeait d'une telle expression où se ma-
riaient, à doses égales, la loyauté et la bonté, qu'on
ne pouvait s'empêcher d'accorder une pleine et
entière confiance au possesseur de cette figure, qui
respirait la probité poussée jusqu'à l'exagération.

Il jouissait d'une fortune considérable, était charitable et modeste. C'était tout à fait à son corps
défendant qu'il avait dû se laisser porter au parlement par les suffrages de ses concitoyens.

Au salon des Bois-Briolle, il y avait nombreuse
réunion d'hommes politiques, de princes de la finance et de diplomates. Tous étaient venus féliciter
le député de la Save et lui souhaiter bon voyage.
En effet, il devait partir le lendemain même pour
ses propriétés de la Haute-Garonne.

Il y avait aussi des amis.

Parmi ces derniers, comme un tableau de maître
se distingue au milieu d'un fouillis de toiles brossées
pour le commerce, la tête altière du marquis
d'Aiguevives-d'Agave se détachait, en relief de
haute noblesse, sur le fond mouvant et sans valeur
précise de son entourage. D'une santé robuste, d'une
vigueur de sportsman pratiquant, il portait cavalièrement ses cinquante ans, si cavalièrement qu'on
eût cru le vieillir en les lui donnant.

Cet ancien cadet de Gascogne était le meilleur
ami du comte de Bois-Briolle qui avait eu le

bonheur, au cours d'une chasse dans la forêt de Bourenne, de cueillir à la course, sur sa selle, la marquise Béatrix qu'emportait son cheval affolé.

C'était un sauvetage opéré à la manière des chevaliers de la Table Ronde.

Aussi, dès ce jour, une étroite intimité s'était-elle établie entre les deux familles. Celles-ci voisinaient aussi bien à Paris qu'au bord de la Garonne, puisque huit ou dix kilomètres au plus séparaient le Château de Pibrac, habité par Bois-Briolle, de Châtel-les-Tours, occupé par les d'Aiguevives-d'Agave.

Nous devons ajouter qu'il n'y avait pas que les deux gentilshommes à s'estimer et les deux épouses à s'aimer car, l'été précédent, le fils du marquis, le comte Arnaud, beau lieutenant de hussards, s'étant rencontré avec Yolande de Bois-Briolle, sa beauté de vierge blonde aux yeux d'infini avait fait, sur l'officier, la même impression qu'elle devait produire sur le client de Lacrousette.

Le matin du second jour qui suivit cette soirée, l'express d'Orléans déposait à Toulouse, en gare Matabiau, les Bois-Briolle et les d'Aiguevives-d'Agave; seul des deux familles amies, le jeune comte Arnaud n'était pas du voyage; il avait dû aller faire acte de présence à son corps.

Avant la séparation, le marquis proposa d'aller déjeuner chez Dumas, qui a la renommée des pâtés de foie de canard aux truffes du Périgord. La motion ayant été acceptée et le square Lafayette étant proche, le député de la Save offrit son bras à la marquise et prit par la rue Denfert-Rochereau pour gagner l'Hôtel de l'Europe et du Midi, situé en plein centre toulousain.

Derrière, venait le vieux marquis qui, joyeux de pouvoir se dégourdir les jambes après une nuit passée en chemin de fer, marchait allègrement en entraînant, panier à deux anses, la comtesse Loetitia à son bras droit et la jolie Yolande à son bras gauche.

Le temps était clair et l'air pas trop vif, ces dames insistèrent pour se faire servir sur la terrasse où le cassoulet, arrosé d'un petit vin vert de l'Aude, fut joyeusement fêté.

Puis, ce fut l'heure de la séparation. On se promit de se revoir au plus vite, et les d'Aiguevives-d'Agave, montant en automobile, gagnèrent leur propriété de Châtel-les-Tours, située dans les bois de Lévignac, à quarante kilomètres du Capitole, tandis que les Bois-Briolle se faisaient conduire à la gare Saint-Cyprien où ils prenaient le train à destination de Pibrac.

CHAPITRE X

PIBRAC (1)

> Pybrac ie te salue, et toi Boconne saincte.
> (*La Vie Rustique.*)
> GUY DU FAUR DE PIBRAC.

Pibrac! Quel cri de guerre! quel aigre coup de trompette!

Ne croirait-on pas entendre deux des notes aiguës jetées par l'olifant de Roland dans les gorges de Roncevaux?

Le village de Pibrac, bâti sur un côteau au-dessus du ruisseau le Courbet, est célèbre à plus d'un titre : d'abord par son pèlerinage au tombeau de la bergère Germaine Cousin, canonisée en 1867; ensuite par la visite que l'on doit faire à la maison de cette même sainte, maison campée à mi-côte, à trois kilomètres ouest, sur la droite du ruisseau et de la voie; enfin par son château reconstitué qui date du XVe siècle.

Plus loin, de singuliers incidents faisant corps avec notre récit, nous obligeront à reparler de sainte Germaine. Pour l'instant, entrons dans quelques détails sur le château qui, à la mort de

(1) C'est à l'obligeance de M. Raoul du Faur, comte de Pibrac, que nous devons la plupart des renseignements qu'on va lire. Nous lui devons aussi d'avoir pu placer à Pibrac, partie de cette véridique histoire contemporaine, ceci afin de dépister les trop curieux fils de Laïus, prosecteurs acharnés de tout roman à clé. Nous lui adressons ici, nos sincères remerciements. — P. F. f.

M. le marquis de Chantelle, surnommé l'ours de Pibrac, était devenu la propriété du comte Roland de Bois-Briolle.

Edifié en 1540, sur l'emplacement d'une vieille construction féodale, par Causilde Doulce, mère de l'auteur de *la Vie Rustique*, ce château, grande bâtisse de briques et de pierres, avec tours et tourelles, affecte la forme d'un quadrilatère rentrant, et est bien une des rares conceptions de la Renaissance Toulousaine, que les iconolastes de la Révolution n'ont pu réduire à néant.

C'est là que naquit le poète Guy du Faur de Pibrac, qui n'est pas moins connu par ses quatrains, par sa vie de magistrat et de diplomate assez mouvementée, que par sa passion pour la reine Margot.

Chargé d'affaires du parti huguenot, il s'était épris, vers la cinquantaine, de la séduisante Marguerite de Navarre, bien qu'il aimât sincèrement sa femme, Jeanne de Custos, dame de Tarabelle.

Il adressait à la reine, dont il était le chancelier, des déclarations brûlantes, et celle-ci en faisait des gorges chaudes avec les courtisans qui le chantonnèrent impitoyablement :

> J'estois président,
> Reine Margot, Marguerite,
> J'estois président,
> En la cour du Parlement.
> Je m'en suis desfait,
> Reine Margot, Marguerite,
> Je m'en suis desfait,
> Pour être à vous tout à fait!

Henri de Navarre lui-même était tenu au courant de cette intrigue, aussi disait-il crûment, du moins si l'on veut en croire un auteur du temps ·

« De quelques-uns de ses amants, Margot se
« moquait, comme vous diriez de ce vieux ruffian
« de Pibrac que l'amour avait fait devenir son
« chancelier, duquel, pour s'en moquer, elle me
« montrait les lettres. »

Lorsque l'on arrive à Pibrac par la vallée vers laquelle le château, en façade, déploie ses ailes comme deux bras gigantesques, on se trouve en présence d'une porte triomphale qui forme l'entrée des jardins du château. C'est une sorte d'arc-de-commémoration dont la composition architecturale stupéfie et laisse loin derrière elle les rêves les plus anormaux des rénovateurs.

Que l'on se figure « Un grand portail, avec une voûte à trois cintres, flanquée de deux pavillons réunis par un fronton triangulaire. Au-dessus de la porte, une petite terrasse et, sur les bâtiments, comme toiture, deux dômes à pans coupés en briques rejointées. A droite et à gauche, tenant à la bâtisse, s'élève un mur droit couronné de chaque côté par quatre pylônes de la forme la plus étrange, reposant sur une corniche très ouvragée. »

Dans les jardins de Jaffa, nous avons pu voir un portique qui ressemble à cela. Ce serait donc une réminiscence d'art Sarrasin? Non, car près de Katmandon, dans le Népal, il nous a été donné de contempler une pagode au profil pareil-

lement bizarre. Alors, ce serait de style hindou?
Non encore. Ce monument procède de l'un et
l'autre et reste ..nique en son genre.

C'est une cu .osité imposante; le jalon planté en
pays toulousa..n par une époque décadente.

En réali. :, ce portail, dont les archéologues
auraient q .elque peine à définir l'ordre, ne sert
d'entrée . .i'à un champ dessiné que surplombent
les terra .es du château, car on n'arrive à ce dernier que par les jardins tout modernes sis sous
l'aile du midi, dite « *aile de la mirande* ».

De la cour d'honneur, en montant les huit
marches du perron, à droite, on pénètre dans la
grande salle, après avoir franchi une porte de
chêne — « faite de caissons ronds et carrés assemblés par des traverses, le tout couvert de clous
étamés » — qui est une véritable œuvre d'art.

Les motifs décoratifs les plus importants que
l'on remarque dans la grande salle sont ceux d'une
« cheminée monumentale tout en briques taillées,
enduites de mortier dans les parties plates pour
varier la couleur. En bas, deux colonnes rondes
supportent un entablement placé au-dessus d'un
arc surbaissé qui forme le fronton. En haut, deux
autres colonnes encadrent un cartouche avec deux
volutes faisant support et deux autres frontons ».

Il nous serait impossible de passer en revue,
même succintement, toutes les pièces de cette demeure seigneuriale, bien que chacune présente un
intérêt artistique ou historique et nous arriverons

de suite à celles dans lesquelles doivent se dérouler des scènes capitales de notre récit.

Au premier étage, dans le corps de logis central qui confine à l'aile du midi, se trouve la chambre du seigneur. Elle communique, à gauche, à une galerie voûtée menant à un cabinet situé dans la tour.

C'est là que le chancelier Guy du Faur composa ses poèmes; aussi ce cabinet est-il, « de beaucoup, l'endroit le plus curieux du château » et renferme un meuble en noyer brut, rehaussé d'ors discrets, dont les arabesques et les figures sont fouillées avec une magistrale fantaisie.

Par l'escalier de la tour, on peut descendre à un ancien cachot et au corps de garde où, montant au second étage, déboucher sur *la Mirande*, galerie à jour située juste au-dessus de la galerie voûtée.

C'est, de l'extérieur, « une suite de huit arceaux moulurés retombant sur des piliers carrés avec des panneaux et cordons servant de soubassement à l'ensemble et joignant la ceinture de cordons qui, comme des bracelets autour du bras, encerclent la tour voisine ».

De la Mirande, ravissant belvédère au plafond de bois mouluré et frisé de faïence, on accède à la *chambre du Cardinal* ou chambre rouge, des fenêtres de laquelle on a le panorama des Pyrénées.

Nous arrêterons ici cette description qui avait son utilité, comme on pourra s'en rendre compte par la suite, quand surviendra — lutte étrange d'une vierge contre un spoliateur — la moderne et fantastique apparition de sainte Germaine au Château de Pibrac.

Quelques jours après leur retour à Pibrac, le comte de Bois-Briolle voyant le temps rester au beau fixe, proposa à sa femme et à sa fille d'aller surprendre leurs amis au Châtel-les-Tours.

La comtesse Loetitia et Yolande étaient deux amazones accomplies. On fit donc sceller des chevaux et, à l'amble de leurs montures, les châtelaines sortirent du parc.

Ils allaient s'engager sur la route qui, de Mesplès, s'élance presque en ligne droite vers la forêt de Bouconne, lorsque, dévalant la côte sur laquelle s'élève la petite église paroissiale, ils virent venir à eux deux cyclistes étrangers au pays.

— Singuliers personnages, ne put s'empêcher de dire la comtesse.

— Et tristes sportsmen! ajouta son mari. Rangez-vous, mes chéries, ces maladroits seraient capables de se jeter sur nous... Ah! mon Dieu! ça y est!

La recommandation, en effet, était venue trop tard, car le comte n'avait pas encore achevé que l'un des cyclistes, comiquement costumé de velours multicolore à dessins écossais, donnait un coup de guidon à rebours, faisait accomplir à sa machine un virage aussi vertigineux qu'imprévu, abandonnait ses pédales, lâchait ses poignées et venait piquer une tête sous le ventre de la monture de Yolande.

— Ah! mon Dieu! répétèrent les deux dames,

tandis que le compagnon de l'imprudent se précipitait à son secours et l'aidait à se relever. Ne vous êtes-vous pas blessé, monsieur?

— Non, non, répondit le grotesque personnage, moins malade que mortifié. Je changerais bien ce sale instrument contre un des « tire-fiacre » que vous montez, mesdames.

Puis, se tournant vers le comte qui, sans relever la grossière insipidité de cette remarque, faisait signe à ses compagnes de poursuivre leur chemin, il demanda :

— Sommes-nous encore loin de Pibrac?

— Vous y êtes, expliqua avec urbanité le député de la Save. L'église auprès de laquelle vous venez de passer est celle du village de ce nom.

— Et le château?

— Vous l'avez sous les yeux, là !

Le comte salua et prit le trot pour rejoindre les amazones.

Nous pensons qu'on n'éprouvera aucune surprise si nous présentons les deux cyclistes en les qualifiant de vieilles connaissances. En effet, l'homme au complet de velours écossais n'était autre que le baron d'Escouloubrac, Onésiphore, l'ingrat protégé de Laurette et, dans son compagnon, nul n'aurait pu manquer de reconnaître Lacrousette, cet oiseau de proie associé de Gabrielle Tibault.

Que venaient-ils faire sur les bords de la Garonne?

Tout simplement donner un coup d'œil à la propriété visée par l'association des forbans parisiens, puis mettre à exécution le plan si bien combiné, en commençant les hostilités légales contre le comte de Bois-Briolle, l'actuel détenteur de Pibrac.

En se relevant, Onésiphore, ébloui, avait immédiatement reconnu, dans l'amazone plantée comme une statue équestre au-dessus de lui, l'objet de sa passion subite, l'ange de ses rêves, la blonde aux yeux bleus, Yolande enfin, la petite cliente de la maison Barbaroux.

— Quelle délicieuse enfant! murmura-t-il.

Lacrousette ne demanda pas de quelle enfant son client et cher compatriote entendait parler; lui-même avait été violemment impressionné par la beauté sereine de la jeune fille, et, pour la première fois de sa vie, cet avare eut comme l'intuition que l'amour de l'or pouvait être combattu par un autre sentiment.

Durant la majeure partie de la journée, l'homme d'affaires et son client visitèrent le domaine, pour la possession duquel de graves conflits allaient naître. Enfin, vers trois heures de l'après-midi, ils allèrent s'attabler à la buvette de la station du chemin de fer, Lacrousette étant obligé de retourner à Paris.

En revenant de Châtel-les-Tours, la comtesse de Bois-Briolle et sa fille s'étaient arrêtées aux Bourdettes, dans l'intention charitable d'offrir leurs consolations à une vieille femme, presque aveugle, qui avait été autrefois laveuse au château.

Comme elles devaient rentrer à pied, le comte avait pris les devants, ramenant les deux montures

de ces dames. Il venait de franchir le passage à
niveau lorsqu'il s'entendit interpeller de la sorte :

— Eh là! Monsieur!... Monsieur le maquignon!...

Stupéfait, l'orateur de l'opposition se retourna
sur sa selle et n'eut pas de peine à reconnaître les
deux vélocipédistes du matin. L'originalité du costume de velours porté par l'un d'eux ne pouvait
permettre aucune méprise.

Roland de Bois-Briolle allait peut-être se fâcher,
mais le compagnon du grotesque l'ayant salué poliment, il rendit le salut, haussa imperceptiblement
les épaules et poursuivit son chemin.

— Mon cher baron, dit Lacrousette, lorsque le
comte fut hors de portée, quelle mouche a pu vous
piquer? Ce cavalier est le député de la Save.

— Mon voleur; ronchonna Onésiphore la bouche pâteuse. Eh bien! il la mène joyeuse avec mon
héritage. N'avait-il pas, ce matin, deux poules?...
dont l'une était jolie, jolie!

— Ecoutez, mon cher compatriote, le plus sage,
voyez-vous, serait de profiter de ma compagnie et de
regagner Toulouse. Je crains de vous voir vous
attirer des désagréments, si vous restez seul ici...

— Mon bon, je ne crains personne!

— Loin de moi cette pensée! mieux que tous
les parchemins, votre calme, en présence du danger,
prouve votre haute noblesse...

— C'est vrai! Ainsi, dans cette satanée descente à vélo, tout autre, avouez-le, se serait cassé
la gueule...

— Baron!...

— Oh! pas de chichi! on ne parle pas autrement au cercle de mon ami Abel et dans les feuilletons d'un journal qui se pique d'être littéraire... Revenons à notre cochon...

— Diantre! vous vous traitez librement.

— Je veux parler du maquignon, mon spoliateur. Il a dû être plus dépité que député en voyant la maëstria avec laquelle je me suis lancé...

— A plat ventre entre les jambes du cheval que montait la demoiselle blonde?... Votre geste était inimitable, mais dangereux, autant que votre façon d'interpeller les gens; c'est un jeu à se faire casser les reins! Croyez-moi, baron, mettez une sourdine à vos manières de gentilhomme de l'ancien régime et n'ameutez pas, contre vous, ce pays où vous devez revenir vivre en maître. Nous aurons assez de mal à mener à bien votre affaire sans nous créer, de gaîté de cœur, de nouveaux obstacles... Maintenant, au revoir et à bientôt. Le train ne va pas tarder à entrer en gare et je ne puis le manquer.

Ayant ainsi parlé, l'associé de maître Gabrielle Tibault serra la main de son singulier client et se dirigea vers la gare.

Resté seul, Onésiphore alluma un cigare.

— Quel raseur! pensa l'héritier. J'aime mieux mon ami Abel. Au moins lui ne me parle que de Laurette... il en est toqué... Drôle de goût!

Soudain ses yeux se prirent à briller. Il voyait, il devinait plutôt, car le jour tombant n'éclairait plus que faiblement, deux silhouettes féminines qui venaient de pénétrer sur le chemin par la barrière du passage à niveau et prenaient la direction du château.

C'était, on le devine, les deux dames de Bois-Briolle. Après avoir accompli leur devoir aux Bourdettes, elles rentraient hâtivement à Pibrac. Mais elles reculèrent épouvantées en voyant deux grands bras étendus leur barrer le chemin.

— Halte! les « pétites » disait en même temps une voix avinée.

Yolande, frissonnante, s'était réfugiée dans les bras de sa mère et bégayait en se voilant les yeux :

— Oh! qu'il est grand! qu'il est grand!

Effectivement, dans l'obscurité épaississante, l'ombre d'Onésiphore, campé sur la partie la plus élevée de la route, prenait des proportions presque gigantesques.

Le sein de la comtesse Loetitia battait avec violence. Quel pouvait être cet ivrogne? Pas un homme du pays, si plein de boisson fût-il, n'eût jamais osé accoster les dames du château avec une aussi grossière familiarité.

Imposant silence aux soubresauts de son cœur, sans répondre, elle chercha à entraîner Yolande.

Mais, l'énergumène ne l'entendait pas ainsi.

— Tout beau! gouailla-t-il. Et le droit de passage, mes petites? Il faudra biser le fils à papa, avant d'aller batifoler ailleurs!

La fin de sa phrase se perdit dans un bruit de tonnerre. Le train de Bayonne entrait en gare.

Une seconde la grosse lanterne de la locomotive

éclaira les trois personnages, et Onésiphore, soudain
dégrisé, put reconnaître, dans la plus jeune des
deux femmes, l'objet de sa récente et intense passion : Yolande, l'ange blond!

En même temps, Mme de Bois-Briolle, avisant
le costume porté par ce lâche insulteur de deux
femmes seules, se remémorait aussitôt le grotesque
du matin.

— Méchant drôle! cria-t-elle.

Et, dans sa fureur légitime, de la houssine qu'èlle
tenait encore à la main, elle toucha le visage du
cher compatriote de Lacrousette.

Le cri de la comtesse avait été entendu. On
commençait à sortir de la gare, le patron de la
buvette accourait.

Alors, désespéré d'amour, en même temps que
fou de rage impuissante, le stupide amateur du beau
sexe, oubliant de payer ses consommations, mais
laissant ses bicyclettes en otages, s'élança sur la voie
et s'engouffra dans un compartiment du train déjà
en marche vers Toulouse.

XI

LA FAMILLE DE BOIS-BRIOLLE

Le premier Janvier est une date de fête familiale,
aussi le châtelain de Pibrac avait-il convié à sa

table quelques-uns de ses amis les plus intimes.
Parmi ceux-ci, il nous faut citer, outre des notabi-
lités politiques et financières de Toulouse, le marquis d'Aiguevives-d'Agave, la marquise Béatrix et
leur fils, le lieutenant Arnaud, le curé de Pibrac
et maître Cramayol, avoué. Ce dernier, depuis près
de quarante ans, s'occupait des intérêts de la famille.

Bien qu'on se fût réuni pour commencer joyeusement l'année nouvelle, il n'y avait guère, autour
de la table, que le lieutenant Arnaud et Yolande,
sa voisine, pour s'amuser franchement.

Tout d'abord, le front soucieux de maître Cramayol avait glacé l'entrain du député de la Save.
Il se montrait toujours aimable amphitryon, certes,
mais sa faconde habituelle, sans qu'il pût s'en
rendre compte, marquait un temps d'arrêt prononcé.

Par action réflexe, la comtesse Loetitia éprouvait
une indéfinissable oppression et son souci, gagnant
de proche en proche, la conversation languissait.
On ne mangeait que par acquit de conscience, on
ne buvait que pour se donner l'impression d'une
feinte occupation. Les plats passaient sans presque
avoir été touchés, les bouteilles s'en retournaient
vers l'office avec leur plein de généreux liquide.

Enfin ce repas, commencé sous de si joyeux
auspices, tournait au lugubre.

Pourquoi? Nul n'aurait pu le dire, à part peut-
être maître Cramayol. Car son œil embrumé cau-
sait tout le mal.

Outre les deux jeunes gens, dont la gaîté de bon

aloi mettait un note ensoleillée dans ce tableau lourd, d'un calme orageux, il était un invité pourtant qui, lui, s'efforçait de faire honneur à tous les plats comme à tous les vins. Il se montrait sinon brillant causeur, tout au moins consciencieux convive.

Ce gastronome silencieux possédait un estomac d'ordre liturgique qu'aucune distraction ne pouvait empêcher de travailler, selon le rite prescrit par les besoins de la nature humaine, à l'heure de la mense stomacale.

Robuste appétit indique âme égale et pure tranquillité. Parmi tous ces gens assemblés, la conscience du desservant de l'église paroissiale était-elle donc la seule à n'avoir rien à se reprocher ?

Lorsque les convives passèrent au salon, l'avoué manœuvra de façon à se rapprocher du comte et lui fit, à voix basse, cette demande imprévue :

— Pourrions-nous parler seul à seul un instant ?

— Ce soir ?... A cette heure ? interrogea sur le même ton le député très surpris.

— Il y a urgence, monsieur le comte.

— Alors veuillez me suivre, mon cher maître.

Profitant de ce que l'attention de tous était absorbée, le comte de Bois-Briolle s'empressa d'entraîner son hôte à travers le corps de logis et la galerie voûtée. Parvenu dans son cabinet de travail, il offrit un siège à l'avoué tout en lui demandant :

— Maintenant, m'expliquerez-vous ?

Au lieu de répondre maître Cramayol posa cette question :

— Avez-vous mémoire de m'avoir fait tenir, ces temps derniers, tout un lot de papiers timbrés?

— Certainement, déclara le comte en souriant. Pourquoi prendre un air aussi grave en parlant de cette sotte affaire? La réclamation au sujet du bois de la Barthe est plus vaudevillesque que sérieuse.

— Oui. Malheureusement, dans votre expédition, il se trouvait des citations concernant une autre action à vous intentée, et celle-là est de la plus extrême gravité!... Vous n'avez pas oublié, je pense, qu'à l'époque de votre envoi en possession des biens de M. de Chantelle, je vous fis remarquer qu'une pièce capitale manquait dans le dossier de vos titres de propriété...

— Il y a vingt ans de cela!

— C'est insuffisant à votre sécurité. En cette matière, la prescription n'a lieu qu'après trente ans, et cette pièce, — l'avoué brandit le papier timbré dont la lecture avait été si malencontreusement négligée par le châtelain, — cette pièce vous avise que le Tribunal de première instance de Toulouse a été saisi d'une demande en pétition d'hérédité concernant les biens de feu le marquis de Chantelle, biens détenus par vous!

Le comte de Bois-Briolle était devenu très pâle.

— Est-ce sérieux, mon vieil ami? demanda-t-il.

— Malheureusement! répéta maître Cramayol en branlant la tête. La demande est formulée par un de mes confrères de Paris, pour le compte d'un sieur d'Escouloubrac, au nom de Mme Gabrielle

Tibault, avocat, et de son associé, Lacrousette, deux agents d'affaires véreux dont, le second m'est particulièrement connu.

— Que veulent-ils ?

— Ils exigent la restitution immédiate !

— De...

— De tous les biens qui faisaient l'importance de la succession de Chantelle au jour de son ouverture.

— Ah ! mon Dieu ! gémit M. de Bois-Briolle, en se laissant tomber sur une de ces banquettes élevées qui garnissent le fond des anciennes salles de château. Ma pauvre femme ! ma petite Yolande !... c'est la ruine !

Des gouttes de sueur perlaient au front de maître Cramayol à voir l'effondrement de cet homme énergique et bon.

— Du courage, monsieur le comte, murmurat-il.

— Il m'en a fallu pour résister à ce coup d'assommoir, mon vieil ami.

— Il vous en faut encore !

Le comte se redressa, galvanisé.

— Ah ! s'écria-t-il, n'est-ce point tout ? Que peuvent-ils exiger de plus ?

— Hélas ! ce que la loi accorde... Les fruits et revenus courus ou perçus postérieurement à la demande en pétition d'hérédité...

— Mais cette requête n'est-elle pas toute récente ?

— Ces gens d'affaires sont des démons, monsieur le comte. Je suis fondé à croire qu'ils avaient introduit l'instance avant même de tenir l'héritier...

— Avant?... depuis quand?

— La première procédure est antérieure à l'année qui vient de se terminer.

— C'est trop! C'est trop d'un coup! gémit le malheureux châtelain en se prenant aux cheveux; ma ruine n'était-ce pas assez? Ces gens impitoyables veulent donc nous réduire à la mendicité.

Par un violent effort, après cette concession faite au désespoir que déchaînait en lui cette terrible nouvelle, le député de la Save reprit possession de sa dignité. S'il devait tomber, il tomberait en gladiateur, sans se plaindre. Le plus cruel était qu'il devait entraîner dans sa chute la compagne de sa vie et la douce enfant née de leur commune tendresse.

— Mon vieil ami, reprit-il au bout d'un instant, si mon compétiteur est de bonne foi, et le prouve, pendant vingt ans nous aurions donc été, ma femme, ma fille et moi, des intrus en ce château de Pibrac?

— Eh! pas si vite! s'écria l'avoué. Nous n'en sommes pas réduits à nos dernières cartouches, que je sache. Si l'adversaire possède de sérieux moyens d'attaque, veuillez ne pas l'oublier, vous avez pour vous les ressources de la position à défendre, car possession vaut titre!

— Aux yeux de la loi, c'est bien possible, mon digne maître; moi, je n'entends point profiter d'un avantage qui pourrait paraître suspect.

Cette grandeur de sentiments effara l'avoué. Un pareil désintéressement ne pouvait qu'être préjudiciable à la cause du défendeur.

— Monsieur le comte, reprit-il, un renoncement, sans lutte, serait une grosse faute et une mauvaise spéculation. D'ailleurs, si vos adversaires ont découvert, en ce sieur d'Escouloubrac, un plus proche héritier du comte de Chantelle que vous-même, pour Mme la comtesse de Bois-Briolle, pour Mlle Yolande, vous n'avez pas le droit de céder sans combat. Ce serait vous faire un tort considérable dans l'esprit public.

— C'est vrai, mon nom va servir de pâture aux journaux avides de scandale.

— Ceci est trop certain, avoua maître Cramayol. Votre haute notoriété politique n'est pas pour appeler le silence autour de ce procès. Vos ennemis, cela va de soi, en profiteront pour vous vilipender. Qu'importe! vous saurez bien faire tête à cette meute.

— Mais, ma femme? ma fille?

— Pour l'instant c'est, en effet, ce qui doit nous préoccuper. Afin de ménager la sensibilité de Mme la comtesse et celle de sa fille, j'estime, monsieur le comte, qu'il serait bon de préparer ces dames, petit à petit, à l'annonce de la fatale revendication.

La comtesse Loetitia, le cœur serré par un pressentiment de malheur prochain, n'avait pas été sans remarquer l'absence de son mari et celle de l'avoué. Aussi fut-elle la première à les voir rentrer et devina-t-elle l'effort que faisait le comte pour paraître souriant.

Celui-ci, profitant des quelques rires qui fusaient dans le salon à ce moment-là dut annoncer à sa femme son prochain départ pour Paris, maître Cramayol venant de lui communiquer des nouvelles graves.

— Ah! cette politique! s'écria la comtesse, sans réfléchir que les nouvelles apportées par un pareil messager ne devaient avoir que de très lointaines affinités avec le mandat de son mari.

Vers onze heures un prudent convive ayant fait remarquer que la pluie commençait à tomber, les adieux furent précipités. Ce fut un sauve-qui-peut général vers les automobiles et les voitures qui devaient ramener chez eux tous les invités.

Seuls les d'Aiguevives-d'Agave devaient passer la nuit à Pibrac, dans les appartements de l'aile nord, les châtelains s'étant réservés ceux de l'aile de la Mirande.

Prétextant un travail qu'il avait à terminer pour la sous-commission chargée d'examiner le projet d'impôt sur le revenu, le comte, dès que la dernière voiture se fut éloignée, donna le baiser du soir aux deux femmes, dont l'amour était toute sa vie, et se retira à nouveau dans son cabinet.

Arrivé là, certain de n'être observé par personne, il poussa un soupir de détresse profonde et se laissa choir, plutôt qu'il ne s'assit, devant son bureau en enfouissant son visage entre ses deux mains.

L'énergie dont il avait fait preuve jusqu'à ce moment venait de l'abandonner brusquement. Il se sentait brisé, sans force pour le combat qu'il allait avoir à livrer, vaincu avant toute lutte, et la vision de la chute des siens, dans une médiocrité nécessiteuse, le terrassait au point qu'il se prit à gémir. De grosses larmes filtrèrent au travers de ses doigts serrés.

Se défendre? Mettre en batterie les moyens légaux à lui offerts par la chicane, qui n'est jamais à bout de ressources, à quoi bon? Maître Cramayol n'avait-il pas dit que ce d'Escouloubrac avait des droits qui primaient les siens propres. Alors?... Alors sa scrupuleuse loyauté se refusait à se prêter aux lourdes combinaisons des retors hommes de loi pour jouir plus longtemps d'une fortune que sa stricte équité qualifiait d'illicite.

Mais sa Loetitia aimée aurait-elle le stoïcisme de supporter cette épreuve?

Et Yolande, la pauvre chérie, comment accueillerait-elle ce changement d'existence? Le projet de mariage rêvé par elle tiendrait-il après cela?

Roland de Bois-Briolle, l'esprit ballotté entre deux devoirs également sacrés : la restitution, commandée par sa conscience ou le maintien du *statu quo*, conseillé par sa raison, pleurait sur sa tranquillité détruite et sur son bonheur perdu.

Ce fut dans cette pose affaissée que le surprit la comtesse.

Mme de Bois-Briolle n'avait pas été la dupe des raisons invoquées par son mari pour travailler à cette heure. Pourtant ce n'est qu'après l'avoir laissé partir que, réfléchissant à la bizarre attitude de l'avoué, une nouvelle inquiétude lui était venue. Certaine, alors, de ne pouvoir trouver le sommeil avant d'avoir pris sa part de la récente contrariété de son mari, elle s'était décidée à venir le rejoindre.

Une femme a le regard perçant, voit tout ce qui touche à l'homme qu'elle aime.

Du premier coup d'œil la comtesse Loetitia vit les larmes et soupçonna l'effroyable désarroi de son Roland. Son cœur se serra, toute sa tendresse d'épouse la jeta, d'un élan, au secours de l'être ardemment aimé que le poids d'un mystérieux secret désemparait à ce point.

Elle était encore en toilette de soirée, lui en habit, ce qui allait donner à cette scène intime une élégance, dans sa dramatique grandeur.

— Roland! mon Roland! cria-t-elle, en entourant de ses bras nus le cou de son mari. Vous souffrez, vous pleurez! mon Dieu! qu'avez-vous donc?

Le comte se redressa atterré! Sa femme était là! sa femme! Et dans la confusion désordonnée de sa pensée, il n'avait encore rien préparé, rien décidé qui pût lui être dit.

Il fallait répondre pourtant, sous peine de l'effrayer davantage. Aussi, osa-t-il prononcer, en esquissant un sourire contraint qui parlait un autre langage :

— Vous vous trompez, Loetitia. Si mes yeux sont larmoyants, c'est de fatigue.

— Non, non! reprit la comtesse, son émotion

grandissant en raison même du peu de crédit qu'elle accordait à cette réponse. Ne cherchez pas à m'abuser Roland, vous n'êtes pas fait pour mentir. Tout dans votre attitude dément vos paroles... De grâce, parlez, parlez!... Vous m'avez fait partager vos joies, je veux aussi prendre ma part de vos peines... Ne suis-je pas votre meilleure amie?

— Si... oh! si, murmura M. de Bois-Briolle dont le cœur se fondait sous une telle explosion d'amour, et dont la résolution de ne rien avouer commençait à faiblir. Vous ne me fîtes jamais aucun chagrin, Loetitia; avec vous je n'eus toujours que de la joie... Hélas! ma femme chérie, en ce monde, tout bonheur doit être contrebalancé par des peines, et...

Des sanglots contenus soulevaient par bonds la poitrine découverte de cette épouse modèle et des perles brillantes commençaient à mouiller ses cils.

— Achevez, Roland, achevez!... Ciel! s'interrompit-elle en se remémorant soudain les grossièretés du personnage entr'aperçu du côté de la gare; vous avez une affaire d'honneur peut-être?

— Rassurez-vous, Loetitia, ce n'est rien de semblable.

— Mais qu'est-ce donc? Vous voyez bien que vous me rendez folle!

— J'aurais voulu vous le cacher encore... Nous allons être ruinés!

— N'est-ce que cela?

— Ruinés de fond en comble!

— Ah! que Dieu soit béni! s'écria l'héroïque

femme parlant comme Job. Plaie d'argent n'est point mortelle!... Sans doute il n'est jamais agréable de perdre sa fortune, mais cette annonce me fait du bien; j'en suis toute réconfortée, car j'avais craint quelque chose de plus grave!

— Hélas! ma chère Loetitia, Pibrac cessera de nous appartenir, Pibrac où notre Yolande est née.

— A qui donc reviendra ce joli château?

— A un autre héritier de M. de Chantelle; un héritier plus direct que moi-même et qui se présente après vingt ans. Tout ce qui nous vient du marquis doit lui revenir...

— Eh bien! tout lui reviendra à cet homme! Nous ne garderons rien qui ne puisse nous appartenir. Nous avons la santé, nous nous aimons; ces richesses-là se peuvent-elles acquérir?...

« Et puis, tant que nous resterons réunis à cet autre gage de bonheur, notre fille... »

— Yolande! murmura M. de Bois-Briolle, et son front se rembrunit. C'est pour cette enfant surtout que notre ruine me navre. Le lieutenant Arnaud d'Aiguevives-d'Agave ne s'est pas encore déclaré, mais tous deux s'aiment, ce n'est point douteux. Ce changement de fortune pourra peut-être... vous me comprenez, Loetitia?... Alors quel calvaire pour notre enfant... j'hésite...

— Vous auriez tort d'hésiter, mon père. Le devoir avant tout!...

Les deux époux poussèrent un cri et se retournèrent.

— Yolande!

— Ah! pauvre enfant!

C'était Yolande, en effet. Comment était-elle arrivée là? Oh! tout à fait par hasard. Déjà prête à se mettre au lit, ayant un léger service à demander à la comtesse, elle était entrée chez celle-ci. Ne la trouvant pas et voyant ouverte la porte qui menait à la galerie voûtée, elle s'y était hasardée. Là, elle s'était arrêtée, indécise, puis, en entendant des bribes de la conversation de ses parents, involontairement, elle avait fait quelques pas en avant.

Et maintenant, appuyée au chambranle de la porte du *studio*, pâle mais l'œil brûlant, dans sa blanche toilette de nuit, elle semblait un grand lis enveloppé de vapeurs.

— Vous auriez tort d'hésiter, mon père, répéta-t-elle, Arnaud n'est pas homme à ne voir en votre fille qu'une héritière; et si notre ruine devait le détacher de moi, je dirais comme ma mère : Ah! que Dieu soit béni!... c'est qu'il ne m'aimait pas!

C'était héroïque : le père, la mère, la fille, chacun pour leur propre compte, venaient de faire montre d'un désintéressement sublime et presque incroyable en ce siècle de *strúggle for life* à outrance.

Et l'instant d'après, ces trois héros, ces trois martyrs du devoir, — dont le renoncement devait stupéfier les forbans parisiens, — se tenaient enlacés dans une même étreinte.

Le sacrifice était consenti, résolu.

Seule la petite vierge aux yeux d'azur et au

diadème d'or pâle dont l'esprit, tout en étant aussi chevaleresque que celui des siens, cadrait un peu mieux avec son époque, se réservait d'en référer au lieutenant Arnaud et de reprendre son patrimoine, comme Jeanne d'Arc avait reconquis la France, si la moindre des choses venait à lui faire douter du bon droit de leur adversaire.

XII

UNE LETTRE D'AMOUR DE M. ABEL

Contre des adversaires aussi résignés à se laisser spolier sans regimber, on pouvait ne garder aucune mesure, aussi Gabrielle Tibault, Lacrousette & Cie poussaient-ils l'affaire à fond de train et, comme l'Eglise permet le rachat de certaines publications aux gens fortunés, la justice ayant aussi ses passe-droits, l'instance d'Escouloubrac contre Bois-Briolle, exempte de toute remise, devait être plaidée, à la Cour de Toulouse, vers le milieu de février.

D'ici là, il importait de ne point mécontenter le nouveau baron; aussi, dès que l'inscription au rôle avait été connue rue Taitbout, sur l'initiative de M. Abel Barbaroux, Lacrousette s'était-il empressé d'ouvrir sa caisse à son cher compatriote et distingué client, toujours aux mêmes conditions amicales.

Puisque nous parlons de M. Abel, il est à propos

de faire savoir qu'il avait été accueilli dans l'association, pour surveiller l'homme de paille, et parce que les secrets surpris par lui pouvaient le rendre nuisible.

Et Onésiphore, les poches lestées d'un argent qui devait rapporter gros à ses thuriféraires intéressés, ne se souciant plus de Laurette Lory, sa charmante et si douce protectrice, se fût certainement lancé dans une noce crapuleuse si M. Abel, son mentor, n'avait eu l'adresse d'élever une barrière entre les assommoirs ou les tripots d'amour et le futur millionnaire.

Cette barrière n'était autre que Mlle Caroline Barbaroux, sa sœur.

Mlle Caroline, en tant que femme, était une forte personne musclée et bien en chair; par le fait, une beauté assez lourde et dans le goût allemand, mais enfin une beauté pour les amateurs qui, comme le regretté Armand Silvestre, ont le culte des formes généreusement arrondies.

Comment Onésiphore avait-il pu se laisser prendre à de telles séductions, lui dont l'idéal était représenté par deux sylphides : Laurette Lory, l'abandonnée, et Yolande, la blonde de son rêve?

A vrai dire, s'il assistait aux soirées données en son honneur, — et avec quelque humeur de dogue vaincu! — par le vieux Claude Barbaroux, s'il répondait avec son tact habituel aux minauderies de Mlle Caroline, c'était tout à la fois par esprit de vengeance, pour faire *bisquer* son ancien patron; par orgueil, pour parader dans un monde qui lui

avait été si longtemps fermé; enfin par égoïsme,
pour se montrer à la hauteur de son ami Abel qui
avait été le premier à lui tendre la main, à le présenter partout comme un parfait gentleman et à
lui donner des conseils, dont il ne pouvait manquer
de reconnaître la valeur.

Dans tout cela, pas un bon sentiment, une absence absolue de franchise.

Cet être inconscient réunissait en soi l'assortiment le plus varié et le plus complet qu'il soit possible de rencontrer des tares morales.

Mlle Caroline se rendait-elle compte de l'effet,
plutôt médiocre, que produisaient ses œillades incen-
diaires sur la personne de ce soupirant à elle imposé?
Nous sommes fondés à le croire, car, sous la majesté de son enveloppe matérielle, la fille de Claude
Barbaroux possédait un esprit des plus fins.
Malheureusement, en la circonstance, elle ne pouvait en faire usage, ni pour réduire le balourd qui
se fût esclaffé sans comprendre, ni pour l'éconduire,
puisqu'il s'agissait, tout au contraire, de l'empêcher
d'aller ailleurs.

Ah! il faut l'avouer, le baron d'Escouloubrac
était sérieusement circonvenu par la joueuse, même
il serait peut-être resté entre ses griffes, grâce à la
complaisante complicité du frère, si d'autres chas-
seurs n'eussent été sur la piste du même gibier :
Lacrousette et Gabrielle Tibault.

En attendant, Onésiphore vivait, comme un coq
en pâte, entre tous les compétiteurs des millions
qu'il n'avait encore pas.

A la maison Barbaroux et fils, 31 *bis* et 31 *ter*, boulevard Magenta, le coup de feu du matin venait de prendre fin.

Aussi M. Abel ne travaillait pas. Mais travaillait-il jamais? Accoudé sur son bureau, il laissait errer son regard dans le vide et le ramenait avec complaisance vers la tête de Laurette.

Celle-ci lui tournait le dos, assise devant la table, entre les deux croisées, elle s'occupait activement à nettoyer sa machine qui avait dû fournir un important labeur, les commandes de l'étranger ayant été particulièrement nombreuses ce matin-là.

Etait-elle bien à ce travail de remise en état de sa machine, la pauvre petite sténo-dactylographe? Il serait malaisé de l'affirmer; son esprit semblait loin... loin!

La sacrifiée volontaire faisait un douloureux retour vers le passé, et, si elle n'avait aucun regret d'avoir tout accompli pour créer un avenir heureux à l'ancien ami, sauvé par elle dans la mansarde de la rue Clauzel, du moins ne pouvait-elle s'empêcher d'être blessée en constatant de quelle sécheresse de cœur il faisait preuve envers elle, de quel égoïsme il était pétri!

Un autre motif la tourmentait : de tout temps M. Abel s'était montré envers elle d'une prévenance exagérée. Or, depuis l'élévation d'Onésiphore au grade de baron et de postulant millionnaire, depuis enfin qu'elle se sentait sans défenseur, la cour, au-

trefois discrète, du petit patron se faisait pressante
et moins dissimulée.

Trop évidente même, puisque, entre l'offre de
nombreux compliments dont Laurette ne pouvait
manquer de rougir, chaque matin, elle trouvait sur
sa table, posé bien en évidence, ce petit bouquet
de violettes que, dans les ruches parisiennes, on
dénomme : « deux sous de printemps ».

Et c'était transparent, ce dépôt quotidien. Les
demoiselles du hall voisin s'en étaient aperçues.
Hélas! elles avaient tout de suite, au genre de cadeau, deviné l'anonyme donateur. Leur pénétration,
d'ailleurs, pouvait aisément se comprendre puisque,
avant le règne espéré de Laurette, la table de certaines d'entre elles avait déjà supporté pareil présent.

Or, fait notable, toutes les demoiselles ainsi dis-
tinguées par le jeune pacha s'étaient vues remercier
dans les vingt-quatre heures. Punition bien méritée
de leur condescendance coupable.

Donc, à l'heure où nous le retrouvons, M. Abel
s'attardait dans une contemplation qui, pour paraître poétique, ne l'était pas le moins du monde. Il
ne pouvait deviner la mélancolie de la pauvre fille
dont il ne voyait que le dos et, sachant ce qu'il
savait, surtout depuis qu'il avait habilement confessé
la ridicule marionnette de la C. G. T., il s'étonnait
de n'être pas compris de sa sténographe qui, selon
son propre sentiment « la faisait vraiment trop à
la pose ».

Soudain ses yeux se mirent à briller d'un vif éclat.

Le soleil, un pâle soleil d'hiver, pénétrant par la fenêtre de droite, venait de frapper à revers les cheveux roux de Laurette et auréolait sa tête d'une fantastique profusion de paillettes d'or.

Ce jeu de lumière fut, à notre singulier galant, le coup de fouet qui décide. Il se leva en pensant :

— Non, elle est trop jolie, cette pimbêche! C'est bête de la voir tous les jours sans jamais l'avoir!... Pourquoi fait-elle sa sucrée?... Ah! j'y suis. Elle doit encore penser au « dauphin », cet idiot de faux baron... Quel crétin. Peut-on s'être toqué de pareil ganache? Eh! bien, ma belle enfant, ce drôle ne te rend guère la pareille... Mais ton bizarre sentiment pour lui peut servir... que dis-je? doit être utilisé!... On va le mettre à l'épreuve et presto :

Il s'était approché de la sténo-dactylographe.

— Tiens, tiens! remarqua-t-il tout à coup en prenant un ton aimable : vous avez donc une nouvelle machine, Mademoiselle Lory?

Laurette avait eu un sursaut. Son rêve faisait place à la réalité.

— Pas du tout, monsieur, répondit-elle; il y a plus d'un mois que celle-ci est en service, et, sur mes instances, M. Claude se propose de substituer ce modèle unique à tous ceux employés par ces demoiselles de la correspondance.

Tout en parlant, la jolie rousse manœuvrait l'appareil pour en faire la démonstration et comme, dans la maison Barbaroux, on exigeait des demoiselles une tenue élégante, même coquette, M. Abel,

penché au-dessus d'elle, prenait un avant-goût de
la chose, désirée en contemplant la poitrine et les
bras blancs de Laurette, à peine voilés par la guimpe
de gaze qui était à la mode...

— Ah! mademoiselle, vous eussiez fait une
admirable conférencière.. Le travail des doigts!...
Contrôle par la vue!... En résumé, les machines de
ces demoiselles ne valent pas la vôtre?

Il y eut un court silence, le petit patron paraissait tout actionné à se pénétrer des détails qui venaient de lui être fournis. La réalité était tout autre :
ses narines éprouvaient de voluptueuses titillations
en aspirant le parfum de jeunesse, qui montait vers
elles comme une grisante promesse, car, il émanait
des cheveux flambants ,de la jeune employée, de
son col à la peau si transparente et si fine que le
réseau des veines bleutées s'y distinguait sous la
gaze; et jusque de son souffle.

— Mademoiselle, demanda-t-il, consentiriez-
vous à écrire, sous ma dictée, une lettre d'intérêt
particulier?

Laurette se tourna et le regarda de ses grands
yeux clairs.

— Ne suis-je pas ici pour cela?

— C'est que, hésita M. Abel, la lettre en question n'est pas d'ordre commercial.

— Qu'à cela ne tienne, monsieur, sourit la
jeune sténo-dactylographe en poussant vers le rou-
leau de sa machine une feuille de papier blanc,
qu'elle venait de faire passer sur la lame d'intro-
duction. De quoi s'agit-il?

— D'une lettre d'amour.

Laurette eut un imperceptible tressaillement et son front se rembrunit. Néanmoins, elle déclara en frappant la touche du margeur :

— Je suis prête.

C'était ce qu'attendait M. Abel. Les deux mains derrière son dos, il s'en fut écouter à la porte du hall de la correspondance, puis, n'ayant rien entendu de suspect, — pour la bonne raison que l'heure du déjeuner étant sonnée, toutes ces demoiselles venaient de s'envoler vers les restaurants, — il dicta de suite, en arpentant son cabinet de long en large.

« Mademoiselle,

« Depuis longtemps, longtemps, je rêve d'asso-
« cier votre radieuse jeunesse à la mienne. Dès
« notre première rencontre, l'impression produite
« sur mon cœur par la flambante chevelure
« qui couronne votre front lilial... »

M. Abel interrompit sa marche et sa dictée en observant la machiniste. Celle-ci avait eu un court sursaut en entendant désigner, par ces termes pompeux, la couleur des cheveux de l'inconnue à laquelle était destinée cette épître; pourtant elle ne cessait de frapper sur les touches et sur la barre d'espacement.

— Lilial..., répéta-t-elle.

Le petit patron haussa les épaules et poursuivit :
« ... a été celle d'une coulée de lave!... L'érup-
« tion d'un volcan déchaîne l'orage et produit le

« tonnerre... Ainsi en fut-il encore cette fois, ma-
« demoiselle. De votre diadème en ignition sortit
« la foudre qui vint blesser mon cœur. Pour atté-
« nuer les souffrances de cette cruelle meurtrissure
« il faudrait un pansement fait par votre blanche
« main.

« Mais vous vous refusez à entendre les cris
« de désespoir de votre victime! Vous vous bou-
« chez les yeux pour ne point voir rouler, au fond
« de l'abîme, celui qu'y précipite la cécité, produite
« par l'aveuglant éclat d'une beauté funeste;
« p..sque dédaigneuse et sans pitié.

« N'avez-vous donc pas compris mes soupirs?

« Mes bouquets, sincères petits messagers, ne
« vous ont-ils point parlé?

« Répondez?... »

Il y eut instant de silence que troublèrent seules
les frappes de la machine. Une angoisse irraisonnée
comprimait la poitrine de Laurette, mais elle avait
encore en trop haute considération le fils de Claude
Barbaroux pour admettre qu'il eût l'impertinence
éhontée d'abuser de sa situation de patron, et de
lui adresser, à elle, une pareille lettre.

Non, c'eût été trop vil! D'ailleurs, à quoi allait-
elle penser? Le style oléagineux, les phrases creu-
ses de ce don Juan devaient aller vers quelque
destinataire aux cheveux oxygénés, étoile quelconque du demi-monde.

Réconfortée par ce raisonnement qui la mettait

hors de cause, elle frappa le dernier mot en relisant d'une voix assurée :

— Répondez?...

Pour le coup le bel Abel la regarda avec stupeur. Quoi?... elle ne l'avait donc pas compris?... Cela lui sembla si difficile à croire qu'il eut la pensée qu'elle jouait la comédie de l'innocence et se moquait tout bonnement de lui.

Sa résolution d'arriver au but, coûte que coûte, même en employant des moyens indignes d'un homme d'honneur, puisa une nouvelle force dans cette persuasion. Non, il ne pouvait sortir vaincu de cette lutte d'hypocrisie. Puisque Laurette semblait vouloir se conserver, — passion sans issue! — à son ridicule Onésiphore, en avant les grands moyens!

Et agité, cette fois, il dicta d'une voix acerbe :

« Vous vous taisez, mademoiselle?... Rien ne
« vous émeut... ni mes plaintes, ni mes tortures?...
« Ah! vous avez tort!... Vous avez tort!...

« Cruelle, ne voyez-vous pas que vos charmes
« sont un trésor que vous ne pouvez, sans une
« monstrueuse avarice, conserver pour vous seule...

« Comment? Vous dites que ces trésors ont un
« autre maître?... un ami?... un amant? Taisez-
« vous, malheureuse! Vous allez me faire blasphé-
« mer et me rendre enragé! »

Tout d'abord, la dactylographe était docilement repartie, ses doigts martelant le clavier avec une régularité mathématique. Pourtant, peu à peu, sa tranquillité reconquise avait fait place à une inquiétude nouvelle. Le jeune Barbaroux dictait avec une acrimonie dont, par instinct plus que par raison, elle devinait être le but. L'audace des expressions, la virulance des phrases, la démence des exclamations, tout la portait à croire qu'elle allait toucher à une phase critique de son existence.

Ah! cette maudite lettre! cette abominable lettre! Comme elle regrettait d'avoir consenti à se la laisser dicter. Aussi, dans l'appréhension de ce qui allait suivre, ses articulations contractées perdaient-elles de leur souplesse, de leur agilité, et le jeu du clavier perdait de sa régularité, se ralentissait sensiblement.

— Enfin! pensa M. Abel en constatant cet émoi. Le défaut de ta cuirasse est trouvé, ma belle. Et avec moi, tu sais, pas de quartier!

Elevant la voix, il demanda :

— Vais-je trop vite, mademoiselle?... Y êtes-vous?...

Laurette, d'un effort, put reprendre possession de son sang-froid et murmura :

— Oui, monsieur, c'est écrit.

— Alors, attention! Voici la partie capitale de ma lettre amoureuse; celle qui, je n'en doute pas, fera tomber tous les scrupules... Ecrivez!

« Pourtant, oui, vous avez dû dire vrai!... Un
« autre a plongé ses mains dans l'or de vos che-
« veux! Un autre s'est grisé de leur parfum trou-
« blant... Et je le laisserais vivre, ce misérable?...
« Jamais!

« Mais qui peut-il être? Comment le saisir?
« comment me venger?... »

M. Abel fit une pose et partit soudain d'un immense éclat de rire : d'un rire fou! d'un rire démoniaque!

« Ah! Ah! Ah!... Je crois le connaître, l'oiseau!
« un triste sire! un gibier de bagne!... Un forçat
« si je le veux!... Et je le voudrai, à moins qu'on
« n'achète mon silence? Pas de réponse encore?...
« Vous doutez de ma sagacité?... Alors, écoutez :
« l'ami pour lequel on se garde, l'ami pour lequel
« on se sacrifie et qui se soucie de vous comme de
« sa première colique est un misérable imposteur,
« un faussaire, un voleur... Il se nomme Onési-
« phore... »

Le petit patron avait débité cette phrase d'un
jet, sans regarder du côté de la secrétaire, sans
s'occuper du bruit mécanique qui, d'ailleurs, s'était
fait saccadé, puis avait cessé complètement. Il
n'avait pas encore achevé de prononcer le nom de
l'ancien commis à la vente qu'un bruit formidable
le fit se retourner.

Laurette, vaincue par le supplice imposé, venait,
sans un cri, de s'écrouler sur le sol, en entraînant
dans sa chute, la table et la machine à écrire.

Maintenant, le visage de la pauvre petite martyre, d'une pâleur de cire et semblable, dans l'auréole de sa chevelure d'or, à l'effigie d'une sainte,
reposait de biais sur la machine dont le clavier
s'était refusé à enregistrer le nom de l'indigne pro-

tégé. Le bel Abel restait tout décontenancé du résultat obtenu.

— Zut! pensa-t-il, j'ai été légèrement brusque!... mais a-t-on idée de tourner de l'œil pour si peu?... Il n'y a pas à dire, elle est jolie, même comme cela!... Bah! puisque c'est raté aujourd'hui, nous verrons à nous y prendre d'une autre façon.

Et le digne clubman, après avoir prudemment retiré la lettre du cylindre, s'en fut prévenir la concierge de la pâmoison de sa sténo.

Ceci fait, le cœur léger, la conscience nette, il sauta dans un taxi et s'en fut déjeuner au cercle.

Là, il avait rendez-vous avec son ami le baron d'Escouloubrac, celui qu'il venait de qualifier avec un si terrible mépris.

— Eh bien, mon bon, demanda Onésiphore en lui tendant deux doigts, est-ce fait, avec la petite?

Les deux acolytes étaient de connivence...

Ah! malheureuse Laurette!

DEUXIÈME PARTIE

Yolande de Bois-Briolle

———

I

LE JUGEMENT DU TRIBUNAL DE TOULOUSE

Vingt ans plus tôt, à l'époque où le comte de Bois-Briolle avait pu prendre possession de l'héritage inattendu d'un de ses parents très éloignés, feu M. le Marquis de Chantelle, son avoué, M⁰ Cramayol, alors âgé de quarante ans, l'avait fait prier de passer à son étude, sise 15, rue Matabiau, à Toulouse.

L'entrevue de l'officier ministériel et du riche héritier, récemment marié à une demoiselle Loetitia de Lavaur, avait été entièrement consacrée à la révision du dossier des titres de propriété à transmettre.

Cette révision avait permis de faire une constatation stupéfiante. Une pièce se trouvait manquer au dossier, et non la moins importante puisque son absence, en cas de revendication, pourrait faire invalider la première décision du Tribunal.

M. de Bois-Briolle, encore tout à sa lune de miel, ne s'était pas préoccupé de cette perte. L'avoué, lui, n'avait pu se montrer aussi indifférent, mais toutes les recherches faites par ses soins étaient demeurées sans résultat. Tous les cartons de l'étude consciencieusement fouillés ne rendirent pas la pièce envolée, — volée, pour dire mieux.

Le petit clerc, chargé de mener à bien cette recherche était un être à deux faces nommé Lacrousette. Peu physionomiste, et ne croyant pas à la duplicité native, M° Cramayol avait pris en affection le jeune homme, fils orphelin d'un de ses clients de Belbèze, parce qu'il le jugeait timide et travailleur, tandis qu'il n'était, en réalité, que dissimulé et farfouilleur.

Ce dernier penchant devait le mener loin. Peu de jours après, sous un prétexte futile, le petit clerc demandait son congé à l'avoué et quittait Toulouse, s'en allant chercher fortune à Paris. Dans le train qui l'emportait vers la capitale, on aurait pu le voir prendre connaissance d'un acte sur timbre qu'il avait, jusque-là, tenu dissimulé dans la doublure de son veston.

— Ça pourra servir, songea-t-il en le réintégrant dans sa cachette, mais pas tout de suite!

A Paris, Lacrousette avait entrepris les métiers les plus divers, les plus louches surtout. Rien n'avait semblé lui réussir pour la bonne raison que, ladre par tempérament, il affichait un dédain profond de la toilette, voire même de la propreté, pour économiser plus à son aise.

Enfin, dans une officine d'affaires, il rencontra Gabrielle Tibault et l'on connaît le reste.

Il avait eu cependant la force d'attendre vingt ans, sans impatience. C'était un homme pondéré, un homme d'ordre.

Il fit à Gabrielle Tibault un récit très détaillé de la façon dont M. de Bois-Briolle avait été appelé à succéder au marquis de Chantelle, faute d'un plus proche héritier; puis il lui mit sous les yeux la pièce si inutilement recherchée par l'officier ministériel de la rue Matabiau.

De suite, l'intelligente femme d'affaires comprit quel parti on pouvait tirer de la possession de ce document. Il y avait une fortune à gagner, une grosse fortune. A la condition toutefois de trouver l'héritier plus proche et de le tenir à discrétion.

Et si cet héritier n'existait pas?

Ce cas n'était pas pour embarrasser nos pêcheurs en eau trouble, au contraire. Si l'héritier demandé ne se présentait pas, eh bien! on l'inventerait de toutes pièces, ce pantin. De la sorte l'association n'aurait que plus de mérite et aussi plus de facilité à tenir toujours sous sa coupe le bénéficiaire de cette opération monstre.

C'est ainsi que Lacrousette avait fait passer, aux *Petites Affiches*, sous le N° 17.513, l'avis « *Héritage* », dont la septième et dernière insertion était tombée sous les yeux de Laurette Lory, par le plus grand des hasards.

Et c'est pourquoi, poussé par elle, Onésiphore, mis en possession des papiers du baron Olivier, —

toujours par la mystérieuse puissance inconnue, — avait eu l'audace de se présenter à Lacrousette sous le nom du baron, et en substituant au sien l'état civil du défunt.

De sorte que la C. G. T., — qui n'était pas dirigée par deux esprits faciles à duper, — s'était trouvée avoir sous la main, pour entamer le procès de revendication, en même temps qu'un imposteur de haut vol, tout un assortiment de pièces probantes.

Elle n'avait pas hésité à s'en servir. L'action, engagée par elle, dans les meilleures conditions, était poussée avec un activité fébrile.

De son côté, cantonné dans une attitude de sublime loyauté, qui frisait la plus naïve indolence, Roland de Bois-Briolle ne faisait rien pour se défendre, c'est tout juste si, se rendant aux remontrances de ses amis les d'Aiguevives-d'Agave et de Mᵉ Cramayol, il avait consenti à ne pas se dessaisir, avant le prononcé du jugement qui allait intervenir.

Mais, frappé de paralysie morale, depuis l'annonce de ce coup imprévu, incapable de travail, terrassé, démoralisé, malade, il avait envoyé au président de la Chambre sa démission de député et s'était enfermé dans son château de Pibrac, le mouvement de Paris ne pouvant convenir à sa lassitude qui peinait la comtesse Loetitia et mettait une pointe de révolte dans la cervelle de la petite Yolande.

Car Yolande ne voulait point désarmer sans combat, elle. Sa première stupeur passée, elle s'était juré, nous le savons, de prendre l'avis du lieutenant Arnaud. Or l'avis du lieutenant de hussards avait été celui-ci :

— Vous êtes née à Pibrac, Pibrac doit vous rester !

Pibrac seulement?

Au début, la vaillante jeune fille s'en fût contentée. Maintenant ses prétentions augmentaient. Pourquoi Pibrac sans le reste? C'était logique!...

Ce jour-là, où devait être rendu l'arrêt sur la demande en revendication d'héritage formulée, par un avoué parisien, au nom du baron O. d'Escouloubiac, contre le comte Roland de Bois-Briolle, député démissionnaire de la Save, détenteur des biens et revenus réclamés, toute la turbulence de la grande cité toulousaine semblait s'être transportée sur la place du Palais-de-Justice.

Les noms des deux plaideurs étaient sur toutes les lèvres. La hâte de connaître le résultat de cette affaire avait amené à Toulouse, outre la noblesse du département, les propriétaires, les gens en situation, la plupart des électeurs de la Save et les pauvres de tout un rayon du pays qui partait du faubourg Saint-Cyprien pour ne s'arrêter qu'au-delà de la forêt de Bouconne.

Ceux-là tenaient pour le châtelain de Pibrac, pour le père de l'ange blond, dont la main toujours ouverte faisait fuir l'indigence, comme sa parole réconfortante calmait les désespérances.

Par contre, le baron demandeur avait aussi ses tenants. Ceux-ci, pour être moins nombreux, n'en étaient que plus bruyants. Cette tourbe, récoltée dans les faubourgs, se composait en majeure partie de gens sans métiers, d'anarchistes, de perturbateurs à solde. Ils avaient été enrégimentés par Lacrousette et par Dautap pour distribuer le dernier numéro de la *Voix Brutale*.

Ah! ce numéro, c'était à sensation! Sous le titre : « Un scandale parlementaire », le député de Saint-Martin-de-Ré, endoctriné par Gabrielle Tibault, et désireux de toucher sa part du magot réclamé par l'homme de paille de l'association, prenait violemment à partie son ancien collègue. Il demandait une enquête.

Dans cet article, le vrai, perfidement mélangé au faux, pouvait amener le lecteur à douter de la bonne foi de l'ex-député qui, pour avoir si hâtivement donné sa démission, devait se sentir une conscience bien troublée.

Le quartier général des Escouloubristes s'était installé dans un café qui fait l'angle de la rue des 36-Ponts, sur les allées Saint-Michel; celui des Bois-Briollais se tenait enfermé dans un restaurant de la rue de la Dalbade.

L'état-major des premiers menait grand tapage et buvait sans discontinuer, tandis que les quelques amis qui tenaient compagnie à Roland, le voyant découragé, miné, sans confiance en sa propre cause, s'entretenaient à voix basse, comme on chuchotte à des funérailles.

La marquise Béatrix était restée au Château de Pibrac pour endormir, de ses papotages légers, les appréhensions de la comtesse Loétitia et apaiser la fièvre qui s'était emparée de Yolande à l'heure de la bataille. Le jeune lieutenant Arnaud, lui, n'avait pu se soustraire à ses devoirs d'officier, mais son père, le marquis d'Aiguevives-d'Agave, décidé à remplir le rôle de premier témoin, en cette circonstance difficile, se tenait à l'intérieur du Palais de Justice, non loin du petit nègre Black-Mid, qui avait reçu mission d'aller porter à son maître le sens du jugement, dès que celui-ci serait rendu.

A quatre heures, la porte du restaurant de la rue de la Dalbade s'étant ouverte, livra passage à M. d'Aiguevives-d'Agave. Il avait l'air grave et attristé. A son aspect, tout le sang du comte reflua vers son cœur comme une vague. Le tribunal s'était prononcé contre lui; il le devinait, il en frémissait. En décidant qu'il ne défendrait pas sa fortune, avait-il donc espéré voir le ciel refuser son sacrifice ?

Le marquis s'empara de la main de son ami, la brisa entre les siennes d'une énergique étreinte et prononça d'une voix que l'émotion faisait tremblante :

— Du courage, comte.

Tous les assistants s'étaient rapprochés pour entendre.

— Les juges m'ont-ils laissé quelque chose ? demanda simplement Roland.

— Non, mon pauvre ami... Si, pourtant... M⁰ Cramayol a été admirable... A mon sens, les arguments de l'adversaire manquaient de consistance... Mais le tribunal a dû être travaillé en sous-main par une puissante coalition... Enfin, il vous reste la ressource d'en appeler...

— A quoi bon? fit le malheureux plaideur, en baissant la tête. Mieux vaut encore le chagrin de la brutale réalité que les affres du doute...

Et, se tournant vers ses amis, il ajouta en serrant à tour de rôle toutes les mains qui se tendaient vers lui :

— Merci à vous... Merci pour la bienveillante sympathie dont vous m'entourez encore alors que tout m'abandonne... Merci pour le courage que me communique ce réconfortant témoignage d'amitié.

— Et croyez-vous que cette amitié ne vous sera pas conservée? s'écria le marquis. Pour moi et pour les miens, je vous l'affirme, en douter serait mal.

— Qui sait? pensa le père de Yolande. Je vais être si pauvre.

Mais il n'osa pas exprimer ce sentiment à haute voix, car c'eût été déplorablement reconnaître la serviable noblesse du vieux gentilhomme.

Quelques instants après, M° Cramayol étant venu les rejoindre, tous trois, le marquis, le comte et l'avoué montaient en automobile et prenaient la route de Pibrac.

De l'autre côté du Palais de Justice, la foule, composée en majeure partie de gens recrutés parmi les déclassés toujours sans travail, avait fait une ovation à Black-Mid, dès son apparition, car la livrée rouge du petit nègre le désignait tout naturellement aux railleries. Ensuite, la nouvelle ayant

circulé que cet original petit groom appartenait à
l'un des commanditaires de la C. G. T., et que ce
généreux socialiste, — le baron d'Escouloubrac en
propre personne, s'il vous plaît, — venait de gagner
son procès et ne pouvait manquer de verser quelques millions dans la caisse populaire, alors ç'avait
été du délire.

Porté en triomphe par un fossoyeur de Terre-
Cabade et un jardinier du parc du Caousou, tous
deux en grève, comme par hasard, Black-Mid,
assis sur les épaules de ses admirateurs, n'avait
éprouvé aucune surprise à se voir ainsi transporter
jusqu'au café des allées Saint-Michel où l'attendait
son maître.

Dans un compartiment de première classe, emporté à une vitesse vertigineuse vers Paris, Lacrousette s'était installé pour dormir, mais ne pouvait
fermer l'œil... Il rêvait. A quoi? Si fort que cela
puisse paraître, il ne rêvait ni à son magot, ni à
l'audience capitale à laquelle il venait d'assister.

Devant ses yeux, dans un brouillard, c'était une
jeune fille blonde qui passait...

La C. G. T., cette association d'arboriculteurs,
dont la spécialité était la culture intensive des poi-
riers humains, venait de s'assurer que le plus bel
arbre de ses pépinières était chargé d'une récolte
superbe à la maturité prochaine. Mais, un beau
papillon s'était introduit dans l'enclos, et le jardinier,
maintenant, hésitait entre la récolte si fructueuse et
la capture du papillon si joli...

Lacrousette aimait Yolande de Bois-Briolle.

Que pouvait-il résulter de cette ridicule passion?..
Du bien pour nos amis? De nouvelles douleurs?...
Peut-être l'un et les autres.

II

INFAMIE

L'ambitieux baron d'Escouloubrac, dont l'imposture, appuyée par l'agence de falsification moderne de la rue Taitbout, avait été si légèrement paraphée par le jugement du tribunal de première instance de Toulouse, s'était empressé, au lendemain même de ce jugement, de rentrer à Paris...

En premier lieu, afin de respirer l'encens qui ne pouvait manquer de lui être prodigué dans les salons, où il devait poursuivre le cours de ses succès auprès des dames, décidées à donner l'assaut à son gros sac d'écus.

En second lieu pour préparer son élection. Oui il s'était résolu à se porter candidat dans la circonscription de la Save, en remplacement du comte de Bois-Briolle; ceci dès que, les affaires terminées, il aurait été mis en possession des biens laissés par feu le marquis de Chantelle.

D'autres travaux sollicitaient aussi son activité. Dans le vide de son cerveau, une idée géniale avait pris naissance, celle de rendre à la famille dépouillée par lui une partie de son lustre. Comment cela?

Tout simplement en offrant de prendre pour épouse Yolande de Bois-Briolle. Il ne doutait pas du succès de cette honteuse combinaison; à son estime elle devait être accueillie avec reconnaissance.

Puis, désireux de connaître les bons soins apportés à sa cause par M. Abel Barbaroux, il s'était engagé à jouer, au profit de ce dernier, un rôle difficile à qualifier, mais dont le révoltant cynisme devait entacher, du même coup, l'honneur des deux complices.

En effet, plus que jamais tenaillé par un désir violent de Laurette Lory, la mignonne sténo, M. Abel, n'ayant pu arriver à ses fins en dictant la révoltante lettre d'amour que nous connaissons, s'était décidé à mettre Onésiphore dans son jeu.

Ils causèrent encore quelques instants, puis, enchantés l'un de l'autre, ils se séparèrent sur cette phrase énigmatique prononcée par Onésiphore :

— Elle y viendra!... J'en fais mon affaire!... Vous serez prévenu en temps utile... A très bientôt!

A la suite de cette conversation, une sorte de rapprochement, bien imprévu par Laurette Lory, s'était opéré entre elle et son ancien compagnon de chambre. Oh! on ne s'était pas embrassé tout de suite, pensez donc. Un noble millionnaire, un baron authentiqué par la force d'un jugement, ne pouvait pas agir avec le laisser aller d'un commis à la vente et se donner en spectacle, en pleine rue, avec une sténo-dactylographe, si jolie fille qu'elle fût, si bon prince qu'il pût être... Non! Mais, un soir que Laurette remontait tristement la rue de *sa pa-*

tronne — ainsi qu'elle se plaisait, à qualifier, en ses rares jours de gaîté, la rue Notre-Dame-de-Lorette, — derrière les hautes palissades d'un chantier du métropolitain Nord-Sud, elle s'était heurtée, place Saint-Georges, à l'être ingrat pour lequel elle avait tout sacrifié, même le repos de sa conscience.

Onésiphore s'était empressé de l'entraîner dans la rue Laferrière. Cette rue courbe, rarement suivie, semble un coin de province, à l'orée de la forêt montmartroise où c'est le gibier qui traque le chasseur. Là, tous deux s'étaient parlé, Laurette frissonnante, lui très calme.

Ils avaient à se confier tant de choses depuis le jour déjà lointain où ils s'étaient séparés, la dernière fois, lui se rendant rue Taitbout, à la C. G. T. (Lacrousette et C°) elle allant retenir, rue Cadet, un logement de garçon destiné au dernier 'des Escouloubrac.

Pourtant, cette dernière entrevue avait été forcément écourtée, Onésiphore ayant la crainte, — et Laurette autant que lui, — de voir une de leurs anciennes voisines passer et les surprendre.

— Ah! si tu savais, mon Onési... Si tu savais ce que M. Abel...

— Chut, ma bonne petite, nous reparlerons de cela, chez moi... et seulement après la preuve faite que...

— Que?

— Ta tendresse pour moi est toujours la même...

La petite employée devint toute rouge.

— Oh! Onési, y penses-tu?... rue Cadet?

— Si, si, j'y tiens... Seulement, souviens-toi bien de ceci : j'ai pris de nouvelles habitudes dans ma solitude : il me faut le silence et l'obscurité... Au surplus, dans le cas auquel je pense, on peut très bien se passer de lumière... Quant au bavardage, c'est pour le réveil !... Donc, viens demain soir, à minuit, je serai à t'attendre et la concierge, une femme aimable, te servira d'introductrice.

Le cœur gros de retrouver son ami si égoïste, si froid, si vide de sentiment, Laurette Lory le quitta en lui promettant d'être chez lui à l'heure prescrite.

Onésiphore, lui, descendit en chantonnant vers la rue Lamartine. Là, du bureau de poste, il expédia ce pneumatique à M. Abel :

« Mon bon, l'affaire est dans le sac ! Demain soir, avant minuit, soyez dans ma garçonnière et dans mes pantoufles, s'il le faut. Mme Pipelet a des ordres... Surtout n'éclairez pas, — d'aucune façon ! La petite est prévenue de tout... excepté de... Enfin, soyez brillant, c'est la meilleure façon d'allumer. — Votre baron d'E... »

La journée du lendemain fut, à l'estime de Laurette Lory, d'une longueur inusitée, non que la pauvrette eût une hâte fébrile de se retrouver entre les bras de celui qu'elle avait soigné et sauvé, mais elle était avide d'avoir enfin le récit circonstancié de tout ce qui s'était passé depuis leur séparation.

Il y avait bien cette double restriction bizarre, faite par Onésiphore, qu'on ne se verrait pas avant la venue du jour et qu'on resterait silencieux pendant tout ce temps.

— On verra bien, pensait-elle en souriant ; mon Onési est trop bavard pour ne pas être le premier à rompre cette convention.

A minuit, elle se présentait rue Cadet, et était introduite par l'aimable concierge dans l'appartement, dont, pour l'avoir visité une fois, elle connaissait la disposition. Au milieu de l'obscurité, épaissie comme à plaisir par la fermeture des doubles rideaux une main, — celle d'Onésiphore incontestablement, — saisit la main de Laurette et deux lèvres brûlantes se posèrent sur les siennes...

. . . .

Mais, à six heures du matin, Onésiphore décavé, sortait du cercle.

A cette même heure, dépeignée, les vêtements en désordre, la pauvre petite Laurette Lory, gémissant et gesticulant comme une folle, fuyait l'immeuble de la rue Cadet où elle avait cru se rencontrer avec son ancien protégé de la rue Clauzel.

L'infâme combinaison à laquelle s'était prêté Onésiphore, pour complaire à son·ami Abel Barbaroux, avait pleinement réussi.

III

LE PACTE DES AMOUREUX

La vie est un jeu de bascule, le bonheur des uns commence où finit celui des autres ; c'est une sorte de nécessité de l'équilibre.

Le jugement du Tribunal de Toulouse était formel et, de plein droit, exécutoire sans délai, le comte de Bois-Briolle ayant notoirement profité, durant vingt ans, d'un héritage auquel il n'avait aucun droit puisqu'il existait un collatéral de feu M. de Chantelle, dont la plus proche parenté primait le sien.

Comme de juste, le père de Yolande avait été condamné aux frais de l'instance et la note de ces frais, rapidement expédiée à Pibrac, par les soins du positif Lacrousette, formait un total qui, même soumis à la taxe, devait absorber la majeure partie des ressources liquides économisées par le comte, durant la dernière année écoulée.

Or, il avait, il ne l'ignorait pas, — la procédure ayant sournoisement commencé bien longtemps avant la présentation de la requête, — à restituer près de dix-huit mois des frais perçus ou courus, c'est-à-dire une somme de près de trois cent mille francs !

Toutefois, cette lourde dette ne le préoccupait pas outre mesure. Jugeant les autres d'après soi, il espérait bien ne pas être étranglé par son heureux compétiteur et obtenir de lui le temps nécessaire pour s'acquitter, sans avoir à en souffrir.

Sous l'empire de cette conviction, il avait prié Mᵉ Cramayol de prévenir les conseils du baron d'Escouloubrac qu'il renonçait à toutes contestations, acceptait le jugement et quitterai Pibrac sans en rien emporter. Le marquis d'Aiguevives-d'Agave lui ayant promis de lui procurer un poste d'inspecteur de la navigation, il devait s'installer, avec les siens, à Toulouse même, non loin du canal du Midi, dans un petit appartement de la rue des Demoiselles.

Cette communication, on doit le penser, avait été accueillie rue Taitbout, avec un soupir de soulagement. Le conseil était justement réuni. Gabrielle Thibault présidait, comme toujours.

— Quelle bonne pâte, ce comte, avait-elle dit.

Mais Dautap, salivant par-dessus son épaule, avait cru devoir rectifier :

— Une poire!

Puis, l'on s'était occupé de la réponse à faire :

« Apprécions la loyale attitude du comte, votre client, le félicitons d'être assez bien conseillé pour ne pas s'irriter du fait accompli et vous avisons que, selon notre constante habitude, nous chercherons à concilier, sans acrimonie, ses intérêts avec ceux de notre mandant... Pour ce qui est de l'abandon immédiat de Pibrac par M. de Bois-Briolle, veuillez l'aviser qu'il peut ne point se hâter. Mettant d'accord les exigences de notre devoir et les règles de l'humanité, nous ne prendrons possession du château que dans le courant d'avril prochain, époque à laquelle M. d'Escouloubrac, se portant candidat aux élections législatives, dans la circonscription de la Save, devra faire acte de présence dans la Haute-Garonne. »

L'annonce de cette candidature porta un nouveau coup au comte Roland. Son adversaire, vainqueur sans pitié, bourreau, pourrait-on dire, ne se

contentait pas de le réduire à la misère, il voulait
encore le remplacer et le supplanter dans l'esprit de
ses chers vignerons, de ses électeurs, de ses pauvres,
de ses modestes amis.

En proie à ces réflexions et errant dans le parc,
où il était descendu en attendant les dames de
Bois-Briolle, le comte se heurta à M. d'Aiguevives-
d'Agave que son automobile venait d'amener silen-
cieusement jusque sous l'aile de la mirande.

— Ah! marquis, quelle bonne surprise... Vous
êtes seul?

— Non, mon cher ami, nous sommes tous là.
Béatrix doit avoir rejoint la comtesse et Arnaud ne
peut s'occuper qu'à chercher votre aimable fille...
Je suis heureux de me trouver seul avec vous...

— Quel air de gravité!... Vous m'effrayez...
Serait-ce l'annonce d'un nouveau malheur?

— Non pas! dit le marquis, et, allant droit au
but, à la façon du soldat qui donne l'assaut, il
ajouta tout d'un trait : De la part de mon fils, de la
marquise et de moi-même, j'ai l'honneur de vous
demander la main de Mlle Yolande, votre fille,
pour M. Arnaud d'Aiguevives-d'Agave.

Surpris, mais profondément touché, le comte lui
serra la main.

— Y pensez-vous, murmura-t-il? Yolande, une
fille sans dot, une fille pauvre, à ce brillant et riche
officier? Non, non, cher marquis. Hier, Yolande
eût pu prétendre à cet honneur, aujourd'hui, c'est
impossible! Tout en vous remerciant avec effusion
de cette démarche à laquelle, après notre chute,

j'étais loin de m'attendre, je me déclare opposé à cette union dans laquelle un des conjoints apporterait tout et l'autre rien !

Toutes les raisons invoquées par le châtelain des bois de Lévignac ne purent faire changer d'opinion au fier évincé de Pibrac. La seule promesse qu'il put lui arracher fut qu'il consulterait la jeune fille et, le cas échéant, par un sentiment de délicatesse outrée, n'opposerait pas un veto inflexible.

— Ça, je m'y engage, promit le comte parvenant à sourire. Je connais assez le noble orgueil de Yolande pour affirmer, d'avance, qu'elle repoussera cette union disproportionnée, même si son cœur doit en saigner, elle sera encore plus irréductible que moi-même.

Puis, la conversation s'aiguilla sur les embarras financiers du comte.

— Croyez-moi, dit le marquis, ces gens avides ne vous tiendront quitte de rien ; ils poursuivront le recouvrement de tout ce que leur accorde la loi, avec un acharnement de bêtes féroces. Mieux vaut les museler de suite. A quelle somme se montent les revenus recueillis et redus ?

— A trois cent mille francs environ.

— Et vous n'en avez pas le quart peut-être ?

— Je l'avoue sans honte.

— Eh bien ! sur mon ordre, mon banquier, qui a sa maison rue des Changes, pourra vous ouvrir ce crédit...

— Plus un mot, de grâce ! coupa M. de Bois-Briolle dont le front se couvrit d'un nuage. Vous

seriez surpris de m'en voir écouter davantage...
J'entends être seul à supporter toutes les conséquences de ma ruine!...

— Seul? s'écria le marquis, et Mme la comtesse, et votre fille?... Ah! mon cher comte, ma
vieille amitié peut-elle être interprétée d'une façon
blessante?

A ce cri du cœur, les paupières du malheureux
se mouillèrent et ce fut d'une voix navrée qu'il prononça :

— Pardon, mon ami véritable! Pardon de la
rudesse avec laquelle je viens de repousser votre
offre généreuse...

« Le malheur m'aigrirait-il? Je ne suis plus moi-
même... Je crois voir du mépris, là où il n'y a que la
pitié secourable d'un grand cœur!... Eh bien! je me
châtie! Je foule aux pieds ma douloureuse fierté et
je vous dis : j'accepte!...

— A la bonne heure!

— J'accepte de recourir à vous le jour où, brisé,
vaincu par la trop lourde tâche de la réparation
intégrale, je me sentirai sans force pour la mener à
bout!... En conscience, puis-je faire plus?...

Dans le grand salon, la marquise Béatrix et la
comtesse Loetitia se tenaient embrassées et mêlaient
leurs larmes.

Mais, c'était à l'ombre du grand portail
Henri IV, de cet arc-de-triomphe d'un style imprévu, que se tenait la conversation la plus singulière. Là, le lieutenant de hussards, Arnaud, s'était
rencontré avec Yolande et, tout de suite, étant don-

née la gravité de la situation, faisant fi des usages
mondains usités en pareil cas, il lui avait dit :

— Vos jolis yeux sont rouges, Yolande; vous
avez dû pleurer?

— Mettez-vous à ma place, avait répondu
la mutine enfant, reprenant un peu de vaillance auprès du jeune homme. Et apprenez-moi si, quitter,
dans ces conditions, le lieu où vous êtes né, vous
paraîtrait de nature à égayer votre visage?

— Ne plaisantez pas, Yolande. L'heure n'est
point aussi triste que vous paraissez le croire... A
votre âge, le sourire perce sous les larmes...

— Quel est ce mystère?... Voyons, ouvrez votre
manteau et laissez tomber ce qu'il cache... Me
rapportez-vous Pibrac?

— Hélas! non, c'est au-dessus de mes
moyens!... Mais mon père est auprès du vôtre en
ce moment, et savez-vous ce qu'il sollicite, à mon
intention?

— Comment le saurais-je?

— Votre main!

Et comme, pour donner un sens plus précis à ses
paroles, le jeune lieutenant cherchait à s'emparer
des doigts fuselés de Mlle de Bois-Briolle, celle-ci,
faisant un pas en arrière, le cloua sur place en prononçant d'une voix décidée ce seul mot :

— Présomptueux!

— Présomptueux? répéta le hussard interdit. Je
croyais... Vous m'aviez fait espérer?...

La blonde enfant eut un court frisson, son œil
limpide se troubla

— Oui, murmura-t-elle comme se parlant à soi-même, vous ne vous étiez pas trompé, Arnaud. Ainsi que vous, dans mes rêveries solitaires de jeune fille, je croyais voir et je voyais mon existence indissolublement liée à la vôtre... C'était le bonheur!... car vous m'auriez rendu heureuse!...

Tout palpitant d'une émotion suprême, le lieutenant la saisit dans ses bras et voulut la presser sur son cœur.

— Je vous aime, Yolande! s'écria-t-il. Pardonnez-moi cette déclaration incorrecte; mais votre changement incompréhensible me met hors de moi! Ecoutez-moi. Je voulais, je veux toujours vous rendre heureuse. Et vous, pour je ne sais quel vol de papillons noirs qui traversent l'azur de vos yeux, si doux, avez-vous bien le droit d'anéantir mon espoir?... de me rejeter brusquement loin du paradis entrevu?...

— Hélas! fit-elle en s'arrachant à son étreinte, c'était une chimère, Arnaud! Nos deux routes semblaient vouloir se croiser; la fatalité les fait s'écarter l'une de l'autre, au moment où elles allaient se rencontrer... Nous dormions, mon ami, car il n'y a que le sommeil pour faire croire à ces félicités impossibles. Le réveil est venu : la réalité se montre moins rose... Le temps vous apportera — me l'apportera-t-il à moi? — la consolation de l'oubli.

— Ça jamais, s'écria Arnaud d'Aiguevives-d'Agave dont l'émotion fiévreuse faisait peine à voir. Je vous ai donné mon cœur, Yolande; je ne saurais vous le reprendre!... Il y a longtemps, alors

que vous n'étiez qu'une enfant, il était à vous, déjà !
Vous souvenez-vous du jour où je vous ai arraché
aux eaux furieuses de la Garonne débordée, près de
l'île Monte-Cristo, dans le faubourg Saint-Cyprien ?

— Je me souviens...

— Vous alliez avoir dix ans, j'en avais seize !...
Des mariniers, des débardeurs, des hommes robustes
pourtant, n'osaient s'élancer à votre secours. Le vent
emportait vos cris, comme le tourbillon écumeux
roulait votre pauvre petit corps. Vous étiez abandonnée ! Vous étiez perdue !

— Vous êtes un chevalier, Arnaud, par le courage !

— Par amour ! Rien que par amour !... D'un
bond, qui fit pousser des cris d'effroi à tous les
badauds assemblés, je me précipitai dans l'eau profonde et limoneuse. Emporté par le courant, à votre
suite, je passai comme une flèche sous le pont Saint-
Michel ; j'eus le bonheur de vous rejoindre sur la
prairie des Filtres et de vous ramener à terre près
de la Manufacture des Tabacs... Là, je m'éva-
nouis ! J'avais nagé sur une distance de plus de deux
kilomètres en vous soutenant hors de l'eau.

Jamais Mlle de Bois-Briolle n'avait perdu la
mémoire de cet acte d'héroïsme, de cet exploit
extraordinaire accompli par un enfant. En l'entendant le lui rappeler, des larmes perlèrent à ses paupières.

Puis les sanglots éclatèrent à leur tour. C'en était
trop, elle s'avouait vaincue... La vision rétrospective de cette heure d'angoisse anéantissait sa volonté.

Et pourtant?... Mais comment résister, mon Dieu?...
Comment continuer, en se martyrisant soi-même, à
torturer un cœur si foncièrement épris?... Elle laissa
aller sa jolie tête blonde sur l'épaule du lieutenant
et mouilla de ses pleurs de reconnaissance l'étoffe
du dolman bleu.

— Enfin! rugit celui-ci en élevant son regard
vers le ciel comme pour le prendre à témoin de sa
victoire. Enfin! je vous retrouve, Yolande. Vous
êtes à moi, vous serez ma femme!

Après quelques instants de silence, instants réservés à de douces effusions, la jeune fille, essuyant ses
yeux, supplia :

— Vous n'abuserez pas de ma faiblesse,
Arnaud, je viens d'être lâche! Vous, vous êtes
homme d'honneur et vous aurez la grandeur de rayer
de votre souvenir la preuve que je viens de vous
donner de ma trop grande sensibilité.

— Encore! s'écria l'officier regimbant. Je ne
vous aurais reconquis que pour vous reperdre?...
Non, cela ne peut pas être! D'ailleurs, notre union
ne serait-elle utile qu'à cela, elle doit avoir lieu; elle
permettra à notre aisance de mettre un baume sur
l'infortune imméritée des vôtres...

— D'un mot, vous venez de mettre au jour le
point sensible, mon ami; c'est précisément cette fortune qui plante une barrière infranchissable entre
nous... Riche, mon père eût éprouvé un vif plaisir à
vous accorder ma main; pauvre, il ne le peut sans
paraître me vendre. Je crois pouvoir vous affirmer
que sa réponse, à la démarche faite par M. le mar-

quis d'Aiguevives-d'Agave, a été celle-ci où à peu
de chose près : « C'est à Pibrac qu'est née ma
fille, c'est à Pibrac qu'elle épousera celui qui devien-
dra son mari. »

— A Pibrac? N'allez-vous donc pas quitter le
château?

— Si fait! Aussi attendrons-nous d'y être
réinstallés en maîtres pour commander la cérémonie.

Le jeune lieutenant perdait plante devant cette
succession d'énigmes. Après avoir longuement
réfléchi, il se frappa le front.

— Yolande, vous ne parleriez pas ainsi à la
légère? Ce serait trop cruel de vous jouer de mes
tourments!... Vous n'êtes pas une femme à vous
laisser abattre par le malheur, vous! Vous n'avez
pas accepté, comme votre trop généreux père, en
courbant les épaules, la décision des juges de Toulouse... Oui, vous devez avoir une idée de derrière
la tête; sans doute, même, avez-vous déjà combiné
un plan de reconquérir en même temps que ce
château la fortune si brutalement enlevée aux
vôtres?

— Peut-être!

— Alors, faites de moi votre confident et votre
allié. Comme j'ai fait le serment de vous avoir,
je jure de vous aider dans une entreprise dont le
succès décidera de votre bonheur et, par contre-
coup, du mien.

Mlle de Bois-Briolle le remercia d'un sourire.
Cette proposition d'alliance, elle l'attendait; elle
l'accepta. Elle lui expliqua tout d'abord pourquoi

elle doutait de la noblesse et, par conséquent, de
l'authenticité du baron d'Escouloubrac, un rustre, un
insolent goujat, grand, bête, tout couvert de strass
et vêtu de couleurs si ridiculement criantes que la
vue d'un lad américain s'en serait trouvée offensée.

Ils causèrent longtemps. Le soleil déclinait derrière les hautes futaies dépouillées de Bouconne,
lorsque Canélas, le vieux régisseur aux yeux malades, vint les avertir que M. et Mme la marquise
étaient déjà remontés en automobile et n'attendaient
plus que M. le lieutenant pour regagner Châtel-les-
Tours.

Les deux amoureux se séparèrent réconciliés et
pleins d'espoir.

Un baiser, le premier, avait scellé le pacte d'alliance qui devait procurer au baron d'Escouloubrac,
une bien singulière insomnie.

IV

ON S'ARRACHE ONÉSIPHORE

La C. G. T. avait, malgré la bonne tournure de
l'affaire, quelques appréhensions sur ses suites possibles. Sans avoir encore rien touché de l'héritage,
le baron d'Escouloubrac menait déjà un train princier coûtait, gros à l'association, implacablement
pressurée par cette sangsue. La haute bande, en

effet, s'était trop avancée pour pouvoir lui fermer
sa caisse, à l'heure même où tant d'usuriers se fussent
montrés reconnaissants d'accepter la signature de
l'impudent personnage.

Aussi devait-on aller de l'avant et subvenir aux
exigences, toujours plus fortes, de l'homme de paille
devenu despote, ceci sous peine de le voir fréquenter d'autres agences aussi louches qui seraient sus-
ceptibles de récolter les bénéfices d'une combinaison
si habilement semée, si chèrement arrosée.

D'autre part, grâce à la perfidie de Lacrousette,
le jeune M. Abel constatait avec rage, que son plan,
de se faire commanditer par Onésiphore, devenu son
beau-frère par un mariage avec Caroline Barbaroux, avortait lamentablement. Oui, le grand garçon
ne cessait de faire la roue dans les salons parisiens
et ne cachait plus son désir de poser son tortil de
baron sur le front d'une demoiselle Sergine de Sauve, nièce d'un certain duc de Roucouleur, en partie
ruiné.

Car le belbézien avait obtenu ce résultat! Dans
le cœur d'artichaut de l'homme marionnette, Sergine
s'était définitivement substituée à Laurette, à Gabrielle, à Caroline, et même à la blonde aux yeux
d'azur.

De ce fait, le bel Abel ne décolérait plus, car,
non seulement il ne pouvait plus jouer, l'avocate lui
ayant coupé tout crédit, mais encore il se voyait sous
le coup d'une poursuite possible de celle-ci venant
réclamer la forte somme à lui avancée.

En effet, si la prospérité de la maison Barba-

roux, soutenue par son immense crédit, pouvait toujours faire illusion au dehors, au dedans, tout cra-
quait, tout croulait. On avait constaté un important
détournement : horreur !... On avait dû subir une
grève des employés syndiqués : abomination !... Et
on n'avait pu prendre le coupable, — le bel Abel
étant seul à le connaître ! — On avait donc dû
accepter les revendications : c'était le commencement de la débâcle !

Le petit patron devait constater, avec une impuissante colère, que le vent de révolte, soufflant soudain sur les employés, et la bouderie de la clientèle,
coïncidaient avec le départ de la Maison, de sa jolie
secrétaire.

Hélas ! Laurette Lory n'avait plus mis les pieds
Boulevard Magenta depuis que, victime du guet-
apens de la rue Cadet, elle restait à pleurer dans sa
mansarde sur ses illusions détruites et sur l'abominable action dont Onésiphore s'était sournoisement fait
le complice ; elle n'en pouvait douter !

M. Abel, lui, n'avait pu remettre la main sur une
sténo-dactylographe polyglotte, d'où perte de temps
dans la correspondance, erreurs dans les expéditions,
mécontentement de la clientèle étrangère et, finalement, cessation des commandes. Que faire à cela ?
Trop orgueilleux, il ne pouvait reconnaître que
sa méchante action était la cause initiale de tout le
mal. Il préférait pester, — sotte et inutile satisfaction, — contre cette pimbêche assez peu moderne
pour n'avoir pas goûté la plaisanterie un peu forte !

Mais, la vile frétrissure imposée par surprise à la

petite rousse, à l'âme si délicatement bonne, devait avoir des conséquences autrement graves!

Quant à Claude Barbaroux, — nous l'avons dit, — il continuait à surveiller ses commis comme par le passé, laissant son industrie marcher par la vitesse acquise et très satisfait, — intérieurement, — de voir le baron d'Escouloubrac déserter sa maison et oublier sa Caroline pour donner tous ses soins à Mlle Sergine de Sauve, nièce du duc de Roucouleur.

Donc, les forbans parisiens s'étaient assemblés en conseil. L'ordre du jour appelait la discussion sur les moyens à employer pour sauver la mise de l'association, au cas improbable, — mais cependant possible, — où la justice, venant à se raviser, M. le baron d'Escouloubrac ne serait plus en mesure, non seulement de solder une honnête commission à ses mandants, mais encore de leur restituer les débours, consentis contre acquits véreux.

Comme toujours, ce fut la présidente, notre belle femme de tête, qui trouva la parade à cette inquiétante situation.

— Puisque, dit-elle, M. Claude Barbaroux, dont le commerce est prospère, a la tête un tantinet affaiblie, d'après ce que nous a rapporté son fils, pourquoi ne mettrions-nous pas à profit l'heureuse absence de M. Abel en essayant, dès maintenant, de donner à notre créance, une valeur de bon aloi!

— Coment cela, chère belle? demanda Sujaré.

— Parbleu! en la faisant avaliser par le fabricant de tissus verre et amiante.

— Epatant! déclara Dautap, mais consentira-t-il, ce vieux birbe?

— Sans doute! Le bonhomme n'est pas de force à lutter de subtilité avec notre ami Lacrousette, et Lacrousette lui a téléphoné de passer ici.

— Ici! Il va donc venir?

Un coup de timbre retentit à la porte de l'appartement.

— Le voici! fit Gabrielle Tibault en se levant. Du sérieux, messieurs!

C'était le vieux Barbaroux, en effet.

Introduit dans la salle du conseil, il demeura, un instant, interdit de se trouver en présence de toutes ces personnes, dont pas une seule ne lui était connue.

— Je dois me tromper, murmura-t-il. Je voulais voir M. le baron d'Escouloubrac.

— Vous ne vous trompez pas, M. Barbaroux, fit gracieusement la femme d'affaires en lui offrant sa jolie main. Nous sommes ici au nom et pour le service de M. le baron. A cette heure, lui-même doit être chez M. le duc de Roucouleur, son futur oncle.

Le bonhomme restait sur la défensive.

— Et que me veut-on?

— Permettez-moi d'abord, de me présenter : Mme Gabrielle Tibault, docteur en droit, avocat près la cour de Soissons.

Le père Claude ouvrit de grands yeux.

— Mazette! murmura-t-il; docteur et avocat? une femme!

— Et voici, poursuivit la présidente en désignant

le plus gros des hommes présents, voici le célèbre
Yanus Sujaré, député de St-Martin-de-Ré, directeur de la *Voix Brutale*, porte-voix des masses la-
borieuses et revendicatrices...

— Ceci dit, mon cher M. Barbaroux, intervint
à son tour Lacrousette, en relevant le vieillard, très
bas incliné, pour saluer tant de titres; arrivons à la
question pour laquelle vous avez été prié de vous
déranger. Vous êtes l'ami de M. d'Escouloubrac,
n'est-ce pas?

— Heu! heu!... moi, vous savez, je n'ai qu'un
seul ami, mon commerce!

— Enfin, voudriez-vous, comme M. Abel, votre fils, voir M. le baron devenir l'époux de Mlle
Caroline Barbaroux?

— Franchement, pour mes tissus, j'aimerais
mieux un autre gendre.

— Aideriez-vous, au besoin, au mariage de M.
le baron si, la chose ne vous coûtant rien, vous pouviez lui faire épouser une autre personne?

— Ça, oui!

— Alors, mon cher M. Barbaroux, fit l'ancien
clerc de l'étude Cramayol en extrayant d'une de ses
poches un acte sur timbre, au bas duquel étaient
griffonnées au crayon d'illisibles signatures; nous
allons nous entendre. Afin de subvenir aux frais considérables qu'occasionneraient ses noces avec Mlle
Sergine de Sauve, M. le baron veut faire un emprunt sur son domaine de Pibrac. Les formalités
d'une hypothèque demanderaient un certain temps et
le jeune homme est pressé. Un autre moyen se pré-

sentait : celui de faire certifier authentique la signature du propriétaire par quatre témoins d'une notabilité incontestable...

— Monsieur, interrompit le grand patron de la maison Barbaroux, je dois manquer dans mes magasins. Quand le chat n'est pas là, vous savez... Puis-je vous prier d'arriver à ce qui vous semble devoir me concerner?

— Nous y sommes, mon cher monsieur. Voyez cet acte paraphé par M. d'Escouloubrac et déjà reconnu conforme par les seings de maître Gabrielle Tibault, de M. le duc de Roucouleur et de M. le député de Saint-Martin-de-Ré... Avant de vous prier d'y opposer le vôtre, je vais vous donner lecture de ce document...

— Non! non! s'écria le père Claude effrayé. Je m'en rapporte entièrement à l'honorabilité de madame et de ces messieurs!

Le pauvre homme! comme il avait tort!

Il signa, salua et sortit.

L'instant d'après le fameux document, proprement gommé par Lacrousette, ne portait plus que deux signatures : celle du baron d'Escouloubrac, — un faux! — et celle de Claude Barbaroux.

Et Gabrielle Tibault, satisfaite, se frottait les mains car, au moyen de cette ruse, le bel Abel, déjà sous sa griffe, n'avait plus aucune porte de sortie par où lui échapper.

Mais Lacrousette ne semblait pas éprouver la même joie, parce que ce papier, — une caution en remboursement sur prêt hypothécaire, — allait peut-

être faire grever l'ancien domaine de la blonde Yolande, ce domaine qu'il espérait pouvoir lui rendre
si... Mais, parlant à la manière des bons vieux auteurs, n'anticipons pas...

De leur côté, les autres sujets de la ménagerie
des forbans, ignorant ce que complotaient en des-
sous la lionne et son associé le tigre, étaient tout à la
joie de l'heure présente et de la curée prochaine.

Onésiphore s'était introduit dans la peau du baron d'Escouloubrac avec une bien méridionale confiance en soi. Il ne faisait pas, il faut l'avouer, grand
honneur au personnage de noblesse, qu'il croyait si
naturellement incarner. Mais son assurance s'aug-
mentait de ce que personne, jusque-là, ne s'était encore dressé devant lui pour souligner sa ridicule prétention et le confondre.

La fréquentation de M. Abel lui avait été utile
en ce seul sens : pour ne point paraître trop supérieur
au jeune clubman, toujours vêtu avec correction, il
s'habillait maintenant d'une manière un peu moins
affichante.

Gardait-il le souvenir d'avoir eu pour amie la
dévouée Laurette Lory ? Non, sans doute; du moins
pouvait-on le croire puisqu'il ne parlait jamais de
la jolie rousse, aimante et désintéressée, dont l'ingénieux dévouement avait servi de tremplin à sa subite élévation. Même il ne s'était pas inquiété d'apprendre ce qui s'était passé dans sa garçonnière, le
soir du fameux rendez-vous. Il ignorait, par conséquent, que la pauvre Laurette, à moitié morte de
chagrin et de honte, s'était cloîtrée dans sa petite

chambre, perdant tout à la fois sa place et ses
moyens d'existence, pour ne plus se retrouver en face
de son nocturne bourreau.

En réalité, le faux baron avait de multiples raisons de ne plus s'occuper de son ancienne compagne.
La première de ces raisons, — qui nous dispense
d'énumérer les autres, — c'est que sa matière céré-
brale, insuffisamment équilibrée, ne lui permettait
pas de mener de front plusieurs entreprises. Or, reçu
dans les cercles, fêté sur les hippodromes, accueilli
avec faveur dans nombre de salons et ayant en plus
à ménager la chèvre et le chou, — l'avocate et son
associé! — il n'avait plus de loisirs.

Vaniteux comme nous le connaissons, il avait
fréquenté chez le duc pour s'entendre appeler
« mon cousin ». Puis, moitié pour complaire à son
compatriote et ami, moitié pour sa propre satisfaction, il s'était comme implanté dans cette noble maison suant la ruine. C'est qu'en effet Mlle de Sauve
l'intéressait singulièrement. Il voyait en cette fillette,
dans les veines de laquelle coulait un sang princier,
non la femme qu'on épouse dans l'intention de per-
pétuer sa dynastie, mais le bibelot d'art finement dé-
coupé dans une matière précieuse, qu'on achète,
en unique exemplaire, moins par utilité que par os-
tentation, pour afficher son luxe.

A vingt-cinq ans, il ne se sentait pas encore mûr
pour le mariage, mais le rusé Lacrousette mettait
une véritable insistance à le pousser dans cette voie
et cherchait à exciter son orgueil et son ambition en
lui démontrant que, par le fait seul de cette illustre

alliance, les électeurs gascons, toujours entichés de noblesse, mettraient à voter pour lui un empressement que n'obtiendrait pas la parole pourtant entraînante de Sujaré.

— A propos, s'était écrié le pantin, ce bavard de Sujaré devait me faire avoir un bout de ruban violet. Quand l'aurai-je, mon bon?

— Si vous le voulez, avant l'élection de la Save qui est fixée au dimanche, 2 mai prochain.

— Et quel moyen employer?

— Vous marier avec Mlle de Sauve... Ce nom vous sera comme un fétiche! Remarquez sa consonance avec « de la Save ». Votre nomination dans l'ordre passera à l'*Officiel* le jour où s'échangeront les signatures.

— Alors, mon bien cher bon, je vais pouvoir me commander des cartes portant tous mes titres... C'est décidé; je me déclare et je passe ensuite chez le commissaire de police.

Si maître de soi qu'il fût, Lacrousette sursauta en entendant parler d'un magistrat qui, par ses fonctions, pouvait être appelé à le venir visiter, sans se faire annoncer.

— Ah! baron, murmura-t-il. Vous, chez un tel personnage?

— Nous sommes en compte!

L'homme d'affaires dut se contenter de cette explication saugrenue. Ce qu'il désirait, en somme, il l'avait obtenu. L'imposteur, héroïquement inconscient, allait pour la seconde fois abuser la magistrature en épousant, sous un nom d'emprunt, la plus belle jeune fille du noble faubourg.

Le lendemain, selon la coutume, mais bien avant l'heure adoptée, Onésiphore se présenta chez M. de Roucouleur et fit prier le duc de vouloir bien le recevoir en particulier. Le vieux gentilhomme, ayant été vaguement prévenu, au téléphone, par Lacrousette, attendait une démarche du grand garçon sans savoir à quel sujet. Aussi, dès son entrée au salon, tendit-il la main au visiteur, en demandant :

— Quoi, déjà? cher baron, mais vous êtes en avance.

— C'est que, murmura le prétendu baron; je voulais vous adresser une requête, monsieur le Duc... à présent, devant vous... je n'ose plus...

— Suis-je donc si terrible, mon cousin? fit bonnement le vieillard; et dois-je vous encourager?...

— M'encourager?... Alors vous pensez que j'aurais des chances?...

— Des chances, vous?... Quelle plaisanterie!... Vous les avez toutes!

— Ah! vous me soulagez!... La place n'a pas d'autre compétiteur?

— Cousin, je ne vous savais pas si railleur... Qu'elle soit visée par d'autres, que vous importe? Avec vos millions, n'êtes-vous pas assuré d'obtenir tous les suffrages?... A cette époque, tout est à vendre!

— Ah bah! fit Onésiphore, suffoqué de tant de cynisme.

— Vous pouvez m'en croire. C'est pénible à dire : tout est à vendre, tout!

— Même les poules?

— Assurément... Plaisantez-vous?

— Attendez!... Je voulais dire : même les femmes?

— Les femmes?... Soyez sérieux : les femmes n'ont pas voix au chapitre!

— Cependant... dans ce cas particulier... je pensais qu'il faudrait consulter mademoiselle Serg... ma cou...

— Halte! cria le duc qui comprit brusquement le quiproquo. Il ne s'agit donc pas de votre élection, mon cher baron?

— Si, fit le nuisible gâteux, de mon élection dans la... dans les... enfin dans le cœur de votre... de ma... de Sergine.

— Ah! sapristi! mon cousin, dans ce cas, la question change du tout au tout. Pour ma part, je ne vois rien à redire à votre légitime désir... Pourtant, je ne puis m'engager que pour moi-même... et, comme vous le pensiez avec raison, votre cousine doit être consultée.

— Je n'oserai jamais me risquer, gémit Onésiphore. Elle est d'une beauté si fière, si distinguée, si imposante...

— Et vous si ridiculement grotesque et commun! pensa le duc.

Il le pensa seulement car il n'entrait pas dans ses intentions de décourager ce personnage mis à la mode par l'étrange origine de sa fortune. Bien au

contraire, il avait été le premier à jeter son dévolu
sur cette proie possible, et Sergine devait être la
victime sacrifiée aux manes d'un écusson à reverdir.
Aussi proposa-t-il aimablement :

— Voulez-vous que j'entame les négociations?

— Vous me sauveriez la vie, mon très cher
bon... Pardon... monsieur le Duc.

— Eh bien! c'est entendu, mon cousin. Revenez
ce soir, à votre heure habituelle. Je vais préparer
Sergine... Ah! un mot encore... Si ma nièce consent
à vous donner sa main, par une réversion de titres,
dont la chancellerie passera les actes, et pour que
nos noms ne s'éteignent pas, j'entends que votre premier enfant soit duc de Roucouleur-Escouloubrac et
votre second, marquis de Sauve-Escouloubrac?

— Bien volontiers, consentit le stupide ami de
M. Abel. D'ailleurs moi-même, je consens à porter
ces titres avant eux.

— Quel infâme crétin! pensa le vieillard lorsqu'il fut seul. Faut-il que nous en soyons réduits à
nous allier à pareille espèce? Enfin, ajouta-t-il, voulant se donner du courage, s'il est mal élevé, il est
bien né... c'est quelque chose.

Le soir au salon, Mlle de Sauve, pâle comme si
elle se fût trouvée à l'article de la mort, dut accepter la désespérante mitraille des déclarations d'Onésiphore. Elle avait été chapitrée par son oncle et,
comme Laurette, s'était sacrifiée au bonheur du ba-
roque personnage, elle s'immolait, elle, pour arracher à la misère l'orgueilleux fanion d'une race à son
déclin.

Quinze jours après, le mariage était officiellement annoncé et Onésiphore, estimant que les lettres commandées par le duc le qualifiait trop sobrement, faisait lui-même imprimer sur Japon cette circulaire :

Monsieur le baron O. d'Escouloubrac, de l'Académie Française, Chevalier de la Légion d'Honneur, candidat à la députation dans le département de la Haute-Garonne... a l'avantage de vous faire part de son mariage avec Mademoiselle Sergine, marquise de Sauve, nièce de Monsieur le Duc de Roucouleur, ex-Chambellan de sa Majesté la Reine de Hongrie, officier, commandeur et grand officier de nombreux ordres... Et vous invite à... »

V

CE BON MONSIEUR LACROUSETTE.

Un exemplaire de ce mirobolant faire-part étant parvenu, — adressé par un ami ou par un railleur, — à l'adresse de Roland de Bois-Briolle, un jour où, justement, les d'Aiguevives-d'Agave étaient arrivés surprendre leurs amis, dans le petit appartement de l'allée des Demoiselles, à Toulouse, le comte ne put s'empêcher d'en donner lecture à haute voix.

Et, malgré la tristesse de l'heure présente, ce fut, chez nos amis, une véritable explosion de fou rire.

— Voyons, comte, put enfin demander le marquis, ne vous trompez-vous pas? Comment ce personnage serait-il de l'Académie Française?

— Et à quel titre aurait-il été créé chevalier de la légion? appuya Arnaud qui, en sa qualité d'officier, était surtout frappé de cette dernière distinction.

— A vous parler franc, mes amis, je me perds en conjectures sur le mobile qui a pu pousser M. le baron d'Escouloubrac à faire imprimer cette mauvaise plaisanterie. Non, de toute évidence, il ne peut être ni académicien, ni chevalier de l'ordre... Le gain de son procès aura dû lui troubler le cerveau.

— C'est sa seule excuse! fit la comtesse. Mais, ajouta-t-elle en venant s'appuyer à l'épaule de son mari; que pensez-vous des deux autres nouvelles, Roland?

— Le mariage avec cette pauvre petite de Sauve?

M. d'Aiguevives-d'Agave déclara avec une sorte de dégoût :

— Cette affaire sent d'une lieue la spéculation honteuse!... Comment le code peut-il autoriser de pareilles infamies, lorsqu'il s'insurge contre la traite des blanches?... N'est-ce pas la vente légitimée d'une jeune fille, cela? Une vente sans réméré possible et dont le seul résultat positif est d'entacher à jâmais l'honneur du mercantile duc de Roucouleur!

Comme on le voit, si le vieux duc ne pardonnait pas au marquis d'avoir été préféré à lui par Béatrix, M. d'Aiguevive-d'Agave ne pouvait parler sans colère de celui qui avait été autrefois son rival malheureux.

— Ce n'est pas tout, reprit la comtesse Loetitia; ce baron veut aussi obtenir le siège que vous occupiez au parlement, Roland!

— Hélas! ma chère femme, il l'obtiendra sans beaucoup de peine, puisque nos anciens voisins et amis ne cherchent pas à lui opposer un autre candidat.

— Savoir! fit entre ses dents le marquis.

Arnaud avait été seul à entendre. Il serra la main du vieux gentilhomme en murmurant :

— Bien! mon père. Vous serez là et rabattrez l'outrecuidance de cet homme!

— Ce qui me chagrine le plus pour vous, ma chère amie, remarqua le marquis en regardant Loetitia, c'est que vous aurez à souffrir le voisinage forcé et peut-être assez long de votre spoliateur.

— Vous pensez qu'il viendra dans le département.

— Dame! Pour mener sa campagne électorale, en pourrait-il être autrement?... Et puis le château de Pibrac est au centre de la toile, il s'y installera!

Il y eut un silence pénible pendant lequel le lieutenant de hussards se rapprocha de Yolande.

— Vous avez entendu? murmura-t-il à l'oreille de la jeune fille.

— Oui! fit celle-ci sur le même ton.

— Il fera de Pibrac son centre d'opérations... Il couchera au château!

— J'y compte bien.

— Aurez-vous la force de faire ce qui a été
convenu entre nous?

— Dieu m'en donnera le courage!

— Avez-vous le déguisement?

— Il n'est pas compliqué, mais assez risqué par
sa légèreté, sourit Mlle de Bois-Briolle; une chemise de grosse toile et une trop courte jupe de futaine... Rien de plus... Je me suis procuré cela!

— Oserez-vous vous montrer sous cet accoutre-
ment primitif?

Ses joues rosirent, mais elle affirma :

— S'il le fallait, et pour cette cause, j'en oserais
un plus primitif encore!

— Eh bien! moi, Yolande, je vous jure de préparer le personnage de telle sorte que votre seule
vue lui communiquera une colique de miséréré, s'il
n'est courageux comme le Cid!

Moins d'une heure après les d'Aiguevives-d'A-
gave ayant pris congé, et la comtesse, qui n'avait
plus de servante, étant sortie avec sa fille pour aller
aux provisions, le vieux Canélas, — ex-régisseur de
Pibrac, resté au service de ses maîtres ruinés, — in-
troduisait un visiteur dans le petit salon et allait prévenir M. de Bois-Briolle qu'un étranger demandait
à lui parler.

Bien que n'attendant personne, Roland consentit
à se rendre auprès de ce visiteur, dont on ne lui avait
même pas fait passer la carte.

— Monsieur le Comte, dit ce dernier en s'inclinant respectueusement à l'entrée du maître de la
maison; mon nom, et c'est un vif chagrin pour moi,

ne peut que vous rappeler de tristes souvenirs. Je
suis M. Lacrousette, associé de Mme Gabrielle
Tibault...

— En effet, monsieur, avoua l'ex-parlementaire,
en frémissant et en offrant un siège à l'homme d'affaires.. La présence ici de l'un des conseils de
M. d'Escouloubrac m'épouvante à juste titre, car,
m'étant rendu sans conditions, je suis désarmé contre de nouvelles exigences.

— Oh! fit l'autre avec une pateline bienveillan-
ce; n'allez pas nous juger si mal, monsieur le Comte.
Notre profession, il est vrai, a des devoirs rigoureux,
mais la bataille doit-elle entraîner, fatalement, la
mésestime entre les belligérants?... Non, avouez-le?
Pour ma part, je le déclare bien haut, votre cruelle
infortune, si noblement supportée, vous vaut toute
ma sympathie.

M. de Bois-Briolle, ahuri de cette déclaration,
se sentit comme réconforté. En somme, la vilaine
profession ne fait pas inéluctablement le méchant
homme; malgré ce que lui en avait dit Mᵉ Cramayol, celui-là paraissait honnête, pitoyable, ma-
niable. Peut-être, avec son aide, arriverait-il à se
faire accorder le temps voulu pour le remboursement des revenus touchés par lui depuis dix-huit
mois.

— Monsieur, murmura-t-il, je suis très touché
d'être si bien compris par vous et cela m'incite à
vous déclarer, en toute franchise, que je ne possède
qu'une faible partie de l'énorme somme dont je suis
redevable à votre client.

Lacrousette eut un mouvement sublime, ne s'agis-
sait-il pas de se mettre en bonne posture près du
père de sa blonde amazone.

— Que ne suis-je votre créancier! s'écria-t-il. Je
vous dirais : Entre gens d'honneur, pas de mesqui-
nerie! Je vous ai assez pris, gardez le reste!... Par
malheur, M. d'Escouloubrac n'est pas aussi cou-
lant; il est exaspéré d'avoir été frustré depuis sa
jeunesse. Incapable d'un sentiment de compassion,
d'un mouvement généreux, il entend faire fournir
par vous, et sans délais, aux doubles frais de son mariage et de sa candidature.

— Et si mes ressources sont insuffisantes?...
Dois-je voler pour le satisfaire?... Veut-il donc me
réduire au désespoir?

— Je déplore sa dureté, croyez-le bien!... La
seule concession qu'il puisse faire, m'a-t-il dit, c'est
de vous donner six mois pour achever de vous acquitter du dernier tiers; mais il lui faut l'apport des
deux premiers tiers, soit deux cent douze mille
francs!

— Et les frais de procédure?

— N'entrent pas en ligne dans cet acompte.

— C'est à se briser la tête!

— Permettez!... Vous comprendrez combien je
me suis montré votre ami respectueux, monsieur le
Comte, lorsque vous saurez que le mariage de
M. d'Escouloubrac et de Mlle de Sauve est mon
œuvre...

— En quoi cette alliance?...

— Peut vous être utile et agréable?... En ce

qu'elle a détourné mon client de vous demander une
garantie de restitution...

— Une garantie?... Laquelle?...

— Je ne sais si je dois... M. le baron est vulgaire,
manque d'éducation... tranchons le mot : s'il n'était
noble de naissance, ce serait un parfait goujat... Il
émettait la prétention de se faire donner par vous,
en otage, mademoiselle de Bois...

— Plus un mot, monsieur! tonna le comte.

Il s'était levé exaspéré; ivre d'une fureur blanche,
mal contenue et prêt à châtier l'insolent.

— Ce baron a du bonheur de n'être point céans,
gronda-t-il; je l'aurais réglé en une seule fois... d'un
coup d'épée!

— Ah! monsieur le comte, s'écria l'hypocrite
belbézien; ce résultat n'eût pas été à la hauteur du
mien, convenez-en?... Pour le reste, je suis à votre
entière dévotion, vous pourrez disposer de moi...
Sans rompre en visière contre mon client, dont l'in-
transigeance m'écœure, je suis disposé à vous favo-
riser, à mettre ma conscience d'accord avec les
devoirs d'humanité!...

— Cette preuve d'estime que vous me donnez,
monsieur, je l'accepte. Toutefois, je n'en userai
qu'après avoir conféré avec mon vieil ami Mᵉ Cramayol dont les conseils me furent toujours si précieux... Au fait, n'avez-vous pas été employé, dans
le temps, par l'officier ministériel de la rue Matabiau?

Lacrousette avait baissé les yeux, sentant venir
l'orage. Il lui fallait, à toute force, détourner les

soupçons et se faire passer pour un autre, car, au cas où son identité serait reconnue, le vieil avoué, fouillant dans sa mémoire, pourrait se souvenir de la pièce soustraite au dossier de la succession de Chantelle et deviner, soudain, la machiavélique imposture.

— La rue Matabiau? fit-il après avoir semblé réfléchir, dans quel quartier de Paris se trouve-t-elle?

— C'est une rue de Toulouse.

Naïvement l'homme d'affaires répéta :

— Ah! vraiment, de Toulouse?... Eh bien, monsieur le comte, il y a confusion. Ma première visite en cette ville a été faite, il n'y a pas encore trois mois, pour le service de mon client, M. d'Escouloubrac.

Ceci avait été débité avec un semblant de si parfaite franchise que Roland de Bois-Briolle ne voulut pas insister. Après les marques d'intérêt que venait de lui donner ce singulier porte-parole de l'adversaire, il eût été, d'ailleurs, mal venu à mettre en doute cette affirmation.

Lacrousette étant descendu dans une pension de famille située non loin de l'allée des Demoiselles, il fut donc convenu qu'il viendrait, chaque matin, voir le comte et le tenir au courant de la situation.

Sitôt rentré à sa pension, il expédia un télégramme chiffré à l'agence de la rue Taitbout et, vingt-quatre heures après, le comte de Bois-Briolle, trouvait, dans son courrier, cette lettre venant de Paris :

« A notre grand regret, Monsieur, les arrange-
« ments qu'a été chargé d'aller prendre avec vous
« notre délégué, M. Lacrousette, au sujet d'un
« accord éventuel sur le paiement par vous, en
« échelons espacés, des fruits touchés et revenus
« arriérés de la succession de feu M. le marquis
« de Chantelle, dont vous êtes débiteur envers
« M. le baron d'Escouloubrac, selon jugement
« rendu par la cour de Toulouse; ces arrangements
« sont, aujourd'hui, impossibles à contresigner par
« nous.

« En effet, notre client, utilisant de puissantes
« relations, est parvenu à faire ressusciter, en
« ce cas particulier, et à son profit, la contrainte
« par corps abolie par la loi de 1867. Nous som-
« mes sans influence sur l'esprit de M. d'Escou-
« loubrac; il se montre intraitable. Il exige, sinon
« la remise immédiate de la somme intégrale, tout
« au moins le versement de la plus forte partie de
« cette somme, avec *caution* pour le reste. Cette
« concession étant sa dernière, nous ne saurions
« trop vous engager, monsieur, dans l'intérêt
« même de votre liberté, à prendre des mesures
« pour satisfaire d'urgence notre client.

« C. G. T. »

Frappé d'hébêtement à la lecture de cette hypocrite sommation, Roland de Bois-Briolle voulut se
lever, mais un bandeau de fer lui encerclait le front.
Le sang bourdonnait à ses tempes, il respirait avec
effort. Enfin, terrassé par l'afflux sanguin, il se

laissa aller sur son fauteuil et y resta sans plus bouger, comme mort, ses doigts crispés retenant toujours la lettre fatale.

Ce fut dans cette pose tragique que le trouva le bon Lacrousette qui, se représentant, selon sa promesse, venait d'être annoncé par Canélas.

Aveugle comme de coutume, — c'est-à-dire fermant les yeux par crainte d'une crise d'iritis toujours possible, — le vieux régisseur n'eut garde de remarquer l'affaissement de son maître et se retira, satisfait du devoir accompli.

Aussi notre Lacrousette resta-t-il seul avec sa victime.

— Tableau! murmura-t-il avec impertinence. Boum! la bombe a fait son effet et le cher comte a son compte du fait de notre conte!

Il eut ce rire silencieux dont *Œil-de-Faucon*, le héros de Fénimore Cooper, fit un si abondant usage. Puis, saisissant la main de Roland, il en ouvrit progressivement les doigts pour dégager le papier dont il prit connaissance.

— Pas mal! Pas mal! approuva-t-il en amateur. Cette Gabrielle a du talent, c'est incontestable. Ah! si elle venait à soupçonner mes intentions, quel grabuge!... Au fait, pour mener ma barque à bon port, la vie du futur beau-père m'est précieuse... ne le laissons pas tourner de l'œil.

Il alla ouvrir la fenêtre, regarda tout autour de lui, saisit un vase de fleurs au fond duquel croupissait un peu d'eau et revint vers le comte. Là, il se mit à tassiner les tempes à l'aide de son mouchoir.

— Quoi? Que m'est-il arrivé? balbutia Roland en reprenant contact avec la vie, avec la souffrance. Ah! oui! je sais!... cette lettre!...

— Est une infamie de mon associée et je le désavoue! s'écria pathétiquement l'homme d'affaires comédien. Oserai-je le dire, monsieur le comte, en reconnaissant l'écriture, je me suis permis de la lire. Et je bénis le Ciel de m'avoir fait arriver à temps pour être seul témoin de votre faiblesse...

— Ma femme?... ma fille?...

— Ces dames ignorent tout! Elles devront l'ignorer toujours; car, plus que jamais, je m'engage à vous seconder de mon dévouement désintéressé et, plus que jamais aussi, je vous dis : courage, monsieur le comte! Vous avez su m'inspirer une admiration qui me fait votre terre-neuve et j'en donne pour preuve que, moi vivant, jamais M. d'Escouloubrac n'osera mettre sa menace à exécution!

— Et moi qui allais douter de vous!

— Je ne puis vous en vouloir, pontifia le Janus.

— Eh bien! s'écria le comte Roland en lui prenant la main, il ne sera pas dit que j'aurai tardé à reconnaître mes torts, monsieur Lacrousette... J'entends ces dames. Restez, je vais vous présenter.

La comtesse Loetitia et Yolande entraient en effet. Sans soupçons du coup monté qui venait de causer cette scène lamentable, ignorant même la présence de l'homme d'affaires, elles venaient, comme

chaque jour, offrir leur front au baiser matinal de
l'époux et du père.

La vue de Lacrousette les déconcerta et elles
furent sur le point de rétrograder. Le comte les
en empêcha :

— Entrez, Lœtitia! s'écria-t-il; entre aussi,
Yolande! Venez toutes deux, vous qui m'aimez,
et voyez en M. Lacrousette — il avait familière-
ment posé sa main sur l'épaule du fourbe, — un
nouvel ami, plus même, presque un protecteur!...
Puisque, ajouta-t-il plus bas, les Bois-Briolle en
sont réduits à accepter la protection d'un inconnu!

Tout troublé, l'homme d'affaires s'inclina, n'osant
regarder du côté de la blonde jeune fille, tant il
avait peur de se trahir.

— Madame la comtesse, balbutia-t-il, mademoiselle, veuillez ne plus voir en moi le représentant
du camp ennemi. Certes je ne regrette pas d'avoir
dû obéir aux commandements d'un client sans merci,
puisque mon odieuse poursuite a eu pour résultat
de me mettre en relation avec des natures d'élite
et de me convertir. Sur mon honneur, et autant que
faire se pourra, je jure de faire le nécessaire pour
amener M. d'Escouloubrac à partager ma nouvelle
manière de voir, à se montrer moins intraitable.

— Merci, monsieur, dit la comtesse. De tels
sentiments vous honorent...

— Et vous relèvent! ajouta l'énergique jeune
fille; car il faut être le dernier des lâches pour
s'acharner sur des adversaires volontairement dé-
sarmés!

— Yolande!

— J'ai fini, ma mère. Monsieur ne peut se trouver froissé de mes paroles, s'il est pour nous, comme il l'assure.

— Et comme je le prouverai! chanta le menteur en s'inclinant de nouveau.

Il sortit, enchanté d'avoir pu repaître ses yeux — oh! à bien faible dose et par des regards coulés entre les cils mi-clos, — de l'image de la blonde qui, bonne première, faisait battre son cœur de vieux célibataire, de vieux célibataire n'ayant eu pour maîtresse, jusqu'alors, que la tête phrygienne frappée sur les pièces d'or.

Pourtant, il devait le reconnaître, Mlle de Bois-Briolle, seule entre les siens, venait de lui faire une réception plutôt fraîche. Que lui importait! la patience mène à tout. Dût cette nymphe de Pibrac être avec lui une Egérie contraire, il se résolut à la revoir et à tout tenter pour faire sa conquête.

L'impression produite par lui sur Yolande n'avait pas été, à beaucoup près, aussi favorable. Dédaigneusement elle s'était dit :

— Je préviendrai Arnaud. Cet être visqueux est à surveiller. Il a le regard faux!... D'ailleurs, tant vaut le maître, tant vaut le valet!

Faux! le regard de Lacrousette? Ah! petite blonde, petite blonde, où aviez-vous été chercher cela?... Le regard du belbezien était mieux que cela, c'était un vivant, un constant mensonge!

Si le pharamineux faire-part du baron, expédié

par un ami inconnu à nos amis de Toulouse, avait
troublé ceux-ci, à Paris, sa réception au siège social de la C. G. T., rue Taitbout, avait été accueillie par un formidable haro de Sujaré qui, le
conseil étant réuni pour aviser aux moyens de préparer la campagne électorale de l'homme de paille,
s'était montré presque partisan de tout abandonner.

Aussi l'entrée d'Onésiphore dans la salle du conseil ne fut-elle point saluée par une chaleureuse ovation. Si le juste soufflet que méritait son outrecuidance ne tomba qu'au bout de quelques instants,
c'est que les forbans eurent une seconde d'hésitation
en constatant — et avec quel effarement! — que
la boutonnière du grotesque était fleurie d'un ruban rouge!

— Eh bien! mon colon, provoqua le représentant des syndicats confédérés; plus que ça d'As de
carreau!... On s'est donc engalipoté les ribouis dans
une tarte obéliscale?

Il cracha pour ponctuer cette phrase difficile
à traduire et allait peut-être poursuivre, dans le
même langage, lorsque le député de Saint-Martin-
de-Ré lui coupa la parole et apostropha Onésiphore.

— Monsieur, prononça-t-il de cette voix bri-
sante qui savait dominer le brouhaha des réunions
tumultueuses, nous expliquerez-vous le mystère de
votre élection subite à l'Académie Française?

— Mystère? interrogea le futur neveu du duc
de Roucouleur, mais il n'y a rien de mystérieux en
cette aventure, mon bon; n'est-ce pas à vous que
je dois d'avoir obtenu cette distinction?

— A moi? gronda le gros homme tandis que la nuance écarlate de son teint se fronçait davantage. Prétendriez-vous me faire passer pour un imbécile, monsieur?... Je vous ai fait nommer officier d'Académie...

— Officier?... Non, mon très cher bon, c'est trop, vraiment... il me suffit d'être simple académicien!...

A l'audition de cette énormité, débitée avec une conviction qui ne pouvait être mise en doute, tous se regardèrent interdits.

Ce fut Dautap qui résuma l'opinion générale :

— Quel gourdiflot! saliva-t-il.

— Ah! c'est là votre explication, reprit Yanus Sujaré, faisant effort pour se contenir; elle est spécieuse!... Je veux croire que vous avez de non moins bonnes raisons pour afficher ce ruban rouge?

— N'en doutez pas!... ce ruban est à moi, bien à moi!

— Et quand donc avez-vous été décoré?

— Il y a... attendez... oui, il y a aujourd'hui huit jours.

— Promotion exceptionnelle et secrète, bien entendu?

— Oh! pas le moins du monde, mon bon! Il y avait bien douze agents dans son bureau, lorsque M. le Commissaire de Police de la rue Larochefoucauld m'a remis cette décoration en me disant : « Un an et un jour se sont écoulés depuis qu'avec une honnêteté digne d'éloges vous êtes venu me

confier cette croix, trouvée par vous dans la rue...
Personne n'étant venu la réclamer, vous pouvez
la porter!!!... »

— Non pas la porter, mais l'emporter! tonna
Sujaré en éclatant de rire, cette fois. Ah! baron,
si vous n'avez pas inventé la boussole, vous pouvez
vous vanter de nous avoir intrigués copieusement.
Mais, pour être pardonnée, cette plaisanterie doit
cesser sur-le-champ...

— Cependant, mon cher bon...

— Eh! n'insistez pas, baron; vous nous feriez
croire que vous n'avez plus votre raison! Le meilleur parti à prendre, voyez-vous, est d'arracher ce
ruban auquel vous n'avez aucun droit, et de m'autoriser à signer de votre nom, dans « *La Voix
Brutale* » une note de réclamation contre le stupide
Lemice-Térieux qui s'est permis de lancer, dans le
public, un avis aussi grossièrement truqué... A cette
condition, mais à cette condition seulement, je con-
sentirai à reprendre nos bonnes relations et à vous
aider de tous mes moyens dans la campagne qui
se prépare. Pour le reste contentez-vous d'être
palmé...

— Comme les oies! expliqua l'obligeant Dautap...

VI

RÉCEPTION A TOULOUSE

Un événement fortuit aida Sujaré à faire croire aux lecteurs de la *Voix Brutale* que le baron d'Escouloubrac n'était pour rien dans la composition de l'originale lettre de faire-part. En effet, et sans mystification aucune, la santé de Mlle de Sauve l'exigeant, le mariage avait été reporté à une date postérieure à celle de l'élection de la Save. Car il fallait enfin y songer à cette élection.

Le dimanche des Rameaux, un mois avant le jour du scrutin, en même temps qu'à tous les buissons s'accrochaient les frais bouquets d'émeraude des nouvelles pousses, des papillons multicolores s'accrochèrent à tous les murs, sur toutes les palissades et même sur les troncs d'arbres, dans le quadrilatère formé par Pujaudran, Brets, Aussonne et Léguevin. C'étaient les affiches contenant la profession de foi de M. d'Escouloubrac, le nouveau candidat dans la circonscription de la Save.

On ne le connaissait pas encore, ce candidat, on ne savait de lui que sa fortune rapide. Aussi, défiants, les vieux gascons se promettaient-ils de s'abstenir, marquant ainsi leur regret de la démission de leur ancien député. Par contre, les nouvelles couches ne voulaient point se prononcer avant d'avoir pris connaissance des promesses et de la ligne de conduite du baron.

Car, il faut bien l'avouer, si le comte de Bois-Briolle avait été envoyé à la Chambre par ses concitoyens, c'était beaucoup plus en reconnaissance du bien qu'il faisait que pour ses opinions conservatrices. Celles-ci, en effet, n'étaient pas le moins du monde en rapport avec celles des électeurs de la Save qui, comme presque tous les habitants de la Haute-Garonne, ont des idées politiques autrement avancées que celles de leurs voisins du Gers.

On n'eût pas voulu imposer une apostasie de sentiments à l'ancien châtelain de Pibrac; il s'était montré trop utile et trop consciencieux. On l'avait pris tel quel et on l'aurait assurément conservé.

Mais, du moment qu'il s'était démis de lui-même, à quoi bon récriminer, le hasard apporterait peut-être aux braves républicains de toute la région de Bouconne un représentant dont les opinions seraient plus proches des leurs.

Donc, ce matin-là, des afficheurs étrangers au pays avaient envahi jusqu'aux plus petites localités de la circonscription et placardé un retentissant appel au devoir civique.

Puis, dans l'après-midi de nouveaux afficheurs vinrent apposer d'autres placards, signés par le marquis d'Aiguevives-d'Agave, à côté de ceux du candidat de la pseudo C. G. T.

La première candidature avait été accueillie avec ironie par la noblesse et la haute bourgeoisie avec faveur parmi la classe ouvrière des princi-

13

pales agglomérations. La seconde eut un sort semblable, mais dans un sens différent : les ouvriers
sourirent, les patrons et les vignerons gardèrent leur
opinion expectative, les propriétaires et les châtelains furent satisfaits.

Naturellement, le propriétaire de Châtel-les-
Tours étant connu de tous, tous s'étonnaient de voir
descendre dans l'arène ce vieil amateur de tranquillité. Lui qui s'était toujours refusé à troubler son
familial repos en acceptant de prendre position dans
la lutte politique.

Nous savons à quel noble sentiment il obéissait
en faisant violence à sa timidité que d'autres
croyaient être une indolence irréductible...

A Paris, dans les bureaux de la C. G. T. de
la rue Taitbout, les membres de l'association faisaient leurs derniers préparatifs de départ, seule
Mme Gabrielle Tibault, la présidente, devait rester à son poste et expédier les affaires courantes.

Avec une forte escouade de meneurs, habilement
instruits de ce qu'ils auraient à faire, selon les circonstances, Verges-Thauve, l'ex-universitaire; Thémunos, le chanteur antimilitariste tant de fois cons-
pué par les bons français, et Dautap, le salivant
représentant des syndicats confédérés se disposaient
à prendre, à la gare d'Orsay, le rapide de Bordeaux qui, avec correspondance par les lignes de
l'Etat et du Midi, devait les déposer, le lendemain,
dans la ville des Capitouls.

Lacrousette s'y tenait déjà en permanence, nous
ne l'ignorons pas.

Quant au baron d'Escouloubrac, après avoir fait ses adieux, — et de quelle façon touchante, — à sa fiancée et à l'oncle de celle-ci, il s'était résolu à se rendre sur le terrain de ses futurs exploits et dans ses nouvelles propriétés, au moyen d'une superbe limousine automobile de 35 CV dont il venait de faire l'acquisition.

Il emmenait avec lui, outre son mentor politique, Yanus Sujaré, dont l'*Electric* de Toulouse attendait avec impatience la passagère collaboration effective, son fidèle ami Abel Barbaroux, Black-Mid et un mécanicien.

La limousine, deux drapeaux fixés aux montants de la glace protège vent, fit une entrée sensationnelle à Toulouse, par l'avenue de Paris, et gagna par les boulevards d'Arcole, de Strasbourg et Lazare-Carnot, la rue de Metz où, devant le Grand Hôtel Tivollier, le bataillon sacré, arrivé par le rapide de Bordeaux, l'attendait pour lui faire ovation.

Comment le lieutenant Arnaud d'Aiguevives-d'Agave avait-il été avisé que ce caravansérail toulousain serait le lieu de rendez-vous des féaux du candidat cégétiste et des gens d'affaires qui avaient aidé le même candidat à ruiner le père de celle qu'il aimait? Nous ne saurions le dire. Toujours est-il qu'il en avait été informé et, habillé en civil, sous son seul nom d'Arnaud, il s'était fait inscrire, comme voyageur, à l'Hôtel Tivollier, avec l'intention bien arrêtée de faire la connaissance du baron d'Escouloubrac, afin d'exécuter la mystérieuse convention passée avec Yolande.

Toulouse est une ville de gourmets, justement réputée pour l'excellence de sa cuisine. Si l'Hôtel Tivollier avait été choisi par nos parisiens, comme de rendez-vous, c'était un peu pour son garage d'automobiles, beaucoup à cause de son confortable moderne, mais énormément pour la réputation de sa table, car Sujaré, l'homme important, était un mangeur délicat.

Après les premiers compliments et le vin d'honneur offert aux arrivants, dans le hall central, par la rédaction de *L'Electric*, les ascenseurs fonctionnèrent, transportant les automobilistes aux appartements retenus à leur intention.

Tandis qu'ils faisaient des ablutions nécessaires et passaient leur frac, avant de descendre à la table du banquet, que devait égayer la présence de quelques jolies personnes, épouses ou filles de fonctionnaires ou de commerçants circonvenus, les autres convives s'étaient réunis au salon où se trouvaient déjà bon nombre d'électeurs influents convoqués à l'agape.

L'amoureux complice de Mlle de Bois-Briolle, profitant de la perturbation apportée dans le service de l'hôtel par l'arrivée de cette nombreuse compagnie, s'était mêlée aux groupes et cherchait à découvrir un personnage qu'il n'avait jamais encore pu voir, mais dont Yolande lui avait tracé le portrait typique...

Il n'eut pas de peine, dans la salle du banquet,

à avoir une place d'honneur, se faisant passer pour
un gros propriétaire des environs. Et il ne fut séparé
d'Onésiphore que par une petite personne insignifiante, mais bien apparentée. C'était tout ce qu'il
désirait.

Après les potages, un superbe pâté de fois gras
aux truffes (marque Tivollier), honneur de la maison et réputé dans le monde entier, fut déclaré
délicieux par tous les convives, puis les autres ser-
vices suivirent.

Entre temps, avec une attention touchante, Arnaud ne cessait de faire remplir par le maître d'hôtel
les verres alignés devant le couvert du candidat,
pour qui les esprits d'élite de Toulouse faisaient
cette réception vraiment pleine de promesses; puis
sitôt la série pleine, le lieutenant s'empressait de
la faire vider en portant coup sur coup la santé de
tel ou tel électeur de fantaisie.

La tête déjà peu solide d'Onésiphore ne pouvait
longtemps résister à ces successifs assauts de grands
crus. Gêné par l'abondance des mélanges, son estomac — révolté au moment même où le député de
Saint-Martin-de-Ré se levait et portait un toast
au citoyen candidat — opéra un coup d'Etat qui
se traduisit par la plus démocratique des inondations,
dont ses voisins connurent les humides parfums.

Les plus éloignés se levèrent effarés, les plus
proches s'éloignèrent en maugréant. Des dames se
sauvèrent, quelques-unes s'évanouirent.

— Mince de renard! lança Dautap émerveillé.

Seul de tous les convives Onésiphore se trouvait

plus à son aise. Cette évacuation buccale l'avait fortement soulagé.

Néanmoins, pour éviter une nouvelle manifestation de ce genre, — une nouvelle fluctuation serait plus juste, — on dut l'emporter vers son appartement, dans son habit tout adorné d'une fumigation vaca-stomacale.

Le banquet, si joyeusement commencé, prenait fin de piteuse façon.

Celui qui se montrait le plus désolé, par exemple, c'était bien le pauvre bon garçon qu'on avait fêté comme un grand électeur de la contrée. Il se reprochait d'être la cause involontaire de ce fâcheux incident et proposa immédiatement d'aller lui-même veiller le malade.

Aucune objection ne put le détourner d'accomplir cette véritable pénitence et, tandis que les autres banqueteurs quittaient l'Hôtel Tivollier, et allaient propager par la ville la nouvelle de la démago-déglutition du citoyen candidat, lui se faisait introduire par Lacrousette dans la chambre où Onésiphore, déjà couché, achevait ses purifications avec l'aide de Black-Mid.

Une connaissance commencée dans ces conditions ne pouvait que s'affirmer très vite. Une heure après nous aurions pu trouver l'ivrogne et son tentateur s'entretenant de bonne amitié.

Onésiphore, complètement remis, ne songeait pas à dormir. Le coude planté dans son oreiller, la tête sur sa main, oubliant la fatigue de sa randonnée en automobile, il expliquait à Arnaud ses projets d'avenir et écoutait, en souriant, les objections qu'y opposait celui-ci.

VII

LE FANTÔME DE PIBRAC

— Oui, disait Onésiphore, mon château de Pibrac, admirablement situé, devra servir de centre à nos opérations. Je sais bien qu'on pourra trouver plaisant de voir un socialiste, un égalitaire, s'installer entre des murs où vivait l'arbitraire puissance seigneuriale d'un régime démodé, mais...

— Mais, l'interrompit Arnaud, je vous déclare que, tout au contraire, on ne pourra manquer d'admirer votre courage!

— Mon courage?... Vous voulez rire?

— Je parle sérieusement.

— Quelle preuve de courage donnerai-je en habitant Pibrac?

— Vous ignorez donc la légende de sainte Germaine?

— Sainte Germaine... En quoi cette sainte peut-elle être utile ou nuisible à l'élection d'un incroyant tel que moi?

— Certes, monsieur, votre élection ne la préoccupera guère... mais en sera-t-il de même de votre séjour au château?... C'est à cela que je faisais allusion en parlant de son influence et de votre courage à la braver.

— Vous m'intriguez! Cette maison du diable serait-elle hantée? demanda le grand garçon devenant livide.

— Hantée n'est pas le mot propre, non, il s'est passé des périodes très longues sans qu'une seule apparition de la Sainte y soit signalée, mais il n'y a aucune contestation à cet égard, *elle y revient!*

— Mon bon, vous me faites l'effet de me prendre pour un enfant.

— Monsieur, je ne suis ni un esprit fort, comme vous, ni un esprit crédule. Eh bien! je crois fermement aux retours imprévus de la Sainte, particulièrement aux époques où un grand événement doit se produire, où un malheur plane sur les légitimes propriétaires du château!... Interrogez les gens du pays, ils vous le diront comme moi : le séjour de Pibrac est dangereux à un étranger.

— Mais Pibrac est à moi!

— Par un jugement du tribunal de Toulouse, oui! Encore faudrait-il savoir si sainte Germaine est convaincue du bien-fondé de ce jugement?

— C'est absurde! dit Onésiphore en s'agitant. La Justice est égale pour tous!

— Les Esprits ne s'en préoccupent guère!

— Enfin, les Bois-Briolle habitaient bien Pibrac!... Avez-vous connaissance qu'ils aient été inquiétés par cette... par cette personne?

— Non, mais sainte Germaine a ses préférences... De l'au-delà, elle rend aussi ses arrêts, elle...

— Et, quand elle se montre?

— C'est pour les exécuter!

Il y eut un instant de silence. Onésiphore commençait à douter de la sécurité de sa grande maison. Puis il se moqua de sa pusillanimité. Comment une sainte oserait-elle s'attaquer à lui, lui si riche et si fort, puisqu'il était soutenu par deux grands quotidiens : *La Voix Brutale* et *L'Electric;* puisque, par Vergès-Thauve il avait les révolutionnaires, par Thémunos les sous-artistes, par Dautap l'immense majorité des gréviculteurs.

— Contez-moi donc l'histoire de cette revenante? demanda-t-il en se forçant à railler.

— Vous n'avez pas sommeil?

— Je dormirai plus tard!... Dites-moi, où habite-t-elle, cette sainte?

Arnaud ne put s'empêcher de sourire.

— Au ciel, selon toute probabilité, répondit-il. Puis il commença :

— En 1579 naquit au village de Pibrac, dans la cabane de gens très pauvres, une enfant qui reçut le nom de Germaine Cousin...

— Ce qu'elle doit être vieille! réfléchit Onésiphore.

— Elle aurait aujourd'hui trois cent trente ans!

— Elle est donc morte?

— Depuis trois cent huit ans!... Il faut du temps pour faire une sainte, beaucoup plus que pour élire un député. ,

— Brr! alors, c'est un cadavre qui revient?

— Laissez-moi poursuivre...

« En grandissant, cette pitoyable fillette ne devint ni belle ni intelligente.

« Elle avait le malheur d'être tout à la fois idiote, scrofuleuse et manchote.

« La seconde femme de son père, rustre ivrogne et sans volonté, craignant le contact des plaies toujours vives et purulentes qui couvraient le corps de Germaine, l'éloigna de sa maison dès l'âge de dix ans et l'envoya garder les moutons dans la montagne qui domine la vallée du Courbet... »

— L'Amiral Courbet ?... il est donc vivant, celui-là ?

— Vous faites confusion, monsieur. Le Courbet dont il est question n'est qu'un simple ruisseau... Pourtant force était bien à la petite pastourelle de revenir de temps en temps...

— Etait-elle donc déjà revenante ?

— Laissez-moi poursuivre... Oui, elle revenait, mais seulement à la maison paternelle pour y chercher des provisions...

« Plus grandissait Germaine, moins sa marâtre pouvait la souffrir. Elle l'abreuvait d'injures et la rouait de coups. L'innocente acceptait le tout sans se plaindre, invectives et brutalités, se contentant d'égrener son rosaire, en récitant des prières qu'elle avait apprises on ne sait comment.

« Entre temps certains bruits singuliers commencèrent à courir dans le pays. Des pâtres racontaient ce fait merveilleux : Germaine Cousin, chaque matin, abandonnait son troupeau, descendait la côte et traversait la vallée et venait entendre la messe à la petite église de Pibrac. Jusque-là, rien d'extraordinaire, bien que, pour une souffreteuse de son espèce, faire journellement ce trajet, aller et retour, fût une sorte de voyage. Mais c'est ici que l'incompréhensible commence : les loups pullulaient dans la montagne, or jamais, jamais! un seul de ces fauves n'osait se risquer à attaquer le troupeau ainsi abandonné et laissé à la seule garde de la quenouille de Germaine, quenouille plantée en terre comme un labarum protecteur.

« Ce n'était pas tout; à différentes reprises, à la suite d'orages, le Courbet s'étant grossi en torrent et coupant la route de l'église, des voyageurs, effarés de ce miracle, rapportaient avoir vu ces eaux tumultueuses se retirer dès qu'apparaissait Germaine, afin de livrer passage à la pieuse innocente qui, marchant dans un rêve de ferveur, insouciante du danger couru, allait droit son chemin.

« D'autres fois, en hiver, dès qu'elle approchait du ruisseau, toujours fougueux, toujours rapide, la surface des eaux gelait et s'embâclait brusquement pour former une chaussée de glace factice qui se fondait après son passage.

« Ces récits, colportés à Toulouse, ne tardèrent pas à franchir les limites du Languedoc et nombre de curieux vinrent de loin, espérant voir se réaliser, en leur présence, le prodige des eaux ouvrant leurs masses liquides ou s'embâclant spontanément sous les pas de Germaine.

« En ces temps d'ardentes et militantes passions religieuses, la petite scrofuleuse, sans même s'en douter, allumait ainsi des discussions violentes entre ceux qui croyaient et ceux qui font profession de scepticisme.

« Au nombre de ces derniers, la marâtre de Germaine n'était pas la moins méchante?

« Elle fut la première à connaître un nouvel effet de la puissance supra-terrestre de sa belle-fille.

« En effet, un jour que, prise de soupçons, elle secouait le tablier de la petite pour en faire tomber les morceaux de pain qu'elle croyait lui avoir vu prendre dans la huche, il en sortit, ô merveille! une abondante moisson de fleurs aux parfums sans pareils, aux couleurs brillantes, aux formes splendides... des fleurs inconnues au pays!...

« Or, on était au cours de l'hiver!...

— Ça, remarqua Onésiphore très attentif, c'est moins épatant. Il m'a été donné d'assister à un tour semblable, l'hiver dernier, aux Folies-Bergère.

— Vous entendez parler d'une séance de prestidigitation, monsieur, dit Arnaud. Notre bergerette, elle, ne possédait ni la science ni la dextérité qui sont nécessaires à l'illusionniste en ce genre d'artifice. Et puis les fleurs étaient naturelles autant qu'exotiques, et les chemins de fer, ni les automobiles n'existaient alors... Concluez!...

« Pour en revenir à Germaine Cousin, elle mourut, à vingt-deux ans, sur la litière d'une étable.

« Quarante-trois ans plus tard, une dame de Pibrac, ayant à faire bâtir sur la terre où dormait celle qui ne devait être canonisée qu'en 1867, fit

exhumer son cercueil. Nouveau prodige! Entre les
planches disjointes et pourries, le corps de la pauvre
morte fut découvert, ayant encore toutes les apparences de la vie : peau fraîche, chair vermeille, sang
rouge, de plus son front était ceint d'une couronne
de fleurs et d'épis desséchés qui n'avait jamais été
mise dans le cercueil.

« Cette garantie nouvelle d'une immatérielle
protection n'empêcha pas la dame de Pibrac de
faire, sans aucune cérémonie, déplacer le corps.
Mais, écoutez bien ceci : dans la nuit qui suivit cette
opération presque sacrilège, la dame de Pibrac
étant couchée en la chambre seigneuriale de son
château, — celle-là même dans laquelle vous pensez vous installer demain, m'avez-vous dit, — fut
réveillée en sursaut par l'apparition inopinée de la
bergère défunte.

« Terrifiée, — car elle reconnaissait bien le
visage de la morte expulsée par elle, — la dame
voulut crier. Les appels ne purent sortir de sa gorge
contractée. Alors, se détachant de la muraille, au
travers de laquelle elle venait probablement de passer, l'image de l'exhumée, vêtue comme au temps
où elle égrenait le rosaire en gardant ses moutons,
s'avança vers la châtelaine plus morte que vive et,
parvenue auprès du lit, elle la toucha du doigt.

« La dame de Pibrac poussa un cri horrible et
perdit connaissance : elle avait cru sentir, sur son
bras nu, la morsure d'une flamme de chalumeau...

« Lorsqu'elle reprit connaissance, son regard
effaré fit le tour de la chambre. Celle-ci présentait

son aspect accoutumé; plus de traces de la manifestation surnaturelle. La dame eût donc pu croire qu'elle avait été sous l'empire d'un affreux cauchemar si, sur son bras, à la place même où le doigt de la sainte s'était posé, n'avait point existé une trace rougeâtre et douloureuse...

Depuis qu'il était question du château, — de son château, — Onésiphore écoutait avec une attention plus soutenue. Au lieu de le faire sourire, le récit de l'apparition lui mit une moiteur aux tempes et, un frisson de fièvre le parcourut tout entier, quand Arnaud parla de la trace rougeâtre...

— Un fantôme! balbutia-t-il entre ses dents serrées, un fantôme faire cela!

— Ce n'était que le premier stigmate du mal affreux communiqué par la Sainte, monsieur, répondit le lieutenant, en observant avec satisfaction l'effet produit sur son auditeur. Au lever du jour la tache s'était étendue, gagnant l'aiselle; à neuf heures elle envahissait l'épaule, le cou et le sein; à midi elle entourait la face qui, couverte de pustules, prenait un ton brique.

— Mais c'est horrible! mon bon. Quelle était cette maladie?

— Un savant médicastre qu'avait été chercher le coureur de Pibrac, déclara que c'était un ulcère foudroyant autant que malin, contre lequel aucun remède ne saurait être employé...

« Abandonnée par la science, la dame de Pibrac voyant sa mort prochaine, une mort épouvan-

table, fit un retour sur ses actes et invoqua sa
victime...

« O bonheur ! incapable de rancune, la Sainte
se remontra la nuit suivante : pour la seconde fois,
son doigt toucha le bras de la châtelaine. Mais
celle-ci en ressentit une impression différente, ce lui
fut comme un baume. Et, en effet, la cicatrisation
opérée par ce deuxième contact marcha avec une
rapidité égale à celle de l'infection... »

— La châtelaine fut guérie ?

— Douze heures après il ne restait plus trace
de cet ulcère envahissant !

Onésiphore poussa un soupir de soulagement,
mais il était blême. Le châtiment de cette inconnue
lui avait procuré un incompréhensible malaise.

— Mon bon, demanda-t-il après quelques minutes, pourriez-vous me faire avoir une fiche an-
thropométrique de cette revenante nuisible ?

— Impossible ! sourit Arnaud déconcerté par
tant de simplicité. L'invention de la chambre noire
est de beaucoup postérieure. D'ailleurs, quelle
plaque serait assez sensible pour révéler la configu-
ration d'une âme ?

— Et si elle allait venir me tirailler, moi ?

— Si vous avez la conscience chargée, elle
viendra ; n'en doutez pas !

— Et... comment la reconnaîtrai-je ?

— Oh ! je puis vous faire son portrait. Voici
celui que, verbalement, la dame de Pibrac a laissé
d'elle :

« Elle se présenta à mes yeux, vêtue d'une robe

« courte en grosse futaine éraillée et trouée, et
« d'une chemise de toile épaisse, mais usagée,
« élimée. Un rosaire à gros grains était passé dans
« la ceinture de sa jupe. Je vis ses bras nus, ses
« pieds nus, ses jambes nues; mais son visage me
« parut être comme idéalisé, car Germaine Cou-
« sin, qui durant sa vie terrestre passait pour avoir
« une figure insignifiante, même laide, se révéla
« à moi comme une beauté blonde de premier
« ordre. »

— Ah! gémit le candidat-citoyen. Il y a tant
de blondes! Saurais-je distinguer?

— Je vais vous mettre sur la voie, monsieur.
Vous a-t-il été donné de rencontrer Mlle de Bois-
Briolle?

— Certes!... Certes!... Ah! celle-là est jolie!...
Un ange!

— Eh bien! Mlle de Bois-Briolle est, paraî-
trait-il, le vivant portrait de la vierge qui dort dans
la petite église du village de Pibrac...

Vers minuit, le grand électeur qu'on avait supposé
acquis au candidat-citoyen sortait de l'Hôtel Tivollier et se rendait en toute hâte chez un équaris-
seur établi dans le faubourg Saint-Etienne, entre
la ligne du chemin de fer et le canal du Midi.
Depuis cinq heures de l'après-midi, tout ce qu'il
avait fait ou dit visait un but que nous connaîtrons
bientôt. Mais sa tâche n'était pas encore finie.

Chez l'équarrisseur il prit un paquet tout préparé,
le paya, puis s'en fut par l'Allée des Zéphirs, le

Grand-Rond et la Grande-Allée, vers le logis occupé par le comte de Bois-Briolle et les siens.

L'ex-député et la comtesse dormaient. Par contre,
Yolande et Canélas veillaient encore. Il est probable que la visite si tardive d'Arnaud était prévue,
car le vieux régisseur entr'ouvrit la porte de l'appartement dès qu'il entendit monter le lieutenant et,
sans bruit, le fit passer au salon où, en costume de
voyage, debout, très pâle, Yolande attendait.

— C'est fait! dit simplement l'officier à voix
contenue.

— Pour quand? demanda la jeune fille.

— Demain soir!

La pâleur de la petite blonde s'accentua encore,
s'il est possible; mais, tirant résolument de son corsage une pli cacheté elle le posa en évidence sur la
table. Après quoi elle ajouta, parlant toujours très
bas, et s'adressant au vieillard :

— Vous m'avez juré d'obéir, Canélas, quoi que
je vous commande?

Les yeux malades du vieil homme s'humectèrent.

— Je vous aie tenue dans mes bras, mademoiselle, et je me suis promis d'être toujours à vos
ordres, même si ces ordres devaient être contraires
à ceux donnés par monsieur le Comte. Faites de
moi ce que vous voudrez!

— La valise?... Le panier aux provisions?

— Tout est prêt, mademoiselle.

— Bien, Canélas, chargez-vous de ces légers
colis; nous partons!...

Tous trois sortirent sans bruit. La porte fut re-

14

fermée avec précaution, et la clé laissée sous le paillasson.

L'enveloppe placée bien en vue sur la table par Yolande portait cette simple suscription :

« *Pour mon père* »

Dans l'après-midi du lendemain la limousine automobile 35 CV, après avoir brûlé la route de Bayonne, s'engageait sur celle qui va de Plaisance-du-Touch à Cornebarrieu, en passant par Pibrac. En effet, réconforté par la lumière du jour et blagué par ses amis, Onésiphore s'était déterminé à prendre possession de « son château » dans lequel il donnerait asile à toute la compagnie, venue de Paris, pour soutenir sa candidature.

Comment, au milieu de tant de monde, la bergère décédée pourrait-elle arriver jusqu'à lui? Au soleil les fantômes n'ont pas beau jeu. Le grand garçon trouvait ridicule d'avoir pu ajouter foi un seul instant à ce conte de croquemitaine; Au fait, qu'était devenu l'électeur de Lévignac, ce complaisant bavard et crédule? Il n'avait eu garde de se remontrer.

En stoppant dans la cour d'honneur du château, le pseudo baron croyait trouver la maison absolument vide, aussi ne fut-il pas peu surpris de voir s'avancer vers lui un petit vieillard aux yeux clignotants et porteur d'un plateau d'argent sur lequel s'étalaient quelques clés.

— Qui êtes-vous, mon bon? lui demanda-t-il.

— Canélas, monsieur le baron Canélas, régisseur de Pibrac, pour vous servir.

— Vous apparteniez à l'ancien propriétaire?

— J'appartiens au domaine de monsieur le baron, donc je suis à ses ordres.

— C'est juste, mon brave, réfléchit Onésiphore, vous faites partie de ma propriété puisque vous êtes du domaine qui est à moi. En somme je suis assez satisfait de vous avoir. Vous allez me faire visiter cette caserne et caser ma suite, en me réservant l'appartement du seigneur.

Ah! si l'ami de M. Abel avait pu savoir à quelle autre direction obéissait Canélas, il se fut bien gardé de se confier à lui avec tant d'assurance.

Ce n'est pas la chambre du premier étage qui lui fut désignée comme étant celle du maître, mais celle située directement au-dessus, — la chambre du Cardinal, — qui a vue sur les Pyrénées et communique à la tour du Midi par la galerie à jour de la Mirande.

Quant à la véritable chambre du seigneur et à la galerie voûtée soutenant la Mirande, elles devaient rester provisoirement fermées, — expliqua le régisseur, — l'inventaire n'en ayant pas encore été fait.

Les dernières heures du jour furent occupées par la visite de l'antique demeure entièrement reconstruite à neuf et par celle des jardins. Tandis que la société s'attardait à admirer la bizarre architecture du portail Henri IV, M. Abel, farfouilleur et peu gêné, ayant cru voir s'encadrer une tête

féminine dans l'œil-de-bœuf du second étage de la
tour du Midi, avait prié Canélas de le faire pénétrer
dans cette tour, mais le vieillard s'était retranché
derrière une apparence de raison, déclarant que la
clé de cette partie du bâtiment était entre les mains
du greffier de la justice de paix.

Dans ces conditions, comment croire à la réalité
de la vision blonde? M. Abel se persuada qu'il
s'était laissé abuser par un mirage, par une réver-
bération du soleil couchant et, pris de doute, il n'en
parla même pas à ses voisins de table, durant le
dîner.

Aucune femme n'étant présente pour égayer la
monotonie de la soirée, les hôtes du nouveau châtelain, habitués aux distractions mouvementées des
nuits parisiennes et peu amateurs du calme campa-
gnard qui enveloppait ce château, — « pas même
électriquement éclairé! » disait Dautap en salivant
de mépris, — résolurent de se coucher de bonne
heure. D'ailleurs, la journée du lendemain avait un
programme très chargé de visites électorales.

A dix heures, chacun étant rentré chez soi, Onésiphore passa en revue le mobilier de la chambre
rouge qui était la sienne et, ne voyant rien de suspect, voulut, par précaution, — car il n'était plus
aussi valeureux, le grand garçon, et se remémorait
avec effroi l'aventure de la dame de Pibrac, —
pousser le verrou de la porte qui s'ouvrait sur la
galerie à jour.

Ce verrou avait été dévissé récemment; sa place

restait marquée sur la peinture écaillée, mais lui-
même n'était plus là.

— Le maladroit! pensa notre homme en frémissant. Je chasserai ce vieux coquin de régisseur!...
On entrerait ici comme dans un Moulin-Rouge et,
ma parole, cette chambre l'est rouge!

Il appela Black-Mid qui avait fait sa niche
dans un petit cabinet attenant à la Chambre rouge
du cardinal et, aidé du groom, il voulut pousser une
table massive devant la porte. La table ne bougea
même pas.

— Malédiction! gronda Onésiphore, on nous
prendrait pour deux insectes attelés à quelque Py-
ramide!

« Cette table est-elle donc scellée au mur?...
Mais oui!... La canaille!... Et rien ici pour la remplacer... Quelle satanée bicoque!

Cependant, n'osant pas se montrer trop pusil-
lanime et en partie rassuré par la présence de la
singulière garnison du château, il se fit dévêtir par
son petit nègre et l'envoya reposer après s'être mis
au lit.

On se souvient peut-être qu'en cette année, si
tout l'été fut humide et froid, c'est que la chaleur
avait été trop hâtive, le soleil ayant vogué dans un
ciel sans nuages depuis Pâques jusqu'à la fin de
mai.

Or, on était précisément au plein milieu de cette
précoce canicule.

L'atmosphère était chargée d'électricité, — électricité dont Dautap, à sa profonde surprise, ne pou-

vait manier le courant. — Il faisait une chaleur tor-
ride.

Enervé, ne pouvant s'endormir, Onésiphore se
retournait sur sa couche, pestant contre cette température anormale. Il se leva une première fois et
alla ouvrir une fenêtre; une seconde fois pour entre-
bâiller la porte de la mirande et établir un courant
d'air.

Comme résultat, sa lampe se prit à filer, puis
s'éteignit brusquement.

Le pseudo baron — voyez s'il était brave! —
ne chercha pas à la rallumer. La lune, en son plein,
mais jouant à cache-cache avec une turbulente trou-
pe de nuages, éclairait par intermittences d'ailleurs.
Au surplus, le nouveau châtelain commençait à
jouir d'une fraîcheur relative, le courant d'air venant frôler son cou dénudé par l'ouverture de sa
chemise au col non boutonné.

Ce fut dans cet état de béatitude qu'il perdit
enfin la notion des choses. Combien de temps ce
sommeil dura-t-il? Une heure? deux peut-être?...
Nous ne saurions préciser... Il dormait heureux...
En songe, en songe seulement, hélas! une femme
venait de rendre visite à ce pitoyable séducteur...
Ce n'était ni Laurette Lory, ni Gabrielle Tibault,
ni même Sergine de Sauve, sa fiancée. Non! Non!
cette visiteuse à elle seule valait toutes les autres,
car c'était la passion refoulée du triste lovelace :
c'était Yolande!

Soudain, un bruit de scie, sorte de frottement de
gonds rouillés, le fit se redresser en sursaut.

Et ses yeux exorbités virent cette chose extraordinaire :

La porte de la mirande venait d'être poussée du
dehors. Dans son encadrement se tenait une femme.
Etait-ce bien une femme ? Eclairée à revers par les
rayons blafards de la lune qui formait autour de
sa tête comme une auréole d'argent, elle paraissait
être d'une stature dépassant les proportions hu-
maines.

L'apparition ne parlait pas, n'avançait pas. Elle
projetait sur le grand garçon, dressé sur son séant
et tout tremblant, l'acuité d'un regard qui voulait
être dur.

Elle semblait vouloir le terroriser par sa seule
présence; l'hypnotiser aussi peut-être; le suggestion-
ner sans aucun doute!

Une seconde son visage fut éclairé. Alors Onésiphore, perdant tout sentiment de crainte et joignant
les mains, murmura amoureusement ce nom :

— Yolande!

Oui, c'était bien là sa blonde aux yeux d'azur;
sa vision éthérée, son rêve enchanteur!

Dément de désir il osa sortir de son lit et courir
à la vision.

Celle-ci, — fantôme ou femme, — ne prit pas
la fuite, et, tout au contraire, se mettant définitivement en lumière, marcha sur l'imprudent.

La rencontre n'eut pas lieu tout de suite. En
effet, indécis, troublé à nouveau, le triste personnage s'était arrêté dès le premier pas en remarquant
le costume étrange de la muette visiteuse. Etait-ce

bien Yolande? Etait-ce bien la fille du comte qui osait se promener la nuit, pieds, jambes et bras nus, n'ayant pour tous vêtements qu'une jupe de futaine élimée de misère, étonnamment courte, et qu'une chemise de grosse toile bise tailladée, fenestrée?... Non, cette blonde ne pouvait être sa blonde, et pourtant!... Diable! il y réfléchissait, son ami de l'Hôtel Tivollier, l'électeur de Lévignac, ne lui avait-il pas dit que Mlle de Bois-Briolle était le vivant portrait de la redoutable pastourelle de Pibrac?... Plus de doute, c'était la Sainte!... C'était Germaine Cousin!... A sa ceinture, il voyait pendre le chapelet l'identifiant... Le démoniaque rosaire!...

Horrifié! Les mains projetées en avant, dans un geste d'épouvante, Onésiphore reculait maintenant, mais sans profit pour sa sécurité, hélas! car, à chaque pas qu'il faisait en arrière, le fantôme en faisait deux en avant.

La position devenait critique pour le candidat-citoyen. Il n'avait aucune arme à sa portée et, derrière lui, le mur approchait, approchait...

— *Vade retro!* lança-t-il, se souvenant à propos d'un fragment de phrase latine.

Il est à peu près certain que cet exorcisme est sans effet sur les fantômes, — au moins sur les fantômes de saintes, — toujours est-il que le nôtre n'en parut pas recevoir le moindre choc et poursuivit son mouvement offensif.

Enfin le malheureux compatriote de Lacrousette, ne pouvant plus ni reculer ni avancer, la gorge sèche, l'épiderme couvert d'une moiteur glacée, fut acculé à la muraille par sa persécutrice. Il était vaincu d'avance, il n'osait se défendre, le moindre attouchement de cet être fantastique devant lui communiquer un ulcère répugnant et mortel, il le savait.

La revenante leva sa main; une main énorme! une main indiscutablement calleuse et visqueuse, en disproportion absolue avec la gracile fragilité du bras, adorablement moulé, lui, dans sa peau fine et blanche.

Onésiphore voulut demander grâce... Il n'en eut pas le temps.

Inexorable! la main hideuse venait de se plaquer sur la chair de son cou et s'y était traînée une seconde.

Alors, le grand garçon, les yeux révulsés, croyant sentir sur sa peau les mille ardillons du mal épouvantable dont on lui avait parlé la veille, poussa un long cri d'agonie et s'écroula sur le sol.

Cette clameur fut entendue des points les plus reculés du château.

Un instant après on envahissait la chambre du propriétaire, qui fut porté sur son lit et rappelé à la vie.

— Sainte Germaine? cria-t-il dès qu'il put parler. Où est sainte Germaine? Il me la faut! Je la veux! Qu'on la cherche!

Consterné, le comité électoral en restait tout pantois.

— Le pauvre est devenu fou! opina Thémunos.

— V'lan ! v'là un vrai court-circuit ! rectifia Dautap.

— Pas ça, missieurs, dit Black-Mid qui le premier était entré. Moi l'ai vu la Cinte Cermaine, li a fait comme ça à massa ; avec gant di massa...

— C'est avec son propre gant qu'elle a frappé ton maître ?

— Non, massa ; pas ça... li avoir gant di massa !

— Di massa ? Di massa ?... Ah ! tu veux dire de massage, noir-bec ?

— Une sainte masseuse, gouailla Vergès-Thauve. Parbleu, elle ferait fortune à Paris où le métier est à la mode et ne manque pas de piquant...

— De piquant ! répéta Onésiphore en un gémissement. Oui, elle m'a brûlé la peau !... elle m'a communiqué la peste ! — (tous s'écartèrent de lui) —. Je suis à la mort, si vous ne la trouvez !... Cherchez-la !... Ramenez-la !... Elle seule peut me guérir... on me l'a dit !

Cette fois, bien que ne croyant pas un traître mot de cette fantastique histoire, tous se mirent à la recherche du fantôme qui venait masser les gens chez eux et malgré eux. Mais, le château fouillé des caves aux greniers, on ne découvrit rien... pas même Canélas.

Le vieux régisseur de Pibrac avait-il été enlevé par l'introuvable fantôme à la main pestiférée ?

VIII

L'ENQUÊTE D'UN DÉTECTIVE AMATEUR

Roland de Bois-Briolle, en se levant, ce matin-là, n'entendant aucun bruit dans l'appartement, poussa la porte du petit salon sur la table duquel, depuis la ruine, Yolande avait pris l'habitude de poser le chocolat, préparé par elle. Le chocolat n'y était pas encore.

Le comte sonna Canélas. Le vieux serviteur, nous ne l'ignorons pas, était bien trop loin pour se présenter à cet appel.

Il appela Yolande. La jeune fille, dont l'ouïe était pourtant subtile, ne vint pas. Par contre ce fut la comtesse Lœtitia qui se présenta en peignoir.

Alors, les deux époux, s'interrogeant d'un regard chargé d'une muette anxiété, franchirent ensemble la porte du salon et, simultanément aussi, ils virent sur la table une enveloppe fermée qui portait cette simple suscription :

« Pour mon père. »

— C'est l'écriture de Yolande! cria la mère en s'appuyant à un meuble. Notre enfant nous aurait-elle abandonnés?

D'un geste fébrile l'ex-député avait déjà ouvert l'enveloppe et, d'un coup d'œil rapide, en parcourait le contenu.

— Rassurez-vous, Lœtitia, fit-il en poussant un soupir prolongé. Yolande, bien ou mal inspirée, fait un coup de tête, c'est vrai; mais, c'est une Bois-Briolle! Quoi qu'il puisse advenir, soyez-en assurée, elle ne faillira pas! Oh! son petit cerveau brûlé peut la pousser à accomplir des actions risquées, non blâmables, son cœur étant aussi pur que son âme est bien trempée...

— De grâce, Roland, vous me faites mourir d'inquiétude... Où est Yolande?

— Le sais-je?... Voici ce qu'elle m'écrit :

« Mon bon, mon noble père,

« Vous me pardonnerez de n'avoir pu accepter,
« d'une âme égale, comme vous, non pas la perte
« de notre fortune, — Dieu sait si j'éprouve pour
« l'argent une suprême indifférence! — mais la
« perte de la maison où ma mère et vous avez
« passé tant de jours heureux, de la demeure où
« je suis venue au monde, de Pibrac votre joli
« château... Oh! mon père, vous pouviez tout sa-
« crifier, tout! sauf Pibrac!... L'appréhension de
« voir cet abri du bonheur familial tomber, après
« le reste, aux mains de l'homme contre lequel,
« avec une générosité peut-être trop chevaleresque,
« vous avez refusé de lutter, a fait bouillir mon
« sang et m'a poussée à prendre de nouveaux ren-
« seignements sur le baron d'Escouloubrac... Moi
« je suis de mon siècle, moi! je doute!... Pour me
« contraindre à croire, il me faut des preuves visi-
« bles, tangibles même... Or la rapacité de votre

« adversaire, plus bavarde que tous ses parchemins,
« évidemment truqués, me font croire qu'il y a
« substitution de personne! Non! pas un homme
« né ne ferait ce qu'il a fait, ce qu'il fait encore...
« Le laisseriez-vous s'installer à Pibrac, vous?...
« Oui!... Alors, mon père, malgré le profond res-
« pect et la grande tendresse que je ne cesserai
« jamais d'avoir pour vous, nous ne sommes plus
« du même avis!... »

— Elle a écrit cela? s'écria la comtesse stupé-
faite.

— Je n'invente rien, ma chère amie. Tout est
d'elle. Cette enfant possède une énergie avec laquelle on devra compter... Je poursuis :

« ... Savoir cet homme à Pibrac, le deviner se
« vautrant dans nos chers souvenirs; ça jamais!...
« Ce serait une torture insupportable! Qu'il y passe
« un instant? soit! la plus noble demeure peut
« offrir un asile momentané à de viles créatures...
« Mais qu'il y reste? Non! Les pierres souillées
« m'en deviendraient odieuses... Je vais mettre
« bon ordre à cet état de choses : je vais... Qu'il
« vous suffise de savoir que mon entreprise, —
« irrévocablement décidée, — ne peut en rien en-
« tacher l'honneur d'une fille de votre nom... au
« contraire! Je pars... Ne cherchez pas à savoir
« où je vais; vous feriez avorter mon projet et, ni
« Arnaud, ni moi n'y pourrions survivre... J'em-
« mène Canélas, il me sera utile et vous serez moins
« inquiétés par ma fugue en le sachant avec moi.

« Embrassez bien ma bonne mère, qu'elle prie pour
« me donner du courage... Votre fille aimante et
« dévouée reviendra bientôt vous dire, elle l'espère,
« qu'elle a fait mettre *pis braque! hors Pibrac!* »

— Ah! Seigneur! Qu'entend-elle dire par là?
— Qu'elle aura chassé du château le mauvais
chien!
— Est-ce possible, s'écria la comtesse émer-
veillée. Et c'est notre Yolande qui... Ah! Roland,
comment avons-nous pu enfanter une pareille lionne?
— Nous qui sommes deux moutons? sourit
tristement le comte.
Malgré les recommandations de sa fille, Lœtitia
eût bien voulu courir là où elle était, et chercher à
l'aider. Impossible! De quel côté d'ailleurs diriger
les recherches? Et puis, le comte, plus fataliste, la
dissuada de toute démonstration. Le mieux n'était-il
pas d'obéir, d'attendre?
En tête-à-tête, se parlant à peine, effrayés des
conséquences possibles de ce coup de tête de leur
fille, les deux époux attendirent donc. Où était
Yolande? Que pouvait-elle avoir entrepris? A ces
questions aucune réponse ne pouvait être faite.
Toute la journée se passa de la sorte. Avec la
crainte d'être interrogés par les voisins et pour ne
point risquer de leur faire deviner leurs inquiétudes,
les deux abandonnés restèrent enfermés, ne mangè-
rent pas. La nuit vint, ils ne voulurent pas se quitter
et restèrent assis en face l'un de l'autre. Ce fut dans
cette posture figée que les retrouva le jour!

Enfin ils se dressèrent, comme deux automates. Un bruit venait de se faire entendre sur le palier de l'escalier, une clé fut glissée dans la serrure, la porte s'ouvrit.

— Yolande !

— Père !... Maman !...

Tous trois, les larmes aux yeux, s'enlaçaient, sous les yeux timidement clos du vieux Canélas, qui ne savait trop quelle contenance garder et prévoyait une avalanche de durs reproches. Mais on s'occupait bien de lui.

— Malheureuse enfant, murmura le comte, d'où viens-tu ? Qu'as-tu fait ?

La blonde répondit fièrement :

— Je viens d'assainir Pibrac !

— Comment ?

— Notre château allait servir d'aire à des vautours ! J'ai fait ce qu'il fallait faire pour épouvanter ces oiseaux puants et les chasser !

— Comment ?... Comment ?...

— Je ne puis vous dire.

Le comte, ni la comtesse ne surent rien tirer de plus de la petite blonde. Quant à Canélas, il déclara ne rien savoir, ce qui était, à peu de choses près l'exacte vérité. Après un substantiel repas, tous en avaient le plus grand besoin, chacun se disposait à se retirer chez soi et à dormir, lorsque de grands cris, venant du dehors, firent dresser l'oreille au comte.

Des camelots venaient d'envahir l'allée des Demoiselles et hurlaient à qui mieux mieux :

— Demandez, *Le Télégramme*... Informations de la dernière heure : « Nouvelle apparition de Sainte Germaine Cousin! »

—— Demandez, *l'Express du Midi*... « L'audacieuse fantasmagorie de Pibrac. »

— Demandez, *Le Rapide*... « La folie du candidat socialiste de la Save. »

— Demandez, *L'Electric*... « Le fantôme de la bergère Germaine. » — « Le citoyen d'Escouloubrac frappé d'un mal étrange. » — « L'épouvante au château de Pibrac. »

— Demandez, *Le Midi Socialiste*... « Une honteuse manœuvre des catholiques. » — « La gale chevaline. » — « Le gant empoisonné. »

— Demandez, *Le chant du jour*... « Faites-vous donc masser par une sainte! »

En écoutant tous ces cris M. de Bois-Briolle regarda sa fille. Celle-ci détourna les yeux. C'était une sorte d'aveu.

Le comte allait parler, il n'en eut pas le temps. M. et Mme d'Aiguevives-d'Agave, sournoisement introduits par Canélas, venaient de faire leur entrée.

— Ah! ma chère amie, s'écria la marquise en se précipitant dans les bras de Lœtitia, quelle nouvelle!... Quelle affaire!... Vous qui êtes à émotion, petite, ajouta-t-elle en donnant un baiser à Yolande, tenez-vous bien, vous allez trembler.

— Stupéfiant! ahurissant! Incroyable! fantastique! litanisait de son côté le marquis, en brandissant tout un paquet de journaux. Nous avons voulu être

les premiers, la marquise et moi, à vous apporter la
nouvelle :

« Sainte Germaine, sainte Germaine elle-même,
durant la nuit qui vient de s'écouler, a fait une nouvelle apparition à Pibrac... et quelle apparition,
mon cher comte! Vrai, elle était un peu là!... Ah!
on ne pourra plus crier à l'absurdité des miracles :
celui-là est handicapé par les incroyants... D'ailleurs
je vais vous donner lecture d'un journal pris au
hasard... Asseyez-vous; ça vaut la peine d'être
écouté. »

On lui obéit. Il déplia *L'Electric* et lut ce qui
suit :

« *Pibrac, trois heures du matin.*

« La nuit dernière, notre éminent collaborateur,
« M. Yanus Sujaré, député de Saint-Martin-de-
« Ré, étant au château de Pibrac en compagnie
« de tous les vrais républicains qui s'intéressent à
« l'élection du citoyen Escouloubrac (car sa no-
« mination dans la circonscription de la Save ferait
« perdre un siège à la réaction), fut éveillé en sur-
« saut par des cris effrayants. Ceux-ci semblaient
« provenir de la chambre occupée par le candidat.

« N'écoutant que son courage et malgré sa
« gênante corpulence qu'a popularisée la photo-
« graphie, le directeur de *La Voix Brutale*, sans
« prendre le temps de se vêtir, — la température
« que nous subissons et l'absence de dames au châ-
« teau autorisaient cette valeureuse imprudence! —
« s'élança, en bannière, à travers les couloirs.
« Toutes les portes s'ouvraient; de toutes les cham-

15

« bres sortaient des gens non moins sommairement
« vêtus, mais armés de bâtons, de pelles, de pin-
« cettes, de tisonniers. Et la lune, ironique, éclairait
« cette inénarrable ruée d'hommes en chemise.

« Tous arrivèrent enfin à la chambre du candi-
« dat. L'alarme était bien partie de chez lui. Le
« citoyen Escouloubrac, évanoui, était étendu tout
« de son long sur le parquet. Que lui était-il ar-
« rivé?... Avait-il été victime d'une tentative cri-
« minelle?... Déposé sur son lit, il fut visité. Son
« corps ne portait aucune trace de blessure. Fric-
« tionné, vinaigré, éthérisé, il ouvrit des yeux
« hagards et se mit à crier :

« — Sainte Germaine!... où est sainte Ger-
« maine? Il me la faut! Je la veux! Qu'on la
« capture et qu'on me l'amène!

« ... Et autres balourdises du même tonneau!...
« C'était un accès de démence caractérisée... du
« moins, tous le crurent... Mais voilà-t-il pas qu'un
« petit nègre, qui répond au nom de Black-Mid,
« vint au secours de son maître en déclarant qu'il
« avait aussi pu voir la sainte bergère.

« Pour le coup, tous nos camisards regrettèrent
« leurs inexpressibles. Une bergère, après tout, est
« une femme, et la décence a ses obligations.

« Ils se pressaient trop de se faire du mauvais
« sang. Ils le reconnurent lorsque l'enfant noir leur
« affirma que la sainte était une masseuse et portait
« le gant de l'emploi. Il n'y avait plus à se gêner.
« Par métier, une masseuse est appelée à voir d'un
« peu près l'anatomie humaine... Mais M. Vergès-

« Tauve connaît ses auteurs; il haussa les épaules
« en déclarant :

« — Le gant de crins était ignoré des fouleurs
« de muscles au XV° siècle. D'ailleurs Germaine
« ne professait point le métier « d'estuveuse »,
« mais bien celui de gardeuse de troupeaux... Le
« gant devait être une quenouille.

« Le candidat se tordait comme un homme sur
« le gril et gémissait :

« — Elle m'a communiqué la peste !... le béri-
« béri !... le choléra « mordicus » !... Elle seule
« peut me guérir ! Cherchez-la !

« En apprenant de la propre bouche du citoyen
« Escouloubrac le nom des maux épouvantables
« qu'il croyait avoir contractés, les plus valeureux
« se mirent en chasse, moins pour retrouver la
« dangereuse apparition que pour mettre une dis-
« tance préservatrice entre eux et la contamination
« de la mortelle épidémie.

« Bien entendu la sainte, — si sainte il y a ? —
« ne put être retrouvée... »

« *Quatre heures du matin.*

« Le sommeil de tous étant définitivement com-
« promis, chacun avait été se vêtir et, après avoir
« expédié un paysan à la recherche d'un docteur
« en médecine, on s'était réuni dans la grande
« salle, ne se souciant pas de remonter près du
« pesteux qui restait à la garde de Black-Mid.
« Vers deux heures une carriole s'arrêtait dans la
« cour du château. C'était celle de M. Vulvicole,
« médecin à Brax. M. Vulvicole, sans s'arrêter

« à ce qui pouvait lui être dit, se rendit de suite
« dans la chambre rouge et, mis en présence du
« malade diagnostiqua, non la peste, non la ma-
« ladie du sommeil, non le choléra, mais la gale
« sarcoptique !

« La gale sarcoptique est, comme nos lecteurs
« le savent sans doute, une fièvre éruptive spéciale
« à l'espèce chevaline; elle peut se transmettre à
« l'homme, c'est vrai, mais seulement par juxta-
« position épidermique de l'être sain et de l'ani-
« mal contaminé. Or, autre mystère de cette si
« bizarre histoire, le citoyen Escouloubrac put
« déclarer qu'il n'avait, à sa connaissance, jamais
« approché d'autres chevaux que les chevaux de
« bois, dans son enfance et, plus récemment, les
« trente-cinq chevaux-vapeur de son automobile.

« Comment et par qui avait pu être véhiculé
« le germe de cette gale dont les chevaux-vapeur
« sont exempts?... Là est peut-être le nœud de
« l'imbroglio... *L'Electric* qui ne recule devant
« aucune dépense pour être le premier, comme
« toujours, à donner des renseignements précis à
« ses nombreux lecteurs, a résolu de se livrer à
« une enquête personnelle. On en trouvera les
« résultats en dernière heure de notre édition sup-
« plémentaire... »

Le marquis d'Aiguevives-d'Agave replia le
journal.

— Eh bien! qu'en pensez-vous? demanda-t-il.
Dans une forme légère et sceptique le reporter
semble démontrer qu'il y a eu coup monté contre

le nouveau possesseur de Pibrac. S'il ne dit pas
que l'apparition n'est qu'un truc employé par un
rusé compère pour dégoûter M. d'Escouloubrac
et lui faire abréger son séjour au château, tout au
moins le fait-il pressentir. *Le Midi Socialiste* est
moins hésitant, lui, il imprime brutalement que c'est
« une honteuse manœuvre des catholiques »...
Quels catholiques? mes agents électoraux peut-être !
car je suis seul intéressé à voir le citoyen Escouloubrac déserter le pays et me laisser le champ
libre... Eh bien ! mes amis, je vous le dis en toute
sincérité, mon grand regret est de n'être pour rien
dans cette manifestation merveilleuse. Jusqu'à plus
ample informé, je crois la Sainte très capable d'avoir
voulu, en personne, purger Pibrac de cette espèce
compromettante... Une seule chose me laisse encore
dans le doute : le gant de crins dont il est parlé.
Et ce gant me force à reconnaître ceci : au cas
où quelqu'un, homme ou femme, aurait eu la vaillante inspiration de prendre la forme de sainte Germaine et de jouer ce bon tour aux incrédules, j'ap-
plaudirais des deux mains !... Vous ne dites rien ?...
Seriez-vous d'un avis contraire ?

En effet, ni Roland, ni Lœtitia ne trouvaient
un seul mot à répondre. Tous deux demeuraient
effarés de l'extravagante entreprise menée à bien
par leur fille. Car, ils n'en pouvaient douter à présent, c'était Yolande, c'était cette blonde et timide
enfant qui avait eu l'audace étonnante de s'introduire au château de Pibrac, sous un costume de
bergère, et de terroriser les amis du baron.

Un point du récit fait par *L'Electric* les tourmentait : le gant à massage! Comment Yolande avait-elle pu se procurer cet objet, incontestablement contaminé? Comment surtout s'y était-elle prise pour éviter la contagion des germes sarcoptiques dont il devait être tout imprégné?

Fort pressé d'être renseigné à cet égard le comte se décida à demander :

— A quelle heure l'édition supplémentaire de *L'Electric* paraîtra-t-elle?

— Parbleu! s'écria le candidat réactionnaire en tirant de sa poche un nouveau numéro. Elle est déjà entre toutes les mains; la voici!... Comme je comprends votre hâte de savoir le fin mot de cette charade!... Voyez, je n'ai pas encore déplié la feuille... étais-je étourdi!... Diable! c'est piquant! reprit-il après y avoir jeté les yeux... mais j'aurai plus vite fait de vous en donner lecture... ces dames en profiteront... Voici la suite des informations :

« *Cinq heures du matin.* — *Filet intercalé en* « *cours de tirage :*

« Monsieur le docteur Vulvicole, usant de tou- « tes les précautions immunisantes dont il a le « secret, a tenu à accompagner en personne son « malade à l'hospice Saint-Joseph de la Grave, « où, tous deux, se sont enfermés dans une salle « de bains.

« Le docteur, que nous avons pu voir, avant sa « volontaire mise en loge, nous a expliqué com- « ment il comptait traiter le patient. Sa méthode « est expéditive.

« — Tout d'abord, nous a-t-il dit, je vais le

« frictionner au savon noir, sur toutes les parties du
« corps, pendant une bonne demi-heure; puis je
« lui ferai prendre un bain sulfureux d'une égale
« durée. Après ce bain, nouvelle friction, à la
« pommade d'Helmerich cette fois, — une pom-
« made aux sels de potasse qui déchire l'épiderme
« mieux que du verre pilé... diantre! — Enfin,
« dernier bain pour éliminer les matières grasses
« mélangées aux microbes que renfermaient les
« papules dermiques... En deux heures, le corps
« du citoyen Escouloubrac ne sera plus qu'une
« plaie, mais une plaie saine!... Quant au fond de
« bain, il ira dans la Garonne et sera pour ceux
« d'Agen comme les cataplasmes de nos hôpi-
« taux! » Ainsi parla le praticien.

« Brr!... Si le candidat patronné par notre ami
« Sujaré n'est pas élu, après cette ouverture de
« campagne, aussi retentissante que douloureuse,
« nous ne saurions plus que penser de la justice
« du peuple... Il lui faut un dédommagement!...
« C'est aux électeurs de la Save à le lui donner...
« grandiose!

« Toujours est-il que le citoyen Escouloubrac
« jure ses grands diables qu'il ne remettra plus
« jamais les pieds dans cette satanée galère de
« Pibrac. Là le singulier Gouvernement, dont nous
« jouissons, permet aux saintes — expulsées par
« les décrets! — de revenir faire leurs farces
« en catimini. »

— C'est tout? interrogea le comte voyant son
ami reprendre haleine.

— Eh! non pas, cher ami, voici ce qui doit
être le bouquet :

« NOTRE ENQUÊTE : *L'homme brun et l'équar-*
« *risseur. — Le double gant. — Trois cheveux*
« *blonds. — Le scapulaire de sainte Germaine*
« *Cousin. — Fermons les yeux!*

« Dès que les premiers renseignements de cette
« affaire, bien gasconne, — une apparition de
« sainte Germaine Cousin! — nous furent télégra-
« phiés de Pibrac, devinant, par avance, que la po-
« lice resterait incapable de découvrir quoi que ce
« soit, nous mîmes sur pieds M. J. Couderc. Il est,
« comme chacun le sait, notre Sherlock-Holmès
« Toulousain. M. J. Couderc a un flair spécial
« pour relever les pistes féminines. Nous pensions
« que le lancer sur celle de la personne capable
« de se faire une arme de l'acarus de la gale
« chevaline, et de se déguiser en esprit pour s'im-
« muniser contre une défense possible, nous ré-
« serverait des surprises peu banales. Nous ne
« nous étions point trompés. Notre reporter-détec-
« tive, auprès duquel ses confrères parisiens sont
« des enfants, a fait vite et bien... Qu'on en juge :

« Le premier soin de M. J. Couderc a été de
« rendre visite à tous les équarrisseurs. C'était élé-
« mentaire, mais encore fallait-il en avoir l'idée.
« Chez l'un d'eux, établi au delà du faubourg
« Saint-Etienne, entre la ligne ferrée et le canal,
« il apprit que, l'avant-veille, un homme brun,
« vingt-cinq ans environ, tournure martiale, s'était
« présenté comme chimiste-inventeur occupé à trou-

« ver des aseptisants destinés à immuniser la peau
« contre toutes les maladies contagieuses. Et cette
« conversation s'était engagée entre eux :
    « — Avez-vous ici un cheval galeux?
    « — Oui, pourquoi?
    « — Je viens de vous le dire, pour faire une
« expérience contre la contagion.
    « — Vous voudriez acheter ce cheval?
    « — Non!... Seulement obtenir de vous un
« peu de l'humeur qui subsiste autour de sa peau.
« Voici un double gant, ajouta l'homme brun en
« tirant de sa poche l'objet ainsi désigné. Le pre-
« mier, simple protecteur en caoutchouc, emboîte
« le second dont la surface est en crins. C'est ce
« dernier qu'il faut imprégner. Je vais préparer
« mon sujet; je reviendrai cette nuit, assez tard...
    « L'homme brun était revenu en effet et avait
« remis vingt francs contre la singulière marchan-
« dise...
    « M. J. Couderc est un esprit singulier; il pou-
« vait chercher à suivre la trace du double gant,
« mais le double gant l'intéressait médiocrement.
« Il préférait de beaucoup filer le sosie de sainte
« Germaine qui, comme il le démontre, devait
« avoir un complice pour retirer l'enveloppe pro-
« tectrice, — avant l'opération, — et pour la
« remettre avant d'abandonner définitivement ce
« véhicule de microbes plus répugnants que dan-
« gereux. •
    « Ce fut au château de Pibrac même, dans
« l'escalier de la tour, menant du studio de Guy

« du Faure à la Mirande, qu'il découvrit la pre-
« mière relique de la sainte : trois cheveux d'or
« pâle, trois admirables cheveux blonds restaient
« fixés à une déchirure de la porte séparant la
« Mirande de la chambre rouge où *le miracle de*
« *la contagion* a eu lieu.

« Ces trois cheveux, mis sous scellés, sont ex-
« posés dans notre salle des dépêches.

« La seconde trouvaille de M. J. Couderc fut
« celle d'un scapulaire. Un scapulaire du XVe siè-
« cle? demanderez-vous... Lecteurs naïfs ! Notre
« blonde sainte se promène en ville sans provoquer
« de manifestations, puisque nul encore n'y avait
« signalé sa présence et que, pourtant, son scapu-
« laire vient d'une de nos modernes maisons d'ob-
« jets de piété.

« Avec de pareilles pièces à conviction, notre
« reporter-détective brûlait. Nous parions qu'il ne
« lui aurait pas fallu plus de deux heures pour
« mettre la main sur la propriétaire des trois che-
« veux et du scapulaire. Eh bien ! malgré notre
« insistance, il s'y est péremptoirement refusé en
« disant :

« — Germaine ou non, cette jeune fille a agi
« selon sa conscience; c'est une digne et courageuse
« enfant ! Toulouse doit être fière d'être *presque*
« sa ville natale !

« Petite Jeanne d'Arc gasconne, n'ayez pas
« peur ! Puisque M. Couderc le veut, nous fer-
« mons les yeux... mais gardons vos reliques ! »

M. d'Aiguevives-d'Agave laissa choir les feuilles.

— Et c'est tout! fit-il désappointé. Ce policier amateur aurait pu pousser un peu plus loin... Qui peut être cette fille, du pays, pour laquelle *L'Electric* professerait un respect en contradiction avec ses intérêts?... En avez-vous idée, comtesse?

— Moi? non! murmura Lœtitia en rougissant

— Moi, pas davantage, et la marquise encore moins. A la vérité, nous étions loin de nous douter l'un et l'autre qu'il y avait eu supercherie... Ah! nom d'un petit bonhomme! comme disaient les demi-soldes invoquant l'*Autre*, je voudrais bien pouvoir me rencontrer avec l'héroïne de la Mirande; je l'embrasserais cette mignonne... Quel aplomb! que d'énergie!... Vous paraissez las, mes amis? je comprends : l'émotion! on en éprouverait à moins... Venez-vous, Béatrix?

Lorsque nos trois dépossédés se retrouvèrent seuls, il y eut un instant de silence embarrassé. Comprenant qu'elle était devinée et ne sachant comment son père accepterait les résultats obtenus par l'excessif coup de tête, qui semblait aller à l'encontre de son propre sacrifice, Yolande baissait le front. Pour la même cause et afin de ne pas influencer la décision qu'allait prendre le chef de famille, la comtesse Lœtitia semblait s'occuper à refaire une des tresses du tapis de table, mais, à la dérobée, elle ne pouvait s'empêcher de jeter sur sa fille des regards chargés d'une tendresse profonde, d'une admiration sans bornes.

Enfin le comte saisit les deux mains de sa fille, l'attira à lui et, la forçant à s'asseoir sur ses genoux, comme lorsqu'elle était petite, il murmura d'une voix tremblante :

— Tu as fait cela? toi!

—· Si j'ai mal fait, mon père, que je sois seule à supporter le poids de ma faute!

— Mal fait? pauvre enfant! ah! tu es bien la meilleure d'entre nous... Mais, dis-moi, ce gant, ce gant funeste, comment as-tu pu l'enlever sans risquer l'infection?

— Canélas me l'avait passé... Canélas me l'a ôté.

— Et sous ce costume si... léger... n'as-tu pas eu peur, si près de tant d'ennemis?... Si proche d'un homme sans scrupules?

— Non! car Arnaud était dans la tour... Arnaud qu'on croit être un chimiste...

— L'homme brun! s'écria le comte Roland en pressant la jeune fille sur son cœur. Je m'en étais douté!... Il t'aime, celui-là!... Quel brave garçon!

En voyant l'explication prendre cette bonne tournure, la mère s'était laissée tomber à genoux près de ces deux êtres, dont l'affection était toute sa vie, et, laissant couler ses larmes sur leurs mains réunies, elle balbutiait, sans peut-être savoir qu'elle parlait :

— Oh! ma chérie! ma chérie!

IX

ONÉSIPHORE, DÉPUTÉ

Comme l'avait annoncé le docteur Vulvicole, il n'avait pas été nécessaire de s'y reprendre à deux fois pour guérir le candidat aristo-communiste de la circonscription de la Save; par contre, on n'avait pu faire revenir celui-ci de l'étrange terreur que lui inspirait le château de Pibrac, hanté par un esprit aussi divinement beau que méchamment armé.

Aussi toute la séquelle des camelots électoraux soudoyés et dirigés par les forbans de la C. G. T. (en marge), avait-elle dû transporter son campement dans un hôtel de l'Isle-Jourdain, à vingt kilomètres du terrible château.

Bien entendu, l'instruction au criminel, commencée contre l'inconnue et son complice, avait dû être classée faute d'une piste à suivre, M. J. Couderc, souriant dans sa moustache havane, ayant déclaré au juge qu'il embrouillerait l'écheveau, s'il était nécessaire, pour sauver l'héroïne démunie de ses trois cheveux d'or pâle.

Durant les quinze jours qui précédèrent celui de l'élection, les journaux, appelant aux urnes pour la cause de la Révolution, ne cessèrent d'être répandus à profusion dans les villes et dans les campagnes

par les distributeurs parisiens accoutumés à cette
besogne. Sujaré se multipliait, sa voix tonnait au
milieu de toutes les assemblées; Vergès-Thauve
voyait chaque vigneron, promettait l'achat de toutes
les cuvées pour le compte de la buvette de la
Chambre; Thémunos chantait dans tous les cafés,
dans tous les bouis-bouis et même chez les plus
infimes mastroquets, affirmant l'entente internatio-
nale, le retour prochain de tous les militaires en
leurs foyers; Dautap faisait de franches lippées,
serrait toutes les mains, crachait sur tous les rouliers,
jurait dans tous les argots, émerveillant tous les
ivrognes et l'on sait si leur nombre est grand.

Et le citoyen Escouloubrac, que faisait-il afin
de se montrer, sinon supérieur, tout au moins égal
aux gens de son comité? Eh bien! pour un imbécile,
il avait trouvé un moyen pas trop maladroit de
s'assurer une notoriété bien personnelle. Il avait fait
venir de Paris une quantité considérable de caisses
rectangulaires, — caisses semblables à celle qui
avait tant gêné les grosses chevilles de Sujaré, durant la randonnée de Paris à Limoges, — et, dans
chaque bourgade où le transportait sa limousine,
au lieu d'ennuyer les bons cultivateurs de ses dis-
cours, il installait un billard démontable sur la première table venue, distribuait des queues, donnait
des leçons de carambolage, puis, avant de remonter
dans sa 35 chevaux, solennellement, il faisait don
à la municipalité de ce jeu transportable, léger,
non imposable et, ajoutait-il, démocratique!

A peu de frais, sans se fatiguer les méninges, il

se taillait une popularité auprès des sensibles ru-
raux.

Pour mener le bon combat contre cet adversaire,
le marquis d'Aiguevives-d'Agave ne pouvait mettre
en ligne qu'une série de principes loyaux et voyait,
non sans peine, qu'il perdait chaque jour du terrain.

Les promesses pharamineuses et impossibles à
tenir engluront toujours les jobards dont la mul-
titude stupide fait et fera éternellement la fortune
des aigrefins assez adroits pour agiter sous les yeux
un quelconque miroir à gogos.

Enfin arriva le dimanche 2 mai.

Comme on devait s'y attendre, le citoyen Escouloubrac fut élu à une écrasante majorité. Si le
marquis en fut affecté, ce fut plus pour son ami que
pour lui-même. La démission de M. de Bois-Briolle,
dont les électeurs n'eussent pas d'eux-mêmes consenti à se séparer, venait de faire perdre un siège
à la droite en révélant le véritable état d'esprit
des gascons de la Save.

L'élection fut validée.

Quinze jours après, M. le baron d'Escouloubrac
— il avait repris le titre et la particule, — ayant
réintégré Paris, épousait Mlle de Sauve à la mairie
du septième Arrondissement et la conduisait ensuite à l'église Saint-Thomas-d'Aquin. Sauf Gabrielle Tibault car sa largeur d'idées s'accommo-
dait de tout, aucun des associés de la belle romaine
n'assista à cette dernière cérémonie. Lacrousette,
lui, était resté à Toulouse, en sentinelle perdue,
disait-il dans ses lettres, et pour le bien général.

Ah! nous pouvons l'affirmer, le bien général ne le préoccupait guère, il songeait beaucoup plus à la blonde Yolande de Bois-Briolle qu'à ses affaires. Quant à M. Abel Barbaroux, malgré la rage qu'il éprouvait de voir l'héritier épouser une autre personne, et ne plus se souvenir des promesses faites à Caroline, il n'en laissa rien voir, son intérêt le mettant de plus en plus dans l'obligation de ménager le baron.

Et la pauvre bonne petite rousse, l'artisane véritable de cette fortune extraordinaire, Laurette Lory, sans laquelle Onésiphore n'eût pu devenir ni député, ni neveu par alliance du duc de Roucouleur, assistait-elle, derrière un pilier de l'église, à cette bénédiction nuptiale?

Non! l'ex-sténo-dactylographe de M. Abel n'était pas même au courant des nouveaux honneurs de son ingrat protégé.

Malade et presque dénuée de ressources, elle gravissait le plus douloureux des calvaires, — celui des filles trompées!

Elle restait enfermée dans sa chambre de la rue Clauzel, avec l'espérance de pouvoir cacher à tous les yeux sa position... hélas! intéressante.

L'odieuse manœuvre à laquelle la garçonnière de la rue Cadet avait servi d'abri devait avoir des suites terribles...

Le mariage de Sergine de Sauve avec un homme qui lui donnait un nom, auquel il n'avait personnellement aucun droit, était une double insulte faite à la foi et à la loi, et, comme le dit

quelque part H. Leverdier : « le drame intense
des fins de race, avachies en veules cynismes, avec
la honte affichée de cette union sanctionnée par
l'écharpe et sanctifiée par l'étole, rôdait autour de
cette parodie conjugale ».

En principe, Onésiphore avait décidé que la
nouvelle baronne d'Escouloubrac et lui iraient passer leur lune de miel à Pibrac; mais il ne se souciait plus maintenant de se retrouver dans cette demeure infestée de revenants. Aussi, le soir des noces,
le couple s'embarqua-t-il dans l'express, en route
vers l'Italie.

La lune de miel de Sergine, — nous devrions
dire la torture qu'elle dut éprouver à se trouver
en continuel tête-à-tête avec l'outrecuidant personnage dont elle portait le nom volé, — fut heureusement écourtée par l'arrivée d'un télégramme à
l'adresse de M. le baron Olivier d'Escouloubrac,
député de la Save.

Par cette dépêche, dont la suscription gonfla
d'orgueil l'inconscient faussaire, Yanus Sujaré
mandait, à son nouveau collègue, d'avoir à réinté-
grer Paris par les voies les plus rapides, pour venir
apporter l'appui de sa présence et de son vote aux
groupes de la gauche.

Paris manquait au grand garçon, le Paris des
cercles, des théâtres et des amusements faciles. La
douce résignation de Sergine qui ne pouvait singer
la gaieté factice des demi-mondaines, dont il gardait
l'impérieux souvenir, avait vite eu raison du senti-

ment passager que croyait avoir éprouvé notre cari-
cature de don Juan.

Aussi, trop heureux de pouvoir interrompre la
visite — fastidieuse pour lui — des curiosités de
la Basilicate, Onésiphore s'empressa-t-il d'ordon-
ner à Black-Mid de boucler les malles.

Le lendemain, le baron et la baronne roulaient
avec leur suite, — Black-Mid et Gaëte, la sou-
brette de Sergine — sur la ligne ferrée qui traverse
la Campanie, l'Ombrie, la Toscane et gagne la
frontière alpestre par le Piémont.

Précédé par le bruit de ses aventures, à Paris et
à Toulouse, accompagné de la légende qui s'était
formée autour de sa récente fortune, de son bonheur
insolent et de ses convictions démocratiques, bien
établies, Onésiphore put faire une entrée sensationnelle à la Chambre.

Mais les vacances parlementaires approchaient
déjà. Elles furent employées par Onésiphore à promener un peu partout sa singulière popularité; on
le vit dans les Casinos, sur les plages à la mode,
et enfin à la grande Quinzaine d'Aviation de
Reims.

Rentré à Paris, dans le courant de septembre,
il reçut de suite la visite de son compatriote et
ami. L'association des forbans s'étonnait de voir la
marionnette, créée par elle, profiter presque seule
de l'immense gâteau qui, par un accord sinon écrit
tout au moins tacite, devait être partagé entre les
aigrefins de la C. G. T. Lacrousette avait été
chargé de liquider cette situation intolérable. Or,

Lacrousette n'avait plus, comme naguère, la double passion des affaires et de l'or. S'il marchait, cette fois, c'était moins pour le compte de l'Association que pour le sien propre, car il dépérissait d'amour et s'était résolu à se faire agréer de Yolande de Bois-Briolle, même au prix d'une trahison.

Il fut introduit dans le cabinet, odieusement meublé avec un luxe criard, du député communiste de la Save et dut attendre M. le baron, occupé à sa toilette. Au cours de son attente, Lacrousette inspecta tout ce qui se trouvait sur le bureau. — C'éait là son moindre défaut ! — Ses yeux furent invinciblement attirés par une enveloppe ouverte qui portait cette adresse étrange :

Très urgent. En cas d'absence faire tenir sans retard.

Monsieur le baron O. d'Escouloubrac,
9, rue Cadet, Paris,

à Monsieur Abel Barbaroux
de la Maison Barbaroux & fils,
31 *bis* et 31 *ter*, boulevard Magenta,
à Paris.

Avec une décision bien méritoire, Lacrousette, qui ne se piquait pas de discrétion, ouvrit l'enveloppe et lut rapidement :

« Mon bon Onési, au secours ! je me meurs !...
« Je meurs de désespoir autant que de mépris
« pour moi-même. En février dernier, tu dois t'en
« souvenir, tu m'avais assigné rendez-vous, un soir,

« dans ton petit appartement en me recommandant,
« pour ta tranquillité et afin d'éviter la curiosité
« des voisins, d'accepter cette rencontre dans l'obs-
« curité... Oh! cette nuit!... Oh! l'horreur de ce
« que je vis à mon réveil!... Pardonne-moi, mon
« Onési... j'ai douté de toi... j'ai cru que tu pou-
« vais avoir été le complice de l'infamie!... mais
« ce n'est pas! Non, ce n'est pas! ou ce serait
« trop horrible, mon chéri... Après avoir douté
« de toi, je me repens de ce lâche soupçon et je
« t'appelle... pour un dernier adieu!... Car je vais
« mourir, je le sais, je le sens... mourir en donnant
« la vie à un petit être... Ah! Onési, viens, viens
« vite!... Fais venir au besoin M. Abel!... Tous
« deux vous devez sauver l'enfant de

« Laurette LORY,
« 26, rue Clauzel. »

Onésiphore entrait. Sans trouble, Lacrousette,
masquant le bureau de son corps, y replaça l'enveloppe dans laquelle l'étrange missive était repliée.

— Eh! comment va, mon bien cher bon? demanda l'honorable. Comment va la divine avocate?
Comment vont-ils tous les braves de la rue Taitbout?

— Mal! répondit l'homme d'affaires sur un ton
lugubre. Nous estimons que vous dépensez bien
légèrement *notre* avoir!

— Hein! sursauta le baron, c'est incommensurable comme plaisanterie, cher; *votre avoir?* l'héritage de mes aïeux! Le bien légitime...

— Halte-là! Le fils naturel n'a ni nom, ni légitimité à invoquer!

— Quelle mouche vous pique?... Ne suis-je plus l'authentique baron Olivier?

— Vous le savez bien, malheureux! gronda durement le belbézien. Vous avez cru nous jouer, nous, dont vous n'êtes que le pantin!... Prenez garde! contre des crimes comme les vôtres, la loi est inexorable, sieur... Onésiphore!

— Ce nom! quel est ce nom?

— Le vôtre!... vous n'êtes qu'un bâtard faussaire!... Voleur d'un état civil qui n'est point le vôtre!... Spoliateur d'une fortune à laquelle vous ne pouviez prétendre!... Marié sous un nom dont le titulaire est mort!... Intrigant criminel!... Brigand de haute envergure!... Fratricide, peut-être!... Vous n'êtes qu'un gibier digne d'aller cracher au panier... sous le couperet!

Onésiphore avait reçu cette affreuse douche en blémissant atrocement. Non, ce n'était pas un criminel de haute envergure, poussé par la pauvre Laurette, — son bon ange, sa victime! — il avait fait le premier pas, son orgueil d'idiot et la terrible rouerie des associés s'étaient chargés du reste. Accablé, frissonnant, il se laissa tomber entre les bras d'un fauteuil, en gémissant :

— Je suis fichu!... c'est la guigne!... Que va dire le duc de Roucouleur?

— S'il apprend la vérité, il vous brûlera la cervelle!... Mais vous en avez si peu!

— Si peu? s'écria l'inconscient, blessé au vif. Moi, une lumière du Parlement!

La conversation entre l'original député et son adversaire continua encore quelques instants sur ce ton, puis l'homme d'affaires la ramena au point où il la voulait mettre. On discuta, on écrivit. Pour ne pas se faire dénoncer par ceux qu'il appelait désormais ses parrains, Onésiphore signa ce que voulut lui faire signer Lacrousette, et lorsqu'ils se quittèrent enfin, bons amis comme devant, le dernier emportait dans sa poche un acte de donation, à son seul profit, du château et des terres de Pibrac. Il comptait pouvoir mettre cette parure dans la corbeille de noce de celle qui possédait son cœur, sans le savoir, la fiancée du lieutenant Arnaud, l'héroïne de l'apparition.

Avant de sortir, il dit au baron, en pointant du doigt la lettre restée sur le bureau :

— Ah! j'allais oublier. Il y a là-dedans, pour vous, l'avis d'un nouveau souci.. La demoiselle, une sténo-dactylographe de M. Abel, je crois, a été mise mal en point par l'un de vous deux... Petit péché! mais qui pourrait faire l'objet d'une enquête et deviendrait grave, si la belle se décidait à conter son aventure au commissaire... Avisez à l'en empêcher. c'est un conseil!... A bientôt!

X

VIEUX RENARD ET JEUNE POULE

Malgré tant de précautions, la bombe devait éclater tôt ou tard.

En effet, la fortune rapide du baron d'Escouloubrac montait en vapeurs apéritives aux narines des loups cerviers protecteurs de l'heureux fantoche. Si M. Abel prenait à pleines mains dans l'escarcelle du fat, pour tout perdre sur les tapis verts, sans diminuer en rien sa dette chez Gabrielle Tibault, sans atténuer la colère de sa sœur Caroline, sans surtout soutenir la maison du vieux Claude dont le crédit n'existait plus; si enfin la petite héroïne du mystère de Pibrac, ne désarmant point, voulait obtenir plus encore et avait des conférences secrètes avec Mᵉ Cramayol; ceux qui devaient allumer la mèche, sans pourtant s'entendre entre eux, étaient, d'une part l'amoureux Lacrousette, de l'autre la pauvre jolie rousse victime de son cœur aimant et de sa trop grande confiance en un être sans intelligence et sans moralité.

Ce qu'elle avait écrit, hélas! était l'expression de la stricte vérité.

Depuis huit mois, accablée sous le poids d'une honte imméritée, Laurette Lory se tenait claustrée entre les quatre murs de sa petite chambre, ne travaillant plus, vivant de privations, la poitrine perpétuellement secouée de sanglots.

Ah! les dames de la correspondance de la maison Barbaroux et fils n'eussent pu reconnaître, en
cette lamentable loque humaine que nous retrouvons
prostrée sur son lit, la rieuse fille diadémée d'or
pour laquelle le bel Abel avait si longtemps brûlé
en pure perte.

Le chagrin, la privation d'air, de lumière et de
nourriture s'étaient associés pour réduire, à sa plus
simple expression, le corps autrefois charmant de
Laurette. Certes, sur son front pâli, la couronne
de ses cheveux ensoleillés mettait encore une note
de posthume beauté, car c'était là le dernier vestige survivant de sa jeunesse fanée. Elle toussait
d'une toux creuse qui faisait mal à entendre. La
phtisie s'était abattue sur cette vigoureuse et saine
fille et le mal, non soigné, avait fait de si effrayants
ravages, que c'est à peine si l'on pouvait distinguer
la forme squelettique de la malheureuse protectrice
d'Onésiphore, sous les draps d'une propreté douteuse.

Seul l'abdomen se révélait proéminent et, comparé à ce qui se voyait le plus, les bras en allumettes,
à la peau sèche et parcheminée, cette protubérance
anormale faisait frémir et penser à cette hideuse
maladie : l'hydropisie.

Hélas! l'infirmité dont se mourait Laurette avait
des causes beaucoup moins morbides et, pourtant,
plus terribles peut-être. La poitrinaire, torturée par
les reproches de sa conscience timorée, avait voulu

faire une dernière démarche auprès de son ancien ami, de l'ingrat qui ne s'était jamais remontré à elle depuis la veille de la nuit fatale. Oh! mon Dieu! cet homme, tant aimé par le cœur compatissant de la désintéressée midinette, avait-il pu être pour quelque chose dans son malheur?... Non, ce n'était pas possible!..

Pourtant, désireuse d'en avoir le cœur net, en l'absence de sa concierge qui, comme bon nombre de femmes du peuple, se montrait pitoyable et serviable envers l'abandonnée, elle s'était levée et avait écrit.

Nous connaissons son lamentable cri d'appel, Lacrousette avait été le premier à s'en pénétrer.

A la suite de cet énorme effort, vaincue par la souffrance, Laurette s'était écroulée sur le parquet. La brave concierge l'avait trouvée dans cet état. Elle l'avait remise au lit, s'était empressée d'expédier la lettre rue Cadet, puis, affolée, elle avait envoyé son mari à la recherche d'un médecin.

Au moyen d'énergiques frictions et de puissants révulsifs, le docteur fit revenir la malade dont l'évanouissement prolongé eût pu compromettre l'existence du petit être qui devait bientôt voir le jour.

Cet événement naturel ne devant se produire, à son estime, qu'au cours de la journée suivante, il fit une ordonnance et promit de revenir.

Tout l'après-midi, tourmentée d'une impatience fébrile, Laurette attendit vainement la visite de celui qu'avait appelé sa lettre. Enfin, tard dans la soirée, alors que la concierge, la croyant assoupie, était redescendue à sa loge pour prendre un peu de repos, désespérée, ne croyant plus à rien, vaincue par l'atroce misère de son cœur incompris, la martyre eut un soubresaut de révolte et, de nouveau, perdit connaissance.

En cet instant même la porte s'ouvrit, livrant passage à trois hommes. L'un d'eux était porteur d'une lampe allumée...

**

Après le départ de Lacrousette, Onésiphore avait pris connaissance de la lettre indiquée par le doigt de l'homme d'affaires.

— Cré coquin de sort! s'était-il écrié. Un enfant? Un enfant! C'est le bouquet!

Fou de terreur, car le duc de Roucouleur lui avait fait entendre que sa nièce et lui supporteraient tout, sauf une action déshonorante, Onésiphore descendit au garage, se fit ouvrir la porte par Black-Mid, son chauffeur étant en congé, et, comme il avait appris à conduire, il partit seul sur sa limousine.

Toute la journée il alla du boulevard Magenta à la rue Taitbout, de la rue Taitbout au cercle, du cercle à Longchamps. Enfin, dans la villa suburbaine de Gabrielle Tibault, il put rencontrer celui qu'il cherchait, le clubman, joueur impénitent, le bel Abel Barbaroux.

Mis au courant de la prochaine naissance, celui-ci fit d'abord la grimace. — C'était la première fois qu'une machine à écrire (il appelait ainsi ses dacty-

lographes) lui jouait pareil tour! — Puis, faisant
face au danger :

— Que comptez-vous faire de ce petit baron ou
de cette petite baronne de contrebande, mon cher
ami? demanda-t-il avec aplomb.

— Cet enfant n'est pas à moi, mon bon! Il est
de vous.

— De moi? Vous rêvez!

— Pourtant je ne dois pas apporter ce cadeau
à ma femme!.

— Ni moi à ma fiancée! Car j'épouse, baron;
j'épouse... la belle Gabrielle. Elle m'a forcé la
main, en me menaçant de mes reconnaissances...
Mitraille mortelle!... Galant homme, j'ai préféré le
suicide légal!

— Eh bien, nous sommes propres! éclata Onésiphore. Laurette va tout conter au commissaire de
police!

— Qui vous a dit cela? demanda M. Abel,
pâlissant à son tour.

— Qui? L'associé de votre avocate, parbleu!

— Ah! Ah! fit à voix basse le frère de Caroline. Elle pourrait devenir dangereuse cette rou-
quine! Et ce n'est pas l'instant d'avoir des histoires.

Puis, tout haut, il demanda :

— Votre automobile?

— Elle est à la grille. J'ai même dû la faire
garder par un voisin complaisant, car Black-Mid
ni le chauffeur ne sont avec moi.

— C'est au mieux, partons.

La nuit était déjà fort avancée. Ses phares allumés, la limousine roula vers Paris. En passant la barrière, le fils du vieux Claude demanda :

— Pour l'affaire, vous savez, il faut un médecin?

— Près de la rue Clauzel, je n'en connais guère... Si pourtant!... Le docteur Boujar.

— Un homme sérieux?

— Hem; C'est un ivrogne! Un tapeur! Sa clientèle racole dans tous les lieux où l'on danse...

— Franc du collier?

— Hem!... C'est la providence des petites... en certains cas...

— Il conviendra! Allons d'abord chez lui!

La limousine s'engagea vers la rue Notre-Dame-de-Lorette. Là elle dut rétrograder. Un immense trou de soixante mètres de longueur et tenant toute la largeur de la voie béait au ras des maisons.

La grève des charpentiers en fer laissait le travail en train et, depuis quatre mois, on venait de la province et de l'étranger, par trains de plaisir, pour admirer ce trou, le plus beau de Paris!

Enfin, sur les réclamations de tout le quartier, on s'était décidé à le faire boucher et, chaque jour, deux cents tombereaux de sable ou de petites meulières s'y enfouissaient, sans diminuer de beaucoup la crevasse.

Les trois hommes qui venaient d'entrer chez Laurette Lory n'étaient autres que le docteur Boujar et les deux automobilistes dont le bas du visage se dissimulait derrière le collet de leurs manteaux.

Le docteur Boujar ne s'était pas décidé tout de suite. — Ce qu'on lui demandait l'effrayait, et ce n'était cependant pas son coup d'essai! — Il avait fallu parlementer longuement. L'entente ne s'était faite qu'à une heure du matin.

Le docteur était pâle. Il éclaira le visage de la malade.

Les deux autres reculèrent. Ils ne reconnaissaient pas Laurette.

— Etat comateux, fit le médecin. Ça va marcher vite! Aidez-moi!

Il expliqua à chacun ce qu'il attendait de lui et se mit en mesure d'opérer... Cela marcha tout seul en effet... Ah! Quel habile homme!

Soudain, Laurette Lory ouvrit les yeux.

Son regard alla de l'opérateur qui la torturait au visage de M. Abel, impassible, et à celui d'Onésiphore, qui suait l'épouvante.

— C'était donc vrai? murmura-t-elle. Toi... toi et lui... Ah! les lâches!

Elle retomba sur son oreiller, poussa un long soupir plaintif, eut une contraction suprême et se raidit.

L'âme de Laurette Lory voyageait déjà vers une patrie où les petites sténo-dactylographes rousses, brunes ou blondes, n'ont plus de larmes à verser.

— Tonnerre! gronda le morticole en blémissant. Le gosse, c'était prévu, mais la mère avec c'est trop! Deux cadavres, zut!

— Elle est donc morte,? râla Onésiphore prêt à tomber en pâmoison.

— Oui, mon bébé, répondit le docte ivrogne. Il
faut les balancer, ou nous irons loin. Mais où les
mettre, bon sang! Où les mettre?

M. Abel ne perdait pas la tête; il glissa un mot
à l'oreille du faiseur d'anges qui approuva. Quelques minutes après, prévenue par le docteur Boujar
que des cousins de Mlle Laurette emmenaient leur
parente pour la faire soigner, la concierge tirait le
cordon et voyait passer, devant sa loge, le cortège
lugubre des deux hommes au visage très dissimulé
qui emportaient la jeune locataire inerte.

— Comment, elle ne me laisse pas son adresse?
pensa la brave femme.

Et, bien qu'étant en chemise, — il était trois
heures du matin! — elle courut jusqu'à la porte de
la rue. La limousine automobile venait de démarrer
en vitesse et descendait la rue Henri-Monnier. Tout
près, allant à pas lents, le docteur remontait cette
même rue.

« Bast! pensa la concierge en rentrant; celui-là
doit savoir où elle va. Par lui je pourrai la retrouver... Quel temps de chien! »

L'automobile tourna au ras de la pharmacie,
dans la rue Laferrière qu'elle descendit en trombe.
M. Abel, en connaisseur du quartier, avait ordonné
de prendre ce chemin. Sur ses genoux, enveloppée
dans un peignoir sombre, était couchée une chose
imprécise ayant la forme d'un paquet de vêtements
ou, peut-être, celle d'un corps humain. Onésiphore,
lui, tenait le volant. Il avait les lèvres exsangues et
les yeux fous.

— Attention au virage! lui souffla le clubman.
Le trou est sur la gauche!... N'allez pas nous faire
faire panache... Veillez à la direction et sans ralen-
tir, hein!...

L'automobile arrivait à la jonction des rues
Laferrière et Notre-Dame-de-Lorette. Comme elle
y touchait, la portière de gauche s'ouvrit et la forme
imprécise glissa des genoux de M. Abel jusque sur
le rebord du trou; puis il culbuta, s'y enfonça,
entraînant à sa suite du sable et des pierres qui
bientôt la recouvrirent.

Ni agents, ni passants! La sacrilège profanation
avait été accomplie froidement par le bel Abel,
tandis que son compagnon, glapissant un rire démoniaque, faisait franchir le trottoir de droite à la
limousine. Celle-ci, secouée dans toutes ses mem-
brures, buvait la montée avec des sifflements de
bête, tournait à gauche, en pulvérisant le bec de
gaz planté devant le marchand de vin, juste en face
de l'hôtel des *Annales* et, toujours en trombe, déva-
lait par la rue Saint-Georges.

L'immense trou, en passe d'être comblé, était
désormais la tombe de la rue Notre-Dame-de-
Lorette, puisque le pauvre petit corps de Laurette
Lory y reposait sous les gravats, suaire indigne dont
de braves terrassiers, au jour, allaient augmenter
l'épaisseur.

Cette criminelle abomination devait-elle donc
rester impunie?

Depuis l'élection d'Onésiphore, c'est-à-dire
depuis cinq mois, Lacrousette semblait n'avoir plus

a·icun goût au travail. S'il examinait les affaires
en cours, c'était avec une indifférence manifeste et,
chose plus grave, il s'absentait de longs jours, sans
jamais, au retour, donner l'emploi de son temps.

Lacrousette, brûlant ce qu'il avait adoré, ne
pensait plus à l'or que pour ce que l'or peut faire
obtenir. Il jaunissait d'amour inavoué et tous ses
voyages avaient un même but, Toulouse; car, pour
voir Yolande, fût-ce de loin, il se vantait d'être
toujours et plus que jamais l'allié fidèle du comte
de Bois-Briolle.

Mais cette situation, incomprise par le gentilhomme, ne pouvait le mener au but ardemment
caressé. Aussi s'était-il résolu à tenter une suprême
démarche.

La donation qu'il s'était fait consentir par le faux
baron du domaine de Pibrac, devait beaucoup faci-
liter, pensait-il, l'exécution de son plan.

Un matin du commencement d'octobre, moins de
vingt-quatre heures après l'extorsion faite par lui de
la signature du baron, — pendant une de ces
absences qui intriguaient si fort Sujaré, — il vint
sonner à l'appartement de l'allée des Demoiselles,
à Toulouse. De l'angle de la rue de Montaudran,
où il s'était tenu aux aguets, il lui avait été permis
de voir sortir tour à tour Canélas, le comte et la
comtesse. Yolande devait donc être seule.

Ce fut, en effet, la jeune fille qui vint lui ouvrir.

En la voyant si jolie dans un peignoir tout simple
qui moulait de juvéniles perfections, le belbézien
se sentit frémir.

— Mon père et ma mère viennent de sortir,
monsieur, dit la blonde enfant, sans inviter le visiteur
à entrer.

— J'en suis désolé, mademoiselle. J'avais à
faire à M. de Bois-Briolle une communication de
la plus haute importance...

— Désagréable, sans doute?

— Au contraire, mademoiselle. Pourquoi me
juger si mal? Mais, j'y pense, si vous vouliez bien
me permettre de vous expliquer...

D'un mouvement qui marquait sa profonde insouciance du danger, la jeune fille fit signe à l'homme
d'affaires d'entrer au salon.

— Je vous écoute, dit-elle en le rejoignant.

Les yeux chafouins du gratte-notes s'allumèrent.
Il regarda la blonde — sa blonde! — avec une
expression si passionnée que celle-ci, sans se troubler, alla ouvrir la fenêtre, en pensant :

« Simple précaution toujours bonne à prendre
avec les exaltés!... Nous y voici!... Arnaud ne
s'était pas trompé... Le vilain homme a des intentions
sur moi... Et mon lieutenant me l'a bien recom-
mandé, je dois m'emparer de toutes les armes qu'il
peut avoir avant de lui montrer mon mépris... »

— Mademoiselle, hasarda l'apprenti-flirteur,
votre beauté a fait sur moi une impression... une
impression...

— Est-ce cela que vous vouliez dire à mon
père?

— Certainement... où... enfin... tenez, mademoiselle, ne croyez pas que je puisse abuser de ce tête-
à-tête, et entrer dans des détails dont votre légi-

17

time fierté s'offenserait. Cependant, il est un fait indéniable : vous êtes ruinée et je suis riche, moi... Or, si vous consentiez à ne pas repousser ma prière, je pourrais vous rendre, en échange de votre jolie main...

— Monsieur! s'offensa Yolande, oubliant son rôle.

— ... le domaine que vous pleurez! termina Lacrousette.

— Pibrac!... Vous voulez m'abuser, monsieur. Pibrac n'est-il plus au baron?

— Il est à moi, mademoiselle, je le lui ai acheté, ayant l'intention de le mettre à vos pieds.

La jeune fille, effarée, le regardait sans comprendre.

— Vous avez acheté Pibrac, vous?... Vous?... Etiez-vous donc si riche?...

— Oh! avoua orgueilleusement le roué coquin; je n'en suis pas plus pauvre, car le baron m'a fait cette cession contre la simple promesse, de ma part, de ne révéler à quiconque un secret qu'il tient à garder...

L'amour aveuglait Lacrousette; il venait de trop parler, tout en se ventant de ne rien dire. En effet, ce mot « secret » avait frappé l'oreille de Mlle de Bois-Briolle. Elle pensa immédiatement :

« Que vais-je apprendre? Un secret contre lequel on troque un domaine comme Pibrac, ce doit être quelque chose d'excessivement louche!...

« Allons, Yolande, ma pauvre amie, pour obtenir des renseignements qui puissent servir à Arnaud et à M⁰ Cramayol, fais taire ta répugnance! »

Et la vaillante jeune fille, se forçant à sourire, murmura, en quittant sa posture défensive pour s'avancer vers le satyre, dont le regard suivait avec émerveillement les ondulations du jeune corps moulé dans le peignoir :

— Je serai discrète, monsieur. Ne me confierez-vous point par quel mystérieux pouvoir vous avez pu vous faire livrer Pibrac?... Et ses dépendances?...

— Et ses dépendances! Assurément, mademoiselle.

Son nez camard, à la naissance duquel bourgeonnait une verruqueuse smala de petits boutons, — ce qui l'avait fait sobriquer « Bonbon à liqueur », par l'inexorable Dautap, — avait des titillations de plaisir et s'ouvrait, avec délices, en capteur des parfums virginaux de son interlocutrice.

— Mais, reprit-il, rappelé à la prudence, ce secret étant à M. d'Escouloubrac plus qu'à moi-même, il ne m'est pas permis de le révéler à un étranger... Ah! mademoiselle, si vous consentiez à devenir l'épouse du plus humble de vos esclaves... ce serait bien différent!... Je n'aurais plus les mêmes scrupules!... Voulez-vous tout savoir?... Dites un mot, un seul : oui!

Il s'était laissé glisser à deux genoux devant Mlle de Bois-Briolle et tendait vers elle ses mains suppliantes.

Ainsi placé, il parut à Yolande si bouffon, si grotesque, qu'elle eut toutes les peines du monde, malgré son dégoût, à s'empêcher de pouffer de rire.

— Monsieur, balbutia-t-elle en voilant ses beaux yeux d'azur sous la grille de ses cils baissés, avec cette merveilleuse duplicité que toutes les filles d'Eve, même les plus franches, tiennent le secret depuis le berceau. Monsieur, si vos paroles me causent une vive émotion, vous voudrez bien me permettre de les oublier. Une jeune fille de ma caste ne peut écouter semblable déclaration sans rougir. Si votre demande est sincère, et je ne puis douter qu'elle le soit, c'est au comte, mon père, où à la comtesse, ma mère, qu'elle doit tout d'abord être adressée.

— Cependant, mademoiselle, avant de me hasarder à faire cette démarche... j'ose insister... dites-moi... Si M. le comte, reconnaissant, décidait?...

La poitrine de Yolande se souleva.

— J'obéirai à mon père! balbutia-t-elle candidement.

Lacrousette n'était plus Lacrousette; lui qui abusait facilement des plus retors, il trouva bon d'interpréter selon ses propres désirs cette réponse ambiguë. Aussi, poussant un profond soupir, sans se douter qu'il donnait en plein dans le piège, ouvert à son avidité par la plus rouée des innocentes, s'écria-t-il avec âme, en comprimant à deux mains son trop jeune cœur :

— Merci! Oh! Merci!... Désormais, mademoiselle, nos intérêts étant les mêmes, je vais tout vous dire...

—- Arrêtez! monsieur, interrompit la futée petite blonde, je ne veux plus rien savoir. Ce serait prendre un engagement sans l'assentiment de mes parents!...

Mais son angélique sourire parlait un autre langage. Il hypnotisait l'amoureux, le perturbait, lui vrillait le crâne et semblait crier à l'envoûté d'amour :

— Parlez! Avouez! Cette confiance sera payée à son prix!

C'est pourquoi, se croyant très fort, Lacrousette lança-t-il avec feu :

— Eh bien! je vous désobéirai, mademoiselle!... Vous allez tout savoir... tout!... Et cela sans qu'il puisse être question d'un marché entre nous... Non, après comme avant, vous serez libre, archi-libre!... Votre honnêteté seule décidera si j'ai droit à une compensation... Au tarif de mon cœur, il n'en est qu'une : vous en seriez le prix!...

— Tarif? Prix? pensa Yolande. En moi cet affreux bonhomme vise un chiffre!

— Voici le secret, poursuivait Lacrousette, l'immense secret!... J'ai le pouvoir de faire restituer à M. le comte de Bois-Briolle, et ceci sans erreur possible, légalement, tout ce qui lui a été enlevé par le jugement du tribunal de Toulouse!...

C'était presque prévu par la jeune fille; pourtant, l'énormité de cette déclaration la fit chanceler.

— Tout? répéta-t-elle, légalement?

Lacrousette bavait de passion débordante. L'émotion de Yolande lui fit croire qu'il agissait avec l'habileté consommée d'un émérite séducteur.

— Eh oui! clama-t-il en se relevant, oui, le nouveau député de la Save n'est qu'un vulgaire imposteur!... Il n'est pas plus d'Escouloubrac que vous ou moi!

L'homme d'affaires venait de se parjurer, en faisant cette révélation. Le succès qu'il en attendait passa son espérance.

D'un bond, la jeune fille fut à la fenêtre ouverte et se mit à crier « Au secours! » d'une voix stridente. Croyant qu'elle perdait la raison, l'apprenti séducteur voulut s'élancer et la prendre à bras le corps, — un malheur est si vite arrivé! — mais il chancela sous l'énergique poussée du petit bras frêle de l'héroïne.

— Arrière! cria-t-elle. Vous saviez cela et vous avez laissé faire? Bien plus, vous avez aidé l'imposteur!... Ah! tenez, monsieur, vous me faites horreur!

Héberlué, vieux renard honteux d'être joué par une poule, Lacrousette comprit qu'il lui fallait se donner de l'air s'il ne voulait pas tomber entre les mains du comte et des passants qui accouraient sur l'allée des Demoiselles, appelés par les cris de la jeune fille. Tête baissée, il descendit les escaliers quatre à quatre et franchit, à la façon d'un bélier, le cercle des arrivants.

— Je me vengerai! lança-t-il de loin.

Penchée sur l'appui de la fenêtre, Yolande lui répondit dans un rire :

— Trop tard!

XI

AFFREUSES RÉVÉLATIONS

Les divers événements dont le récit précède
s'étaient déroulés à deux jours de distance, et presque simultanément, savoir : dans la journée du
1er octobre, à Paris, la signature donnée par Onésiphore à Lacrousette, et les dernières affres de Laurette Lory dans sa petite chambre de la rue Clauzel,
ainsi que sa chute finale dans la tranchée de la rue
Notre-Dame-de-Lorette; le 2 octobre, à Toulouse, la malheureuse école qu'avait fait ce même
Lacrousette auprès de la fine mouche qu'était la
fiancée du lieutenant de hussards Arnaud d'Aiguevives-d'Agave.

Revenons à Paris en même temps qu'un peu en
arrière et voyons ce qui s'était passé chez nos autres
personnages pendant l'espace du temps employé par
Onésiphore pour courir en automobile à la recherche de son ami Abel et lui communiquer la lettre
accusatrice de Laurette.

Cet après-midi, avant de se rendre à sa villa de
campagne, et de poser son ultimatum matrimonial au
petit patron de la maison Barbaroux, son prisonnier
sur signatures, la superbe Gabrielle avait provoqué
une réunion extraordinaire des forbans parisiens, en
ses bureaux de la rue Taitbout.

Sauf Lacrousette, de qui l'absence n'était pas motivée et qui se trouvait on ne savait où, la salle du Conseil était exactement occupée par les mêmes personnages que nous aperçûmes à l'époque où l'on se préparait à choisir un homme de paille, et à courir sus à l'héritage, déjà détenu pourtant, de feu M. le marquis de Chantelle, l'ours de Pibrac.

Sujaré, se tournant vers Gabrielle Tibault, demanda :

— Où en sont les comptes avec notre marionnette, belle amie?

La belle romaine se préparait à répondre lorsque Vergès-Thauve mit un doigt sur ses lèvres et désigna la porte de l'antichambre. Derrière cette porte, on percevait le bruit de deux voix dont l'une, celle d'un vieil homme sans doute, montait au diapason le plus élevé.

— J'entrerai! criait cette voix, je veux voir ce Lacrousette.

— Monsieur me permettra de lui faire observer...

— Eh! que me font vos observations, larbin!... Place... Mordieu!...

La porte sonna comme un tambour et s'ouvrit à deux battants, et livra passage au groom entrant de dos, tenu qu'il était au collet par la poigne, encore solide, du vieux duc de Roucouleur.

Les associés s'étaient levés d'un même mouvement.

Seule la présidente restait dans sa pose nonchalante. Elle demanda :

— Eh bien! monsieur le duc, que signifie cette irruption scandaleuse? Vous croyez-vous en place conquise?

— Ce serait ma plus signalée conquête, puisque je vous y trouve, charmante dame, s'inclina le galant roquentin faisant un rond de jambe... Mais l'affaire qui m'amène est des plus délicates... Où est Lacrousette?

— Monsieur me permettra... voulut recommencer le groom.

Avec une incalculable maëstria le vieillard, exaspéré, le fit pivoter à la façon d'une toupie et le rejeta dans l'antichambre, dont il referma la porte en criant :

— Toi, escargot! va voir dans ta coquille si ma couronne ouverte et ses fleurons s'y trouvent... Houste!

Et, se retournant vers les associés stupéfaits, il répéta :

— Où est Lacrousette?

— Il nous serait difficile de vous répondre, mon cher duc, minauda la présidente, toujours de sang-froid... Venez donc vous asseoir auprès de moi... Je ne vous présente pas ces messieurs, vous les connaissez?

— En effet... Je crois me rappeler... Au mariage de ma nièce?

— Que voulez-vous à notre ami Lacrousette?

— C'est un infâme coquin... madame! tonna le duc.

— Un coquin, mon associé?... Ah! duc... vous passez la mesure.

— Croyez-vous?... Il a dépouillé mon neveu, ruiné Mme d'Escouloubrac.

— Est-ce possible? fit Sujaré tandis que l'universitaire, le chanteur et le syndicaliste, indifférents jusque-là, tendaient une oreille attentive.

— Je vous dis que c'est un brigand, un escarpe! En menaçant cet imbécile de baron de divulguer une attrape quelconque, il s'est fait donner, par le nigaud, toute sa fortune!

— M. le baron d'Escouloubrac vous a-t-il expliqué?

— Lui?... Introuvable!... Disparu, comme votre canaille de Lacrousette!...

Un pesant silence suivit.

— Tous vous étiez des associés de Lacrousette, reprit le duc de Roucouleur, tous vous devez être au courant de l'abominable machination menée à bien par la volonté de ce répugnant personnage... J'attends de vous l'explication qu'il ne peut me donner?

« Dites!... Quelle infâme indignité mon neveu a-t-il voulu me cacher, en donnant Pibrac?

Gabrielle Tibault ouvrit largement ses bras magnifiques et leva vers le ciel un regard de tourterelle innocente, comme semblant le prendre à témoin de son ignorance. Sujaré se rencoigna dans son fauteuil : son estomac commençait à crier famine; lui boudait! Dans les circonstances extrêmes, et en l'absence de Lacrousette, c'était au bilieux Vergès-Thauve qu'était dévolu le soin de prendre la parole. Il fit son devoir.

— Lorsque Lacrousette vit, pour la première fois, le citoyen baron, il n'eut aucun doute sur l'authenticité du personnage. Des papiers sérieux, des parchemins de famille établissaient sa légitimité...

Le duc de Roucouleur étouffait, son visage se violaçait. D'un geste brusque il arracha son col, puis il balbutia :

— Il n'est donc pas...

— Permettez... C'est armés de cette conviction que la citoyenne Tibault et nous consentîmes à lui accorder notre appui pour revendiquer la fortune des Chantelle, détenue par les Bois-Briolle. La cour de Toulouse fut trompée comme nous, car, un an avant le prononcé du jugement Olivier d'Escouloubrac était mort aux mines du Transvaal.

— Et... et... l'autre? demanda le vieillard, s'étranglant à nouveau.

— C'est un nommé Onésiphore... un bâtard.

— Bâtard!... Faussaire!... Voleur!... Pauvre, pauvre Sergine!... Ma nièce n'est donc que la concubine de cet aventurier, puisque le nom qu'il lui a donné n'est point le sien... Mon faux neveu, faux baron, faux député, faux richard, et ma nièce fille perdue! C'est trop!... oui, beaucoup trop!...

D'un mouvement aussi rapide qu'imprévu, le malheureux vieillard, redressant sa haute taille, dirigea vers sa tempe le canon d'un revolver.

Tous s'élancèrent... Pas assez vite...

Le coup partit...

— Zut! quelle sale invention! grommela Dautap en se bouchant les oreilles.

Le duc était tombé face au sol. Il était mort.

Sa cervelle avait éclaboussé le tapis et les vêtements de tous les forbans consternés.

Yanus Sujaré, aussi cramoisi que s'il allait avoir un coup de sang, vint prendre Vergès-Thauve aux épaules et le secoua avec une énergie telle que les lunettes de l'universitaire firent une cabriole, et vinrent se briser sur le parquet.

— Satané maladroit! mugissait-il en même temps; aviez-vous besoin de conter tout cela?

— Il parlait d'aller à la Préfecture.

— J'y aurais été aussi, moi, et je l'aurais fait coffrer, en l'accusant de comploter contre la sécurité du roi d'Espagne... Tandis que, maintenant, nous voilà propres, avec ce cadavre... Mon immunité parlementaire ne me mettra pas à l'abri d'une enquête retentissante!

— Il s'interrompit et lâcha Vergès afin d'admirer la croupe de l'avocate qui, baissée contre le trou de la serrure, essayait de voir dans l'antichambre.

Puis ses regards se portèrent vers le roi des syndicats. Celui-ci nettoyait les taches faites sur son gilet, à l'aide de son mouchoir, puis mouillait ce dernier, dans un verre d'oxygénée, de sorte que la boisson apéritive additionnée de sang prenait une teinte groseille.

— Bah! fit Thémunos, le bonhomme était assez ancien pour faire le voyage

D'après Sujaré, là n'était pas la question, il n'au-

rait vu aucun inconvénient au suicide du vieux gentilhomme si celui-ci s'était fait sauter le crâne, en
son domicile privé. Mais ici, dans les bureaux de
l'association, déjà suspectée du fait de son titre,
c'était le scandale inévitable.

C'est alors que Gabrielle Tibault, toujours à la
hauteur de la situation, leur dit avec calme :

— Messieurs, si vous m'en croyez, nous allons
nous séparer. Nous reprendrons la suite de notre
discussion dans un moment plus favorable... Notre
compagnie ne pouvant plus être utile à M. le duc,
laissons-le là... D'ailleurs, il ne restera pas longtemps seul... Le groom vient de sortir en coup de
vent et je le soupçonne fort d'avoir été chercher...

— Acré!... v'là les mouches!... souffla Dautap,
penché à l'une des fenêtres.

Ce fut un sauve-qui-peut général.

En leur faisant longer de longs corridors pour
éviter de rencontrer des agents, la belle romaine,
déjà chapeautée et mettant ses gants, expliquait :

— Ce n'est pas que nous ayons à redouter quoi
que ce soit, mais il vaut mieux ne nous montrer
qu'après l'examen médical... Et puis, d'urgence, il
faut retrouver Lacrousette.

Dans la rue, chacun prit de son côté. Gabrielle
arrêta un taxi-auto et se fit conduire à la villa de
campagne où devait l'attendre le bel Abel, à qui
elle allait poser son ultimatum matrimonial.

Nous savons que le jeune Barbaroux, pris au
piège de ses signatures, devait accepter.

XII

L'AUTOMOBILE SANGLANTE

Un express de grande ligne arrivait en gare d'Orsay. Maître Cramayol, le vieil avoué du faubourg Matabiau, à Toulouse, descendit sur le quai et s'empressa vers la sortie. Là, il prit un taxi et donna cette adresse :

— 3 ter, rue Taitbout... Non, se reprit-il, allez d'abord 64, rue de Provence!

— Connu! ronchonna le cocher, c'est une boîte à Quart d'œil!

La voiture franchit le pont Royal et s'engagea dans la rue des Tuileries.

L'officier ministériel n'accordait aucune attention à la ruée matinale, vers le centre de la grande ville, de tous les gagne-petit, tâcherons, employés, ouvrières, qui gîtent vers des quartiers excentriques ou dans la banlieue. Il était sous l'empire d'une trop grande préoccupation pour s'écarter de son sujet.

Mᵉ Cramayol allait prendre sa revanche du tour formidable qui leur avait été joué, à son client de Bois-Briolle et à lui-même, par la bande des forbans parisiens.

Depuis la perte du procès devant le tribunal de première instance de la Haute-Garonne, le vieux lutteur, persuadé que les juges s'étaient laissé abuser par des pièces truquées et rendus complices, par le fait même, de la gigantesque escroquerie, si dolosive à ses amis, n'avait cessé de travailler nuit et jour à reviser la procédure pour découvrir la pièce maquillée, — il était certain de son existence, — détestable pivot de toute cette déplorable affaire.

Il commençait à désespérer de jamais remettre la main sur cette pièce, — celle qu'avait soustrait Lacrousette, vingt ans plus tôt, dans le dossier de la succession de Chantelle, — lorsque, la veille, Yolande de Bois-Briolle, à peine couverte par un petit peignoir d'intérieur, sans chapeau, sans gants, avait fait une irruption mouvementée dans son étude, en criant :

— Victoire! Victoire! Nous les tenons!

Un instant, Me Cramayol avait craint que la perte de Pibrac n'eût fait déménager la raison de la blonde aux yeux d'azur, sa petite complice, la plus acharnée poursuivante du nouvel héritier. Mais la jeune fille s'était empressée de le mettre au courant des aveux de Lacrousette, de Lacrousette aveuglé par un amour tardif; et l'effroi de l'avoué s'était changé en une joie intense, car la spoliation soupçonnée, le vol présumé, prenait les proportions d'une machination machiavélique pour laquelle le Code est sans pitié.

Grâce à la petite révoltée, ses yeux s'étaient ouverts à la lumière la plus intense. Aussi, après avoir déposé entre les mains du Procureur de la République près la Cour de Toulouse, contre le nommé

Onésiphore, soi-disant baron d'Escouloubrac, député de la Save, une plainte en faux, usage de faux,
substitution d'état civil et spoliation compliquée
d'abus en justice, s'était-il jeté dans le premier train
roulant vers Paris. Il laissait le magistrat tout ahuri
d'avoir à réunir, sur la tête d'un seul homme, autant
de charges d'accusations.

L'intention de M⁰ Cramayol était d'aller requé-
rir le commissaire de police du quartier de la
Chaussée-d'Antin et de se faire accompagner par
lui, rue Taitbout, aux bureaux de la C. G. T.,
seconde manière.

Son itinéraire devait subir des modifications.
Déjà, dans la rue des Pyramides, l'avoué toulousain avait été surpris de voir un aussi grand nombre
d'oisifs occupés à lire leur journal au milieu de la
chaussée. Avenue de l'Opéra, la voiture n'avança
plus que difficilement, tant l'encombrement était
grand; mais, à la traversée des grands boulevards,
ce fut l'arrêt complet, définitif. Impossible de cou-
per cette cohue mouvante, bruyante, effarée, dont
chaque individu tenait une feuille déployée et que
traversait la course sinueuse des camelots braillards
du Croissant. Leur marchandise, faite d'éditions
nouvelles de tous les journaux, s'envolait avec un
fol entrain.

— Qu'est-ce donc? demanda, de la portière,
l'avoué inquiet.

— Il y a qu'on stoppe, patron, répondit le chauffeur gouaillant. C'est pas pour dire, on s'est fait
caler devant et derrière par d'la viande!...

M⁰ Cramayol descendit et paya. Autour de lui, des camelots jouaient des coudes.

— *Le Babillard*, édition spéciale : *le krak de la maison Barbaroux!*

— *La Voix Brutale...* L'enlèvement de la rue *Clauzel!*

— *L'Intransigeant... Le Journal... Le Peuple...* Tous les détails!

L'avoué avançait péniblement, achetant tout!... Enfin, parvenu auprès du café de la Paix, il fut presque écrasé par la foule qui s'arrachait *Le Cri du Jour,* duquel la manchette portait en lettres grasses :

« *Un suicide à la C. G. T. — L'HOMME DE PAILLE! — L'Automobile sanglante. — Le Cimetière de la rue Notre-Dame-de-Lorette. — Encore un cadavre. — Gare au Député fou!...* »

A l'abri, dans un café, M⁰ Cramayol put prendre connaissance de cette suite abondante de crimes ou d'accidents. Tout d'abord, il ne vit entre eux aucune corrélation, puis, il comprit qu'un même fil conducteur était sous tout cela.

« Depuis quelque temps, disait le *Babillard,* il commençait à courir des bruits inquiétants sur la solvabilité de la maison Barbaroux et fils. La banque et le haut commerce prenaient ces bruits pour de jalouses menées, faites par la concurrence étrangère, car l'honnête énergie du vieux Claude Barbaroux, le millionnaire, fondateur d'une nouvelle industrie nationale, ne faisait de doute pour personne. Par malheur, la nouvelle n'était que trop bien fondée : deux tarets destructeurs, M. Abel Barbaroux et sa sœur Caroline, s'étaient installés sous la coque de ce florissant commerce, comme vers au cœur d'un arbre, rongeant la moelle et l'aubier, ne laissant que l'illusion trompeuse d'une écorce sans soutien. Hier, le colosse s'est écroulé, accumulant autour de lui des ruines. M. Claude Barbaroux, conduit à la permanence, voulait mettre fin à ses jours. On a pu l'en empêcher. Joueurs comme les cartes, ses deux enfants vidaient la caisse, qu'il s'ingéniait à remplir. De plus, M. Abel, véritable pacha d'un harem de dactylographes, est soupçonné d'avoir mis à mal l'une d'entre elles, la nommée Laurette Lory. Il est aussi inculpé de complicité dans une affaire louche dont le député de la Save et Mme Gabrielle Tibault, amie, croit-on, du directeur de *La Voix Brutale*, seraient les bénéficiaires. Un mandat de comparution a été lancé contre ce jeune boulevardier, bien connu sur les hippodromes et dans les cercles. »

En dernière heure, *La Voix Brutale* imprimait :

« Un de nos confrères du matin, *Le Babillard*, à propos d'une faillite retentissante, accuse notre directeur d'être le comparse d'une femme d'affaires, — d'affaires douteuses ! — Cette ridicule accusation, à laquelle nous nous réservons de donner la suite qu'elle comporte, a mis nos reporters en campagne et leur a fait découvrir la demeure de la sténo-dactylographe Laurette Lory... On croit peut-être qu'ils ont pu l'interviewer ?... Non, car ici, le mystère Abel Barbaroux se complique. Laurette était effectivement sur le point d'être mère, a expliqué la concierge de l'immeuble, mais, chose étrange étant donné l'état d'affaiblissement de la malade, vers la fin de la dernière nuit, deux messieurs, accompagnés du docteur Boujar, sont venus l'enlever en automobile!... Cela ressemblerait assez à un rapt *in extremis*. La bavarde pipelette croit avoir reconnu, dans l'un des deux automobilistes, un de ses ex-locataires, nommé Onésiphore, commis remercié de la maison Barbaroux. Le docteur Boujar — faiseur d'anges? dit-on — n'a pu être rejoint à son domicile par nos rédacteurs; il n'était pas encore rentré... »

Jusque-là, M° Cramayol avait dévoré la prose des journalistes avec ardeur, mais il fut pris de fièvre en dépliant *Le Cri du Jour.*

« Nous savons tout, disait l'organe ministériel, et nous sommes seuls à tout savoir... Qu'on en juge :

« Hier, dans la journée, un drame s'est déroulé rue Taitbout, dans les bureaux d'une agence véreuse connue sous les noms de *Consultation Gabrielle Tibault,* ou C. G. T. La justice étant saisie, nous nous réservons de désigner, à notre heure, tous les affiliés de cette misérable parodie de la Confédération Générale du Travail. Qu'il nous suffise de dire, pour l'instant, que le suicide de M. le duc de Roucouleur — car c'est ce gentilhomme qui a lui-même mis fin à ses jours dans les bureaux de la C. G. T., — est dû à une trop forte commotion causée par des révélations inouïes!

« Le domestique de l'agence, à qui nous nous sommes adressés, nous a renseignés d'une façon complète. Le duc était venu demander aux forbans, composant cette association en marge de la loi, pourquoi l'un d'eux, Lacrousette, s'était fait délivrer, par le député de la Save, une donation du Château de Pibrac.

« Là nous entrons en plein roman. On sait que M. le baron d'Escouloubrac, inconnu il y a quelques mois, et pauvre comme Job, est devenu soudain fastueusement riche en se faisant légalement attribuer la fortune de M. le comte Roland de Bois-Briolle, et qu'il devait aussi prendre son siège au Parlement avant d'épouser Mlle Sergine de Sauve, nièce du duc de Roucouleur. Ce qu'on sait moins, c'est que toute cette brillante odyssée est le résultat d'un monumental scénario construit de toutes pièces par la C. G. T. (fausse marque), pour s'emparer, par l'intermédiaire d'un homme de paille, des biens considérables d'un honnête homme; trop honnête homme, puisqu'il s'est laissé spolier sans murmurer. Or, ces biens, le creuset des aigrefins devait vite les réduire en fumée.

« Lacrousette, méridional ingénieux, rabatteur de l'association, avait mis la main, par l'intermédiaire de Laurette Lory, — jeune femme dont nous contons plus loin la fin lamentable, — sur un citoyen aussi fat que sans cervelle, mais qui possédait — on ne sait ni pourquoi ni comment — les papiers de famille du baron Olivier d'Escouloubrac, mort au Transvaal. Il n'en fallut pas plus ! On

étaya, sur ce fantoche imbécile, une revendication
de l'héritage du marquis de Chantelle, héritage
détenu par les Bois-Briolle. Trompée par de ma-
chiavéliques apparences, la Cour de Toulouse y fit
droit, envoyant en possession un faussaire!

« On se rappelle sans doute les incidents dont
le château de Pibrac fut le théâtre à l'époque qui
précéda les dernières élections de la Save; on a
encore dans la mémoire les articles glorifiant la
nouvelle et fantastique réincarnation de Sainte Germaine Cousin.

« Nous, nous laissions dire, mais nous savions fort
bien, par notre confrère J. Couderc, le reporter-
détective de *L'Electric* de Toulouse, que le fantôme était une vivante et vaillante jeune fille décidée
à guerroyer seule contre le spoliateur de sa famille... »

— Ah! ces journaux! s'interrompit M⁰ Cramayol émerveillé. C'est inimaginable!... Où a-t-il
appris cela?...

Le Cri du Jour continuait :

« Lorsqu'il fut mis au fait de cette honteuse
comédie, le duc de Roucouleur se résout à mourir.
Il ne pouvait plus rien pour sa nièce. La vie de
celle-ci est brisée puisque, se croyant l'épouse d'un
député, homme de sa caste, elle n'est en réalité que
la maîtresse d'un faussaire, sans nom, dont la place
n'est pas au Parlement, mais au bagne.

« N'ayant plus rien à apprendre rue Taitbout,
tandis qu'un fourgon emportait le corps du duc vers
la demeure où, paraît-il, agonise Mlle Sergine de

Sauve, pseudo-baronne d'Escouloubrac, nous nous
sommes transporté 26, rue Clauzel, domicile de
Laurette Lory. Là, nous avons été mis au courant
de l'enlèvement en automobile. Nos confrères se
sont mis à la recherche du docteur Boujar; nous
nous sommes efforcés, nous, de retrouver l'itinéraire suivi par la voiture utilisée pour le rapt. Bien
nous en a pris. Au bas de la rue Leferrière, une
foule énorme stationnait devant l'immense fon-
drière qu'est la rue Notre-Dame-de-Lorette, par le
fait de l'interruption des travaux du Nord-Sud. De
cette crevasse fangeuse, les terrassiers, épouvantés,
venaient de retirer un minable peignoir dans lequel
était roulés une jeune femme rousse, en chemise, et
un nouveau-né. Tous deux étaient morts !

« — Mais c'est ma locataire ! s'écria une
brave femme, dans laquelle nous reconnûmes de
suite la concierge de la rue Clauzel. C'est
Mlle Laurette et le fruit de sa faute, bien sûr !...
Ah ! les monstres ! Ils ont dû assassiner ces pauvres
créatures dans leur sale voiture mécanique, avant de
les jeter, va comme je te pousse, au milieu de cette
grande fosse !

« Cette concierge était dans le vrai. Le double
décès survenu, incontestablement, à la suite de
manœuvres abortives, a dû se produire soit dans la
chambre de la sténo-dactylographe, soit dans l'automobile que montaient M. Abel Barbaroux et son
ami Onésiphore, l'ex-protégé de la jolie rousse, le
pantin de la funeste association...

« Voici comment les choses ont dû se passer :

le député de la Save était au volant. A l'instant
même où, d'une embardée à droite, il faisait franchir à son véhicule la lèvre supérieure de la crevasse, M. Abel y poussait, du pied, le colis funèbre.

« Désormais le cimetière de la rue Notre-Dame-de-Lorette est classé !

« Fort de nos déductions, nous reprîmes la piste.
Place Saint-Georges, nouveau jalon. Le lampadaire
à gaz planté au sud de cette place, face à l'hôtel
des *Annales*, est couché sur la chaussée... Vraisemblablement, l'automobile sanglante, guidée par la
main d'un aveugle ou d'un insensé, a causé ce dégât,
en tournant, comme un bolide, pour s'engager sur
la pente de la rue Saint-Georges. A notre tour,
suivant cette voie, nous appréhendions, à chaque
instant, la vue d'une catastrophe. Ce n'est qu'au bas
de la rue Lafayette, au carrefour de la Chaussée
d'Antin, qu'elle s'est offerte à nos yeux, sous la
forme d'un nouveau cadavre, celui de M. Abel Barbaroux, écrasé contre le candélabre du refuge, et
comme soudé au bronze.

« Après, plus rien !

« Nous expliquons comme suit ce dernier accident funeste au fils du failli. Effrayé par l'allure
toujours plus vertigineuse du véhicule et comprenant
que son compagnon, sous le coup des récentes émotions, venait d'être frappé d'aliénation mentale,
M. Abel aura voulu lui arracher la direction au
moment où ils allaient traverser le carrefour. Alors,
repoussé avec cette énergie dont les maniaques seuls
ont le secret, et sa bottine s'étant trouvée prise sous

une des pédales d'embrayage, le malheureux aura
été projeté au dehors à l'instant précis où l'avant-
train franchissait le rebord du refuge. Le marche-
pied de l'automobile sanglante, battant le briquet
sur la base du candélabre, incorpora au bronze,
écrasés, laminés, la chair et les os de celui qui fut
le bel Abel pour tant de dactylographes.

« On ne sait ce que sont devenus la funeste
machine et l'aliéné qui la dirige... Gare aux accidents!... Gare au député fou!... »

M⁰ Cramayol avait dévoré ce long compte rendu
avec une sorte d'épouvante partagée de satisfaction.
Il épongea la sueur abondante qui couvrait son
front et replia la feuille si bien informée en murmurant :

— Mon voyage n'a plus de but. Les misérables
se sont chargés eux-mêmes de se faire justice. Ceux
qui survivent, après ces hécatombes et ces scanda-
leuses révélations, ne peuvent plus nous faire
obstacle. Ah! la petite demoiselle de Bois-Briolle
avait fameusement raison de ne point désarmer!

Il paya sa consommation, retraversa la place de
l'Opéra, que des brigades d'agents et des gardes à
cheval cherchaient à dégager et, d'un pas rapide, se
dirigea vers la Seine. A la gare d'Orsay, un train
était en partance pour Bordeaux. Bien que son
estomac criât famine, M⁰ Cramayol y prit place.

Trois mois se sont écoulés. Le vieux Claude Barbaroux a trouvé grâce devant ses créanciers. Bien

triste, bien faible, en compagnie de Caroline, la joueuse décavée, il travaille à une nouvelle invention de verre cardé.

Les charpentiers en fer, émus d'avoir été pour quelque chose dans l'abominable enfouissement de la rue Notre-Dame-de-Lorette, ont repris le travail. Le trou est bouché! Les rames passent. Elles roulent!

Black-Mild est entré, comme groom, chez un marchand de savons du faubourg Montmartre.

Le docteur Boujar est sous les verrous. Il s'est fait pincer en aidant Dolorès, l'andalouse des Batignoles, a fabriquer une nouvel angelot.

Gabrielle Tibault, la belle romaine, a su s'éclipser à temps et l'on croit qu'elle est allée fonder une nouvelle agence à San-Francisco avec Lacrousette. Le belbézien et elle se sont réconciliés et peut-être s'épouseront-ils un jour, car la vertu doit avoir sa récompense, même en ce monde.

L'immeuble occupé par la C. G. T. de la rue Taitbout a été démoli pour faire place à d'importantes maisons neuves, et il ne serait plus jamais question de l'association des forbans parisiens si, de temp en temps, dans la *Voix Brutale*, le député de St-Martin-de-Ré n'éprouvait le besoin de tomber à plume en bataille sur ses anciens collègues et sur leur présidente qui, pourtant, lui était chère.

Vergès-Thauve continue à internationaliser la France et Thénumos à décrier l'armée. Quant à Dautap, le roi des syndicats, il poursuit sa marche vers la gloire en salivant sur toutes les lumières dont il fait des fumerons obscurs. C'est l'autocrate représentant de la démago-démocratie...

Dans une nouvelle ordonnance motivée, sur requête en restitution formulée par M⁰ Cramayol, la Cour de Toulouse a renvoyé le comte Roland de Bois-Briolle en possession de l'héritage, si singulièrement vagabond, du marquis de Chantelle, et nous retrouvons, au lieu de leur malheur, tous les personnages sympathiques de ce récit d'histoire contemporaine.

Le pays est dans la joie, les pauvres surtout, car, avec la comtesse Lœtitia et sa fille, les misères sont soulagées.

Une délégation d'électeurs influents est venue offrir au comte Roland de lui rendre sa place au Parlement. Il a refusé. Les derniers événements l'ont dégoûté de la vie publique. Il veut se reposer en famille.

D'ailleurs, une grande fête est prochaine. Sur les instances du marquis d'Aiguevives-d'Agave et de la marquise Béatrix, ces amis des mauvais comme des beaux jours, il y a promesse de mariage entre Mlle de Bois-Briolle et le comte Arnaud, nommé capitaine de cavalerie.

Une chose chagrine un peu l'officier; sa fiancée est trop célèbre. Après le scandale rouge qui a marqué la chute des aigrefins, M. J. Couderc, le reporter détective de l'*Electric*, ne se croyant plus obligé de garder le secret de son enquête, a révélé dans son journal, le nom de l'héroïque blondinette qui se substitua à Sainte Germaine Cousin, pour apparaître, de nuit, au spoliateur de Pibrac et lui communiquer, — punition légère, — à l'aide du fameux gant de crin, la gale sarcoptique.

Cette révélation a eu un succès extravagant. Dans toute la région, dans toute la France, à Londres même, des caravanes de touristes se forment et viennent vers le château doublement célèbre. On cherche à apercevoir, fut-ce de loin, le joli visage du fantôme vivant de la Sainte. C'est la célébrité avec tous ses inconvénients. Toulouse est fier d'être la patrie de cette si courageuse jeune fille et il est question, au Capitole, de débaptiser l'allée des Demoiselles pour lui donner le nom de boulevard Yolande.

Enfin qu'est devenu Onésiphore, pseudo-baron d'Escouloubrac?

Toutes les polices ont couru après lui pendant des jours et des semaines. Il n'a pas été retrouvé. Est-il donc monté dans la lune, ce lunatique?

Non! mais M. J. Couderc est seul à avoir découvert le secret de sa dernière retraite et il ne juge pas opportun de l'en faire sortir.

Après avoir semé le cadavre de Laurette, devenu dément par l'effroi, Onésiphore a broyé M. Abel, en riant comme un démon. Puis, sur sa limousine gluante de sang, roulant vite, toujours plus vite, il s'est élancé hors de Paris, prenant la route déjà faite par lui lors de son voyage avec Sujaré. Vingt-quatre heures il a roulé, ne s'arrêtant que pour acheter de l'essence. Et, au matin du lendemain, il a été retrouvé, par des bateliers, au sud de Toulouse, près de l'asile d'aliénés de Courtade. Son automobile était au fond de la Garonne; lui s'en était tiré. Il fut porté à l'asile, car il divaguait!

Il y est encore!...

On ne sait qui il est... Les autres fous le nomment l'académicien ou le chancelier de la Légion d'Honneur, car c'est là sa folie.

Il a peur des saintes et les décore!

TABLE DES MATIÈRES

PREMIÈRE PARTIE

LA C. G. T. (Lacrousette et Cie)

		Pages
I. —	Petit ménage parisien	5
II. —	Barbaroux père et fils	15
III. —	Struggh for life	27
IV. —	Ce que voulait Laurette	37
V. —	Projets d'avenir	51
VI. —	La maison truquée	61
VII. —	Des deux côtés d'une cloison	73
VIII. —	Onésiphore fait peau neuve	85
IX. —	Une vieille amitié	96
X. —	Pibrac	100
XI. —	La famille de Bois-Briolle	111
XII. —	Une lettre d'amour de M. Abel	124

DEUXIÈME PARTIE

Yolande de Bois-Briolle

I. —	Le jugement du tribunal de Toulouse	137
II. —	Infamie	146

		Pages
III. —	Le pacte des amoureux	150
IV. —	On s'arrache Onésiphore	161
V. —	Ce bon monsieur Lacrousette	174
VI. —	Réception à Toulouse	190
VII. —	Le fantôme de Pibrac	197
VIII. —	L'enquête d'un détective amateur	217
IX. —	Onésiphore, député	235
X. —	Vieux renard et jeune poule	245
XI. —	Affreuses révélations	261
XII. —	L'automobile sanglante	268

ACHEVÉ D'IMPRIMER
LE 10 MARS 1927,
SUR LES PRESSES DE
L'IMPRIMERIE RAMLOT ET Cie,
52, AVENUE DU MAINE, PARIS,
POUR LES ÉDITIONS RADOT